塵鐵路之城

張經宏

名家推薦（姓氏筆畫序）

小說家、導演 小野：

我沒想到這部小說能在最後的決審會議上獲得壓倒性的勝利。雖然在讀到這部小說時我心裡已經放下了一塊石頭，知道至少有一部小說可以脫穎而出了。但總還是貪心的想，或許還有更好的。因為這是華文小說獎裡面獎金最高的一次比賽，得獎的作品最好是「好得沒話說」，最好能是「經典」。我曾經試著說服自己讓其他作品勝出，直到出發去開會的計程車上，我還不放心的重覆翻閱著其他作品。到了會場看到白板上初步統記的結果，《摩鐵路之城》的共識最高，我知道這場江湖上萬眾矚目的擂台賽勝負即將揭曉。

問題是，這部小說有哪麼好嗎？值得新台幣兩百萬的獎金嗎？從結構上來看，它好像「只是」一個台灣版的《麥田捕手》，如果拍成電影，更可能「只是」一部校園電影的格局。它沒有跨文化跨國際的氣魄，也沒有橫越大歷史的描述，有的卻是一個青少年對周圍環境和校園社會不爽的抱怨呢喃，凡是同學們一律用「鳥蛋」相稱，凡是老師們就叫「龜蛋」。大人的世界對主角而言是如此的醜陋不堪，充滿欺騙、謊言和偽善。整體的氛圍是極度封閉的，封閉得像一個個被鎖緊的壓力鍋，用字遣詞充滿著暴力和憤怒，使讀者讀起來極度不安。可是整部作品最成功的地方就是作者刻意營造出這樣充滿暴力和張力的封閉的文體中處處藏著引爆點，這些引爆點是對整個台灣整體迂腐的教育制度和毫無章法秩序的社會環境不停的控訴著。作者在自己創造的封閉的結構中任意揮灑著源源不絕的意念，顯得如此天馬行空悠游自在。回到一部好小說的基本條件，語言、形式和想表達的內容能搭配得如此天衣無縫，足夠了。

當然最後的辯論回到是否值得兩百萬？最後在價值與價格的辯論中，讓所有從事寂寞的文學創作者驕傲一次吧。於是就這樣決定了。

小說家、主編 **季季**：

這是一幅新世紀第一個十年的浮世繪；一部精巧諷世而慈悲感人的寫實作品。

全書的敍述背景在台中市，主要場景及敍述重點則包括學校（教育），餐廳（食慾），汽車旅館（情慾）；其間還穿插流行服飾，流行歌曲，選舉與黑道，明星作家對讀者的性騷擾等等。幽微的敍述之中，深藏著年輕一代對當下社會的種種「不爽」。

然而張經宏的寫作初心樸實謙卑，文字疏密有致，結構層次分明。最可貴的是小說語言能生動掌握當代年輕人的詞彙並貼近一般庶民用語。而且從頭至尾以一個十七歲中輟生的眼光，掃描他周遭的人物與事件；敍述邏輯與敍述觀點也緊密交織，前後統一。

文學評論家 **施淑**：

在網路、漫畫、電子媒介的運作規則幾乎壟斷了人的認知、感覺和想像力的此際，能夠以文字藝術貼近現實，細緻深刻地處理個人生命經驗，呈現當前社會文化問題的這部小說，不管怎樣說都是近年來台灣文學的重要收穫。

從小說中自稱患了生活的「不爽症」，被貼上「人格偏差」標籤的中輟生，在整部小說裡一以貫之的尖銳、惡戲而又不缺批判力道的「偏差」敍事，不難辨認出沙林傑《麥田捕手》的影子，只不過不同於二十世紀垮掉的、憤怒的一代，這個台灣製造的麥田捕手，走出學校，站在汽車旅館和餐廳小弟的位置，笑傲人間，嘲諷「大人世界」的齷齪低級之後，似乎很難找到他的先行者曾有過的，哪怕只是理想主義的餘燼，有的只是回歸現實懷抱的無可無不可的、懶懶的平靜。

小說家、出版人 **陳雨航**：

藉著一位憤懣不爽的少年，對社會和學校有著強烈的批判。學校教育的光怪陸離，政治和黑道的經營，財團與權力的無所不在，這些訴求生動而具體。

也不光只是憤怒和不滿，親情的描述也很動人，不論是不落言詮的伯父母對主角的愛與照顧，或是關於父親的美好回憶，都使小說主要人物更為圓潤。

如果小說具有反應時代、積累歷史材料的功能，其中之一應該就像這部小說。這個世代庶民生活的種種，進入日常的電視當令節目（連續劇或者談話叩應節目），金庸武俠等大眾文化，都滲透到情節裡，營造了豐富的現世感。

人物刻劃細膩，生活細節生動，語言鮮活，即使是邊配人物如主角伯父的棋友、名牌三人組老師，寥寥幾筆也都十分到位。用味道來判斷女性，彷如卡通的學生玩電玩的動作，在在令人發笑，活潑了這部小說。

文學評論家 **彭小妍**：

本篇在寫作上四平八穩，把小城市的無聊髒亂、高中生的憤世嫉俗心情，寫得相當傳神。

描述中學老師有違師道的言行時，稍嫌誇張。伯母家居生活和溫情的鋪陳，令人感動。作者雖非才氣奔放，但觀察細膩，小說結構完整。和其他入圍作品比較起來，缺點較少，因此獲得大多數評審的支持。

目錄／

名家推薦 002
摩鐵路之城（全文） 009
靜靜凝視那美麗之城（後記） 257
不爽症——看見台中，也看見台灣——「九歌二〇〇萬小說獎」總評 季季 261

摩鐵路之城

我一直想打噴嚏，只是很想。從傍晚開始，在我頭頂上方的每一朵雲擠在另一朵身上，一起窺看它們底下的這個地方，幾萬樁同時在進行的不可告人的鳥事。才六點多，那些努力擠進對方身體的雲已經把彼此搞成巨大的一坨，天色墨黑得像隻長毛怪獸的私處，每坨發了霉的雲竄出幾百萬條蠕動的毛絲，不斷搔抓揮舞，朝底下的馬路發散腥黏的臭味，惹得整個城市發出悶悶怨聲。整排路燈像找不到交尾對象的螢火蟲，虛弱耗著亮光，空氣裡到處是交配的氣味。沒多久，啪嗒啪嗒，雨滴開始咒罵，鳥糞一樣啪啪落在每幢大樓每棵樹每條柏油路身上，那些穿過雨水的汽車像巨大的老鼠，沒命地往兩邊噴出黃濁的泥湯灑在穿雨衣的機車身上。很快地不知哪裡湧出的屎色泥水，整條馬路漫流成一條噁心的大排水溝，濃稠的湯汁一下子往這邊推，一下子又被擋住回頭，加上地底冒出來湊熱鬧的水渦，全部擠在動彈不得的汽車身邊，招呼水面上到處搖擺的塑膠袋、寶特瓶聚集過來。在我對面，幾十公尺外的馬路那邊，一排商店的店員站到騎樓下，同我一起張望馬路上暴湧的水流，深陷泥水中的車輛。

半個小時過去，雨勢緩了下來。嘈嘈的雨聲很快被互相較勁的喇叭聲掩蓋，漸漸地這些車子發現它們彼此不同的命運，有的像在泥地裡打了一場橄欖球，狼狽地緩緩駛遠，有的繼續蹲在原地，它們的主人從搖下的車窗裡探出頭來。

雨慢慢變小成細細毛毛的針，刺得地上不斷冒出酸臭氣味，好像那些噴濺在地的尿液與痰汁，全被這場雨搔了出來，空氣中互相勾纏撞擊。你看不到它們，可是現在，它們是我眼前最巨大的存在。我就是想打噴嚏。屋簷下那盞日光燈裡像養了一百隻飢餓的蟬，虛弱地哼哼出聲。也許這所有的騷動跟幾公里外球場上的那場表演有關，聽說一個世界級的演唱家又來了。

過去幾個小時，幾萬個各地趕來的瘋子擠爆市區的每一條路，害我上班的摩托車無法走直線，只好像隻蜜蜂鑽啊鑽，讓每輛躲在汽車裡的傢伙聞我屁股噴出來的煙氣，再讓他們慢慢挨近那個還沒完工的球場，去聽一場根本不知道在唱什麼的表演。難怪老天會降下這樣一場雨。你可以想像那些臨時搬來的鐵椅上積了幾百萬公噸的雨水，所有人擠在狹窄的入口等待進場，走到貼上編號的座位前，兩隻手掌用力抹乾鐵椅上的雨水，然後緊緊縮住身體，枯坐下來，不時偷看左右同樣縮在座位裡的捧著小冊子，讓椅凳上涼涼的水意牢牢貼緊屁股，四周強光從頭頂一遍一遍掃過。表演當然不會那麼快開始，這裡面至少有一萬個膀胱感到緊縮，這些膀胱的主人們開始煩惱，萬一這一唱超過三個小時，而只有五千個膀胱的主人願意站起來四周張望，終於看到排在臨時運來的廁所外面的隊伍，在表演場的角落緩緩移動，趕緊越過幾千個同樣有著濕濕冷意的屁股，站到隊伍最後面，一個一個觀看別人的背影，輪到自己進去，鎖門，在陰暗的空間裡踩踏著尿液解決。然後這次，可以比較輕鬆地坐到台上那個胖子把積在肚腹間的聲音往酸臭味飄布的空中，用美美的嘴型和手勢宣洩而出，底下的聽眾閉起眼睛，讓麥克風丟出來的音色一陣雞皮疙瘩一陣眼眶濕潤地接收到屁股濕涼的身體裡。三個小時後，像是完成一場集體任務，所有的人開始朝幾扇拉開的鐵門那邊推擠移動，再次把每一條路擠到癱瘓。

不曉得第幾百次了，這幾年老是這樣，不時找來那種表演者的名字說出來，要是沒聽過的人真該下地獄的活動，然後幾萬個人買票鑽進去，另外擠不進去的幾萬個人一邊幹譙一邊坐在場外觀看。有的表演到最後還會放煙火，舞台背後的燈光朝天空猛閃，音響擴大器嗶嗶剝剝，煙火朝玉皇大帝的屁股咻咻四射，炸得滿天爆裂開花，地上抬頭觀看的一堆躁鬱症發作似地鬼吼鬼叫。吵到晚上十二點，然後，我居然忘了告訴你，我在離那體育場不算太遠的一家汽車旅館上班，頭髮抹得油亮，穿著好看的西裝制服，朝每輛車頭靠近的汽車玻璃彎腰微笑。

您好，歡迎光臨。「還有房間嗎？」通常那些車窗只搖下三分之一，夠讓他們的聲音出來的大小就好。開玩笑，像這種全城瘋狂，男人精蟲騷動、女人子宮跟著鼓噪的晚上，怎麼可能有給你們辦事的房間。「不好意思，要到三點以——」話還沒講完車頭掉轉就走，真是沒禮貌的傢伙。

不過，今晚還算順利。只剩一間房間的主人還沒到位，也許他們吵架了或臨時找到更好的交配對象。反正我只負責把鑰匙遞出去錢收進來，缺毛巾缺套子的按照房號送去，不要敲錯門壞了人家的興致就好。這大概就是我每晚的工作。

現在，空氣裡一直有種細微的波動，在我每次吸氣後的鼻腔裡震盪搖晃，我無法清楚它們的意圖，不斷告訴自己再忍耐一下，等它們鬧夠了自然就會走開。沒多久，不知哪裡冒出來的白蟻一隻隻鑽進這不到一坪的小房間裡，吃了春藥似地不停搔抓燈管、撲打電腦螢幕，發出欲求不滿的「嗤嗤」聲響，整個房間騷擾得十分熱鬧，這兩天都這樣。牠們出沒的時間不太一定，有時早有時晚，每次都要撕扯到翅膀殘破到處飄飛才肯罷休。可今夜真是誇張地多，扯到牆板滲出薄薄水氣，搞得整間屋子快要溶化。弄到後來一對一對翅膀摔下來，地板上鋪一層落葉般的蟲屍。我仔細巡看牆板的每道接縫、冷氣出風口，不明白這些小蟲從哪裡飛來，我屏住呼吸，很怕牠們像電影演的那樣鑽進我的鼻孔，在我的血管裡蠕動交配產卵。想到這裡身體又癢了起來，可惡的是不知該從哪裡抓起。我盯著地板上噗噗直落的翅膀，撿兩隻擺在桌上，檢查這些屍身的嘴臉。其中一隻還沒死透，努力蠕動下半身像要靠到另一隻身上交配，在玻璃墊上面用盡力氣做體操，旁邊那隻已經不省人事。我準備彎腰再撿一隻，窗玻璃外有強光射進來。一輛車頭從入口的圍籬那邊拐了進來。

「歡迎光臨，」我趕緊起身，「您好。」上半身歪向前拉開窗扇，紅色 B M W 已經停在面前。兩眼浮現在車上那塊被烏賊噴過的黑玻璃上，我那朝兩邊擴張的臉正在對我自己微笑。在我的笑臉上方，四塊廣告招牌同樣出現在玻璃上，它們分別是巴里島、夏威夷、地中海、印度皇宮四種風格的房間寫真。玻璃裡面的人還在討論要哪一間。他們也許有三個人、四個人，兩男一女或三男，或者一男三女、兩男兩女。我等著，繼續讓他們看我的微笑。終於，玻璃慢慢下降，透出一條剛好可以講話的縫。

「先生您好，請問您的手機號碼？」沒錯，是傍晚打電話來的傢伙。

「哪種房間還有？」

「喔，現在只剩一間了。地中海風格的，包您滿意。」

玻璃再度上升。他們討論我繼續微笑。一分鐘後，玻璃再度下降，一隻手掌在裡面招了兩下表示願意，我趕緊從抽屜拿出房卡遞進去，那條窗縫根本窄得連蚊子都飛不進去。駕駛座上的那人又搖下來一些，把手上的鈔票交給我。這時我總算看到那顆腦袋上的橘色帽子，帽子底下一副神祕兮兮的墨鏡，旁邊座位上一條烏漆嘛黑像鬼一樣的人影。我捧著零錢，把微笑送給帽子底下暗漆漆的墨鏡，目光順便飄進車內巡了一圈。通常旁邊那條人影會斜著身體倚住另一片玻璃，半抬起頭，假裝欣賞右前方整面石牆嵌上的花草和流瀉而下的瀑布。而我的目光頂多只能搜尋到那條人影的半邊臉頰、一隻耳朵和三分之二的頭髮。有時那個座位的人影也會戴上帽子，兩人看起來像是神祕教派的信徒，好像打算來這裡辦一場雙修法會。有時整車都是人，男女都有，酒氣沖得我太陽穴快要爆裂開來，只好趕緊閉氣，繼續看著車窗搖起的玻璃上自己鼓著兩頰的笑臉，被車子丟棄在排氣管後面。

我彎腰目送他們的車駛進車庫，走回來櫃台這邊。這下可以稍稍發一下懶，皮鞋踏在蟲屍身上，往角落的瀑布水池那邊走去，坐在石凳上欣賞池底那盞穿透水面的燈光映照著草葉的風景，嘩嘩的水聲讓夜色格外安靜。老實說，我還蠻喜歡從我現在的位置看到的一切，像我一人獨享的小公園。如果沒有特別狀況，這些人接過房卡後各自無聲無息，想也知道他們正快樂地交易努力地交配，快的一兩個小時，慢的等天亮才陸陸續續打開車庫的門，露出鬼鬼祟祟的車頭離去。

我一個人在噴泉四周的桂花小徑走動，流水不斷從刻有花瓣的石柱圓心湧出，承接水瀑的池子裡閃爍十來朵橙色燈花，幾盞石燈籠的光影鋪在草皮上，草地盡頭的石牆身後一棵雞蛋花探頭進來吐露香氣。這大概是我一天心情最平靜的時候，那種安靜讓我有辦法想點比較深刻的什麼，關於大人們常掛在嘴邊的未來、夢想，以及做為一個人是怎麼回事的問題。這些在白天的學校裡從來沒出現過的，居然在這個每扇房門後面充滿交配氣味的鬼地方，讓我跟這些問題碰到面，說來還真有點不可思議。

這讓我想到，要不是我真的已經成熟到一個程度，就是我可能得到精神病了。無論如何，至少現在的我是平靜的，跟白天的我比起來。這麼美的庭園居然只有我一人。我真想大聲喊，把那些口水像蠟燭油滴在對方身上，像狗一樣不停嗅聞彼此私處的男男女女全部叫出來站好，讓他們好好欣賞我此刻的心情所看到的庭園與噴泉。如果在學校的我也能跟現在一樣就好了。

上個禮拜，我終於跟那個我本來就不愛去的鬼地方徹底掰掰。我像平常那樣揹起背包，安靜地穿過大門鐵柵邊的窄縫，走到幾十公尺外社區角落裝垃圾的子母車旁邊，脫掉身上這套只有鳥蛋才會穿的制服，換上背包裡的襯衫，打開比水溝還要臭的桶蓋，制服丟進去然後離開。這些動作或許在傳達室裡的那個老頭都有看到，不過我也不打算再跟他有任何交集了。雖然在這之前他是我還會想來這鬼地方的原因之一，現在這些都不重要了。如果我還會再回來，我發誓我會把我的頭放到馬桶裡洗一洗。

過去這一年多，每天我跟那些鳥蛋穿一樣的制服揹一樣的書包，走進大門後，直接往某層樓某間教室的第幾排第幾個位置坐下，而身邊那些鳥蛋也跟平常沒啥兩樣，男的把電玩或手機擺在他們雞巴上面玩，不然就是低頭翻看那些書皮爛得像菜葉的漫畫，女的繼續對著鏡子臉畫得跟鬼一樣，講台上那些龜蛋則不斷重複沒人要聽的廢話，時不時瞄一眼牆上的時鐘偷笑。然後下節課再換另一個龜蛋進來站在講台上。等到下課，你和那些坐你旁邊的鳥蛋在走廊上遇見，他們明明有看到你卻老把你看作透明。你們彼此沒有交惡，不過那些鳥蛋已經急著回去座位上，繼續玩他們的電動、看他們雞巴上的漫畫。只要有這兩樣東西就好，在這種鬼地方，你想看到那種互相扭住對方的頭壓在地上當橡皮擦塗來塗去的場面還真不容易。大部分時間他們只關心擺在雞巴上的東東還剩多少電量，不然就是比賽誰的手機拍出來的馬子最清楚。「靠，你拍的這女人是你媽喔？技術這麼爛。」然後像在參觀動物那樣七八個圍上去，「借我看借我看。」一聽圍在中間的那顆鳥蛋唬爛女人要怎麼拍才好看。這群白癡，不就是錢花多花少買來的東西，好意思在那邊鬼扯。算了，我不想再發這些牢騷，這樣只會讓我覺得自己跟他們一樣，都是遜咖。畢竟他們也沒對我怎樣，這一切都是我自己的問題。

那個鬼地方的一切讓我覺得虛透了，而那些鳥蛋頂多佔去這種感覺裡的一小部分。我也不明白這感覺跟著我多久了，一年、兩年，或者更久，也不知道有誰跟我一樣有這毛病。也許過不了多久，會有專業醫生給這種狀況定下一個清楚的病名：「不爽症」，而這個病症被記載下來的第一個案例，就是我。光這樣想就讓我害怕，我好像正在經歷人類歷史上從來沒人經驗過的某些狀態，但這個想法又讓我懷疑我可能不是普通的人。我就是這樣。事情想多了就莫名其妙恐懼起來，恐懼到了麻痺的程度，又會出現一個聲音說：事情不就是那樣？想那麼多幹什麼。你知道你是誰嗎？你怎麼可能需要煩惱這些鳥事？

如果有一天其他人知道我在想這些，那我必須為自己說幾句話，也許我不算特別正常，但比起大多數的人，我應該比他們正常。我沒什麼耐性，別人面前不愛說話，沒談過戀愛，但喜歡看女生笑。腦筋裡會想男女的事，但不明白怎麼有那麼多男女需要經常交配，而且有辦法把這種事弄出一萬種名堂，包括花錢來我工作的地方。我寧願自己武功高強，也不想變成功課優秀的鳥蛋，不過這兩樣對我來說都很困難。我討厭在貓的脖子套上一百條橡皮筋的變態，更討厭把狗打扮成自己兒子的蠢蛋。

如果你還不是很懂我在說什麼，我也沒辦法。現在的我要的是一種很有感覺的生活。對，這是過去一個禮拜，頭腦比較清楚的我所想出來的唯一答案，就是這樣。

現在的我正努力讓自己爬過去「那邊」。至於什麼是「那邊」，你就不用問我了。我要是可以很明白的話，我幹嘛還需要很努力呢？我比誰都怕這會不會又是我在跟自己搞鬼。我可不希望像學校那些鳥蛋，幹了偷雞摸狗的事被抓包，在學務處哭哭啼啼說千萬不要通知家裡，被知道的話就慘了，他們再也不會做這種事了。而事實上那些傢伙還是一樣，作弊、偷人家的手錶、翻看別人的書包、趴在桌上假裝想事情，等女人走過去偷拍人家的底褲，只要是女人。夠了，我還是不要提這些讓我心情不好的事。我想說的是，至少我已經找到有些地方，腳步踏上去可以清楚感覺到鞋子底下傳回來的真實感。像我此刻站立的地方，即使剛才那些白蟻搞得我快要瘋掉，至少牠們讓我覺得我還活著，而且牠們不像蚊子那樣，每次從空氣裡某個看不見的點飛出來，在你耳邊嗚嗡嗚嗡亂螯一陣，要是沒立刻打死，下一秒牠又鑽進空氣的某些縫隙裡，然後就消失了。比較起來白蟻要具體、友善得多，即使牠們的數量多到遮蔽了半個空間，牠們也只是安靜地撲動很快就解體的翅膀，然後躺在地上供人踐踏成地板花紋的一部分，或者摔落到泥土裡變成肥料。

現在，四周的空氣有桂花、汽車香水、沐浴精混雜後的噁心怪味，牆外一輛一輛汽車輪胎劃過積水後摔落地面的水聲，也許剛剛還有一陣不太能清楚辨認的某間房裡的爽叫聲。我只能說，跟學校相比，我還寧願待在這裡，幫那些開車進來的傢伙找到他們要的房間順利交配，然後把白蟻的屍體掃進小水溝裡，我就可以跟我的夜晚好好相處整個晚上，我也不願意回到那個讓我覺得自己正在一點一滴死去的地方。

2

如果我告訴你我讀的是哪間學校，你可能會「喔，喔」敷衍幾聲，心想「那種學校怎會出那種學生？」而以為我在說謊也不一定。那個鬼地方近來聽說很出名，這幾年大學一放榜，報紙不是老愛統計台大總共錄取多少名，然後按照考上最多人數的學校一個個排下來，第一名建中、第二名北一女，一路下來很快就看到我們學校。報紙上放大的表格已經夠會混版面了，我們學校還把它製作成大到嚇死人的海報，貼在校門口、穿堂、圖書館幾個地方，想沒看到還不容易。我不只一次在早餐店聽那些吃蛋餅配蘋果日報的顧客跟老闆「喔，這學校猛喔。」「是啊，進去要花不少錢哩。」這樣談到那鬼地方。天知道校長室那些傢伙用了什麼招式，讓記者三天兩頭過來採訪，該校的英文話劇應邀到美國演出為國爭光、音樂班的母親節公演讓行政院長掉下男兒淚、送去參加科展的實驗證明，把五種肥皂水加上廚餘可以有效預防登革熱，連衛生署長都豎起他的大拇指……，而實際上為校爭光的都是同一批人，站在校園的不同角落、咧開嘴擺出白癡的手勢圍著校長拍照。連操場角落剛完工的生態池飛來兩隻白鷺鷥也能大做文章，還附上一個吹長笛的女學生站在池邊的照片，說「古人弄鶴吹簫的雅景，想不到能在今日校園出現，學生們除了嘖嘖稱奇，也為自己能身在如此美麗的校園感到慶幸。」真是有夠唬爛。而事實上那其中的一隻白鷺鷥，不知是吃太多噴過農藥的蟲子還是怎樣，在飛出校園不遠的馬路上空摔了下來，被幾百輛車子輾成一塊骯髒的抹布緊緊地黏在柏油路上。

其實我根本沒想到要去那種鬼地方讀書，這完全是老天在跟我開玩笑。兩年前我的基測分數好到連我都不相信是我考出來的，只記得考試那兩天，坐我後面的一隻幾百年沒洗澡的肥豬，身體酸臭得像個餿水桶，搞得我快要窒息，還不停踩我椅子底下的橫木，害我答案卡塗到時間剛好就趕緊出來。拿到成績單那幾天，我一瞄到上面的分數趕緊把紙摺起來塞進口袋，不敢讓其他同學知道。國文、社會科滿分，其他三科的分數讓我懷疑電腦幹嘛要對我的答案卡那麼好。我伯父到處找人問，這樣的成績該送我讀什麼學校，一個經常來樓下雜貨店喝茶的退休老師跟伯父說，像我這種看起來很精的小孩如果沒好好管教，將來一定變壞。他看我的臉相兩道眉毛黏著眉心太近，主個性衝動容易想不開，而且十五到二十歲會交到壞朋友，未來幾年我的教育和交往對象千萬多注意。他還說他們家老么的面相跟我有點像，本來他沒怎麼注意，沒想到當初高中讀了兩個月，抽菸賭博都學會了，還好他在教育界有人脈，趕緊讓他轉學，現在孩子已經唸到研究所。

「哎唷，那是你栽培得好啦！」伯父稱讚他，他還繼續講，像我們這種七八年級生，上輩子多半經歷過人類這一百年來最痛苦的時期，差不多就是二次大戰那時候，吃住花用的物質享受都沒有，等晚年快要掛了，大多半希望下輩子能投胎到可以揮霍的地方，想玩就玩能花就花，不要再苦哈哈度日。而像他和伯父那種三四年級生，小時候窮慣了，一輩子打拚過來，什麼人生的考驗沒經歷過？說著說著就朝眼前的幾排置物架「可憐喔，你們這些生來討債的囝仔」長長哀嘆一聲，好像那一罐罐醬油米酒沙茶醬欠他罵似地。我伯父在旁邊搬貨點貨進進出出他也不會閃到一邊，只會囉哩吧嗦碎碎唸個半天。真討厭。這種光只會出一張嘴的老頭，吃飽太閒不會去慈濟當義工，說一次不夠還來第二次、第三次，要不是看在伯父的份上，我早給他嗆回去了。什麼上輩子很苦這輩子來討債？照他那狗屁說法，搞不好我上輩子還當過他阿公，他老爸揍他時我還幫他擋過好幾次哩。如果知道他老了還這麼白目，當初乾脆讓他老爸揍爛他的屁股算了。

不曉得是他來囉嗦太多次的關係，有一晚伯父上樓來問我，要不要去念這間在東海大學下來一點的新學校，「制服很漂亮，校車也很舒服。」我心想你沒坐過你怎麼知道，不過我沒說出來。

那間學校的嚴格出了名，三年前我們巷子後面有個女生考上女中，她的國中老師哪根筋不對勁，跑到家裡勸她讀那邊，「一報到就有三十萬。」她媽媽聽到錢馬上就答應了。過去三年我經常在晚上十點半看到那女生揹著書包經過店門口，小腿有點彎曲，兩隻手抓著提袋，看上去像從大賣場撿了一堆便宜東西回來怕人看到，往巷子暗處那邊走去。「你在看什麼？」伯母問我。我說我在看那女生的腿。「喔，那是被學校老師罰的。」伯母說她母親來這裡抱怨，她的國文老師的考卷錯一題除了罰寫，還要學鴨子繞中庭一圈，由男生帶著女生，女生後面接著男生，大家蹲一長排走路，嘴巴還要大聲喊：我以後要認真讀國文、我以後要認真讀國文。後來那女生考到台大國貿系，我不只在一輛校車身上看見她的名字被印在上面，全台中到處都看得到，她母親最少來店裡炫耀過三次。

「妳那三十萬拿得真有價值哩。」我伯母應該是不知道要說什麼，才會這樣說話。不過那個母親繼續講她的，她根本沒在聽別人說話。那女生從台北回來開始穿起短裙高跟鞋，一雙套上粉色褲襪的腿很像小朋友在陶藝教室裡捏出來的，不曉得是台大教的還是她自己不覺得怎樣，這幾次看見都這樣穿。而我就要去讀那間學校了。當伯父問我，「去那邊讀書好不好？」我馬上就答應了。我知道如果答應的話他會很高興。他很少要我做這個做那個，這大概是他第一次希望我做的事，我應該聽他的話。何況我的成績還不到讓他可以跟人家領那三十萬，跟公立學校比起來，他還得每年多花好幾萬，只要他高興就好。我剛穿上制服回到家那幾天，他會特別跟客人說：「這是我姪兒啦。」客人忙著救他棋盤上的將軍，下巴斜斜抬高「哼哼」兩聲，算是有看見了。

不過很快我就發現這真的是一個玩笑。開學第一天，我們被集合在體育館，看校長把一幅巨大的三十萬支票看板交到幾個學生手中，讓他們輪流拿在手上，由記者圍過去噗擦噗擦拍照，接著他們被教官趕下去後，校長先是介紹一整排不認識的傢伙讓我們拚命鼓掌，這位是立法委員、這是議長、接下來是縣議員、然後是什麼局長、院長、理事長，好像他們來這邊開國民大會。我們的手都快要拍爛了還不能停止，後來我才聽說，那些傢伙的小孩就在我們隊伍當中。等他們全走光後校長開始介紹老師。當你看見那些台前一字排開，男的襯衫領帶女的套裝高跟鞋咧嘴對著台下的家長同學不斷微笑，心裡有種「不妙」的感覺浮上來，太假了。

我在那鬼地方唸不到一個月，就變得超不想上學。至於是討厭那裡才不想去，還是不想上學所以找出一堆理由來討厭那裡，我也不是那麼清楚。唯一明白的一件事，幾乎認識的每個老師都討厭我。有的嘴裡沒說出來，我也可以從他們的眼神跟吐出來的空氣裡聞到那種被人厭惡的氣味。

這中間發生了一件我經常把它忘記的事。人的記憶很奇怪，如果把腦子當成一座有許多抽屜的櫃子，抽屜裡存放所有記憶的事物，有些你天天要用到的，搭車路線、電話號碼之類，它們就像擺放內衣褲的抽屜，一拉開就能找到你要的東西。而有些記憶經過它們互相擠壓後，往往被塞到很少打開的那幾個抽屜裡，愈塞愈多，到後來有些就被擠到外面，或者掉落在抽屜後方暗黑的窄縫裡，你只有在抽屜推不進去時，才會想到後面還有東西卡住了。

那件事比較像是這樣，為什麼會這樣我也不知道。差不多在開學半個月後的某個清晨，說來是我的錯，我睡到七點才起床。那天伯母騎摩托車載我奔到站牌那邊時公車還在，我一上前它就開走了。伯母朝著它的屁股喊了兩聲，噗噗一陣黑煙撲在她臉上，我們繼續騎車追到下一站。有夠惡劣的，我當然知道是我的錯，可也不用這樣來告訴我，世界就是這麼殘酷，如果是你自己的問題就別怪它會這樣對你。我兩手扳在背後緊緊抓住摩托車扶把，前面的伯母簡直在飛，拚命往前追。全台灣需要上班上學的清晨，幾百萬人都像她這樣。然後，「碰」地一下，她的車突然撞進地上的凹洞，先是我接著是她，兩個人一前一後往路邊摔出去的同時，一輛貨車從摩托車的另外一邊快速切過，「叭——」地一聲告訴我們司機被嚇到了。好險，如果伯母和我其中一人倒錯了方向，那個早晨，就不是一個普通的早晨了。我只有手肘的地方撞到，還好書包擋在底下，人一趴倒馬上彈了起來。我的伯母，在地上多躺了一分鐘，舉起手臂招我過去幫忙牽車子起來，除了手掌擦破一小塊皮，跟我一樣沒什麼大礙，真是幸運。我們沒再多想，又跨上車往學校奔去。

那天回到家，伯母塞給我一小塊護身符掛在書包內側，之後我們沒再提起這事，我自己也很少想到。不過有幾次，課堂上發呆的腦子裡會突然出現當時從坐墊飛起來的瞬間，奇怪的是那畫面會自動停格，懸在半空中的那個我似乎想說什麼。接下來一切都空掉，整個人在那片空白裡靜止。一段時間後，我從那個狀態裡回來，桌上還是那張浮著油墨臭味的講義。我有些不明白怎麼我還在這裡，剛剛想跟我說話的那個自己又去了哪裡？他一直和我同住在一個身體裡面嗎？平常沒想到他的時候他都在做什麼？還有，如果那天沒那麼幸運，我又怎麼可能坐在這邊想東想西？而且那個能想東想西的傢伙還會是現在的我嗎？

這些問題在我腦子裡繞來繞去，嚴重的時候還蠻恐怖的，我簡直就要掉在裡面出不來。還好，這種狀態只是久久一次。每次它們成群結隊過來，我開始擔心會招架不住，好險，這幾次它們來沒多久就走了。每次它們一走，我就癱在一種鬆鬆懶懶的狀態裡，周遭的空氣軟綿綿的，像一塊看不見的巨大抱枕，整個身體，還有剛剛用來想事情的腦袋一起沉沉地陷了下去。在那裡什麼也不想，整天呆呆茫茫的。

到現在我還不太能確認，是不是因為這樣才讓我變得更加懶散。我的功課糟透了，還有，我變得很不想寫那些不知從哪裡抓出來的題目。那些龜蛋把要我們寫的東西切成一小塊一小塊空格，像在餵食病人那樣，做成每張一百到兩百格的講義等著我們填滿。等到月考，你會發現幾乎所有的考題都從那裡面出來。

「看吧，早就跟你們講了，你們自己不聽，活該。」雖然在酸人，龜蛋們倒是很興奮，因為許多題目又被他們猜中了。這些把戲早在國中就玩到沒搞頭，現在又要重來一次，而且他們還會指著其中幾題大叫：「你看！這題多有創意。」然後在那邊自言自語。讀國中時那些龜蛋本來就不認為我能考多好，所以填空格的遊戲他們也由著我愛做不做，現在不一樣了，這批龜蛋大概還不相信我真的不是塊料，因此我經常被他們要求帶著那堆叫做「講義」的垃圾，到他們面前攤開來一張一張檢查。

「為什麼不寫？」最常找我麻煩的是個比我矮了一顆頭，滿臉痘痘，三十幾歲的女龜蛋。她教國文，我們班導。如果你上過她的課，你就知道為什麼我會討厭上學，聽說她還是學校的紅牌。高一課本剛好選到一篇小說，就是那個憨孫買了一條魚要回家孝敬阿公，結果半路上魚掉了，祖孫兩個吵到快要打起來的故事。女龜蛋先是自言自語，這對祖孫在幹嘛，一條魚有什麼好吵的，如果是一頭牛不就要拿刀互砍。更天真的是她說這故事在提醒我們，東西寄送回家要找好一點的宅配公司，又花不了多少錢，不然搞砸了就會吵個沒完沒了。小說裡那條魚叫鰹仔魚，然後——果然不出所料，她從手提袋裡掏出一疊講義，呵，有夠精采的，整張紙上面有五十種魚的名稱，要你寫出這些魚的注音，「趕快寫！沒看過魚游泳至少也吃過魚，不要只會吃不會唸。」什麼歪理，偏偏我前面幾個女生一下子寫完半張講義，好像那些魚跟她們很熟。然後再配上二十道修辭題，十個作家跟作品連連看，再二十道跟魚有關的成語，加起來就有一百題啦，真是阿彌陀佛。這堂課就學這些，一節根本不夠用，「帶回去寫，下次我要檢查。」接下來的時間，我寧可相信她會忘記檢查，也不願拿筆來寫。偏偏她對這種事的記憶力超好，結果我又被叫去罵啦。

也許是缺乏戀愛的滋潤，女龜蛋整個人燥得不得了，有沒有口臭我不知道，但講話就是毛毛刺刺的她媽的衝。「怎麼樣？誰叫你被放在我班上？看清楚進了誰的廟就拜誰的佛，啊？」講得好像她是王母娘娘，聲音有夠難聽的，又破又尖。壞就壞在沒人敢頂撞她，包括我，我必須說我們全班都是豎仔。這點她也很清楚，才會吼啊叫啊一刻不得安寧，只要她出現在教室，你想好好睡一個鐘頭的興致都毀了。

「地板誰拖的？拖把有臭味聞不出來？鼻子有毛病啊？」「黑板溝為什麼不清乾淨？這麼懶，全台灣要都像你們這樣就完了。」跟我以前遇見的某些老師很像，你不過摘了一片尤加利的樹葉想好好聞它的氣味，他們就「要是大家都跟你一樣，全世界的樹都死光光啦——」這樣雞雞叫。每天早晨，女龜蛋像是患有潔癖地檢查教室每道地板接縫，窗台溝槽、佈告欄邊框、擴音器網孔，手指頭到處摳摳摸摸，然後躲在走廊的柱子後面遙望其他班的動靜，以為沒人知道她在幹什麼。你知道這種女人的厲害，明明就內分泌失調，卻有辦法把她那源源不絕的憂心忡忡掩飾得好像多關心你似地。整個學期打了好幾通電話到家裡，剛好都是伯母接的，一講就是半小時。以前哪個小孩沒聽她的勸，後來果然出事了，如果再不小心，你們家的小孩變得怎樣誰都沒辦法負責。我們班有好幾個家裡都接過這種電話。伯母這邊只是「嗯，嗯」出聲。終於掛上電話，在旁邊故意東摸西摸的伯父問：「誰打的？」「囝仔的老師。」樓下兩夫妻你一句我一句，聽得不是很清楚。有一次樓下的伯母說：「怎麼辦？真的十五歲就開始了。」大概又想到那個退休老師的鬼話。「沒關係啦，到二十歲就好了。」伯父似乎不想繼續這個話題。

沒多久堂哥阿奇回來了，「站著，」很大的聲音：「你去哪裡？」接著一陣劈哩啪啦，把阿奇罵到臭頭。這種狀況每個月差不多要發生一次，我只能說這隻代罪羔羊回來得不是時候。雖然他本身毛病一堆，抽菸、偷竊、打架、飆車，隨便怎麼罵都不會出錯，但他真的太倒楣了。好不容易樓下安靜，我想接下來換我了吧？我捧著水壺下樓倒水，故意在電視機前晃來晃去，兩夫妻繼續看他們的「娘家」，什麼事也沒有。我故意蹲在旁邊陪看幾分鐘，他們看得太認真了，沒人理我，只好又上樓去。

第二天早自習，女龜蛋站在走廊上，叫窗邊的同學傳話要我過去。

「怎麼樣？」口氣有點得意：「你伯母昨天跟你說什麼？」

「沒有。他們在看『娘家』。」

她的眼神瞬間爆出一股怒意，眼球狠狠轉了半圈。我想我又得罪她了，我不過說了句實話。她冷冷丟下一句：「好吧。我們不要浪費時間了，你是住在人家家裡，不要太囂張啊。」

真是的，幹嘛這樣鬥我，不過我的拳頭還是緊緊捏了一陣。我仔細看著那張滿是痘痘還塗了一層厚粉的臉，直到那張臉上的嘴唇自己關閉起來。第一節下課，她又叫別班的過來找我，看來她還沒打算放過我。一走進辦公室，她已經站在座位上，彎下腰裝作找東西，抽屜拉上拉下。

「怎麼不講話？」她終於抬起頭，看了我一眼，拿出整疊不知從哪裡搜出來的考卷加作業，還有我平常塞在抽屜裡塗塗寫寫的廢話。「該寫的為什麼都不寫？還有，你畫這什麼東西？你以為你是誰？幾米嗎？」

我差點笑出來。如果你有看過卡通「我們這一家」，就知道我畫的是頭型長得像砲彈的那個花媽。女龜蛋就長這個樣子。

「屌兒啷噹的。」她又翻了其中幾頁：「你也知道要寫這個？」害我羞赧了一下。我羞赧不是因為她那樣說我，很多老師都有跟她一樣的問題，老愛站在高高的位置，然後從那邊對學生指指點點。她指著我寫的幾行字跡，「取你已擁有的，不要奢求你所沒有的。」「心的妄念，比陽光中的塵沙還多。」「每個人在世上都有獨特的貢獻。」很多是從家裡樓下的日曆紙旁邊抄來的，每天一則，總共三百多則。當然不是每一則都有感覺，不過當初發現家裡有這東西還真喜歡，說不上來為什麼。差不多國三開始，我很認真地抄了一陣，抄完後放進書包裡，隔一段時間拿出來翻看，然後又找些新的抄進來，幾個月後愈寫愈多，一直放在書包裡像寶典一樣。那種感覺後來莫名其妙就沒了，天知道當時我在想什麼。

「說啊，為什麼不寫？」又來了。

寫妳個芭辣。當然，我只是在心底攪弄這話，但還是差點笑出來，我就是想笑。還好我忍住了，女龜蛋也沒發現，她正用力思索著那些自以為很優的字句，努力把它講到她自己滿意為止。有夠累的。後來我發明一招，只要她開始碎碎念，我就把視線的焦點放在她頭皮中間一小塊空空的地方，然後想像自己被她愈罵變得愈小，到最後縮成一個小點，整個降落在那塊頭皮上，然後就安全了。這招真的有效，那些聲音會自動退到一個距離之外，遠遠地嗡嗡響，不太進得來耳朵裡面。

不過偶而也有被她得逞的時候，當嘎嘎的尖銳嗓音攪動到我有些動怒的時候，我就知道破功了。我提醒自己不要笨到去戳她，這種事自然有人會做。那種網路上一查就有答案的題目有什麼好寫？紅樓夢裡面撕扇子的是誰？賈寶玉的大姊叫什麼名字？林黛玉的丫鬟是誰？第一個被王熙鳳害死的女人呢？這些你拿去問台大校長我就不相信他會。老問這些問題跟問台灣霹靂火裡面哪個女人最欠扁不是一樣？不過我自己也真孬，連不想鳥她這話都說不出來。

「不說是吧，好吧，你那麼愛罰站你就站吧。」

一個禮拜差不多四五次，我站在她辦公桌後面，繼續看著那顆燙得有點搞笑，中間禿了一圈可以讓鳥孵蛋的頭。這個堆滿講義油墨臭味的角落，又是太陽西曬的位置，如果是下午，整個角落不斷散發出一種什麼都燒光以後，已經沒有東西可燒的那種氣味。女龜蛋的周邊幾個同事不停勸她：「哎呀，小孩就是這樣，幹嘛生那麼大的氣。」搞到她四周的龜蛋都認識我了。「你們都看到了，如果你們班上有這種學生你會怎樣？」有一次不知怎地，突然

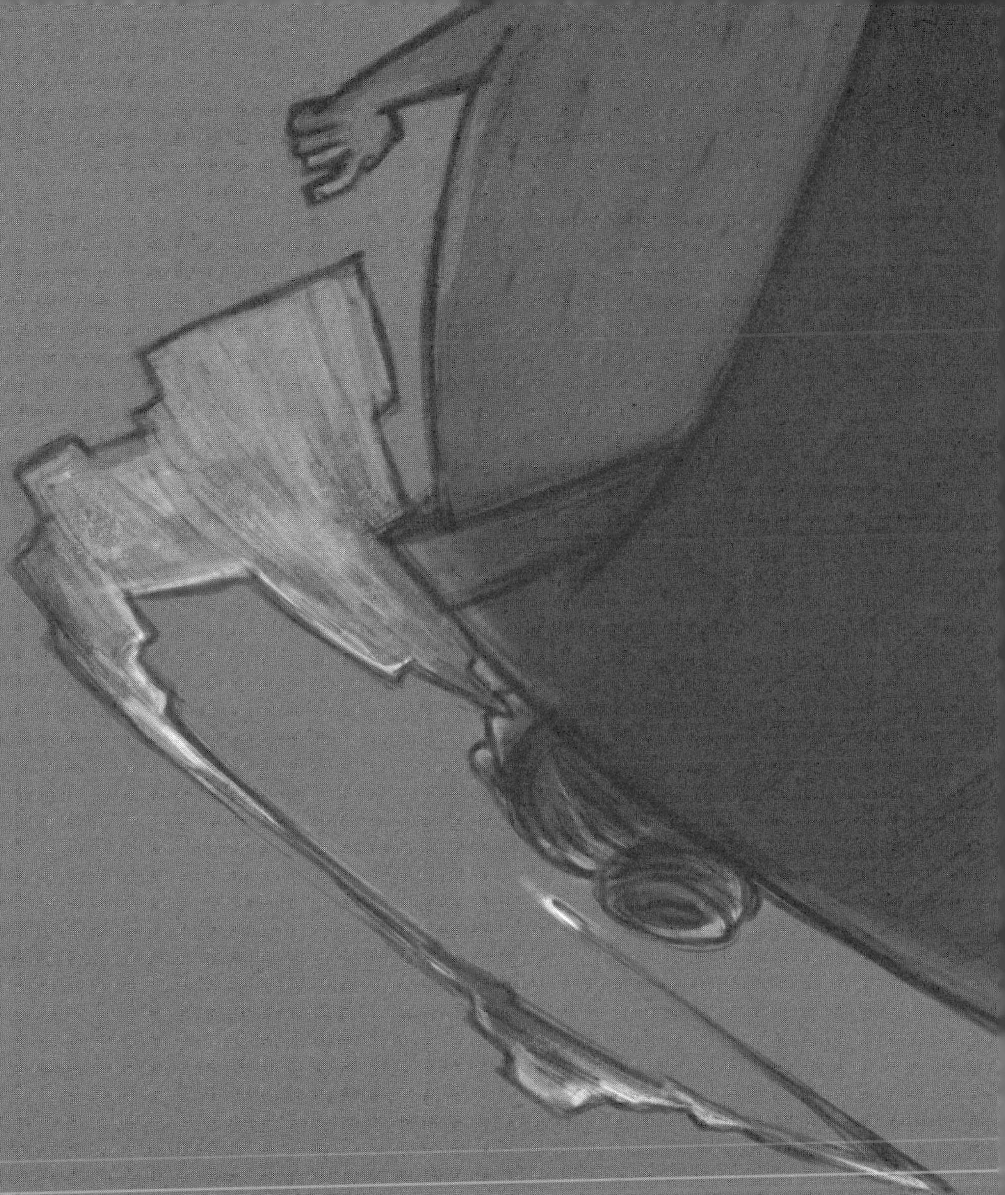

她悲從中來，站在幾個圍著她的女老師中間「嚶」的一聲哭了。嚇死人，她哭的樣子。我發誓我沒對她怎樣，連話都沒說，頂多眼神在她鬼叫「為什麼不敢看我啊，蛤？」時瞟了她一眼。不是我故意要這樣，如果你看過我被她叫去角落裡站著，還要從那邊把頭轉出來看她，就知道為什麼我會出現那種瞟的眼神了。

然後，那些個跟她一樣假仙的女同事就「唉呀，不要這樣說嘛，每班都有本難唸的經，能者多勞，妳就多擔待一些吧。」這樣邊勸邊拍拍她的背，輪流甩幾個惹人厭的眼神到我臉上。那間辦公室的空氣我厭惡透了，各種虛假的髮膠氣味，年輕一點的不斷把參考書上的重點抄進來課本，到教室後再把這些抄來的寫在黑板上，好像學校付他們薪水就只為了做這件事。這下我有點明白了，原來是這麼回事，所以才需要變出一大堆五十題一百題的試卷，然後他們只需要等底下改完彼此的考卷後問「哪個同學全對的？舉手。」靠，還真的有，而且你看那個舉手的嘴臉，還真替他那麼愛「全對」這件事感到可笑，也替那些下課時老愛喊喊窣窣的鳥蛋感到可悲，他們擠在教室後面互相調查還有誰看到那個舉手的剛才作弊，然後在那邊推來推去誰去報告老師。

還有，也許是我在那邊站久了無聊，我居然發現原來每個人身上都有磁波這件事，要是你問我那東西長什麼樣子我也說不出來，反正有的人身上散發出來的那種龜波讓你一靠近就討厭，用不著跟她多說什麼。搞不好女龜蛋也是這樣覺得，只是她不是很明白這種東西，只好不斷攪動舌頭，哇哩哇啦講那些沒人要聽的東西。有些人很會這樣。我還是嘴巴閉緊一點，如果不小心開口反擊，搞不好會說出跟她一樣水準的話。

還有，那種波會去找跟自己相像的波來互相交流一下。辦公室裡有幾個老東西老愛坐在休息區泡茶，指著報紙上的林志玲和陳思璇比較誰的腿長誰最近發福，像在品嚐下酒菜那樣嘴角吱吱出聲，啜一口茶翻頁繼續聊。不然就是比誰最快退休，一個月可以領多少，下一次還是同樣的話題，好像多講幾次那幾個錢就會變多。他們如果願意停下嘴巴，就會發現他們的人生和他們的工作有多麼無聊。他們就是不想讓自己的頭腦好好想點事情，嘴唇才需要動個不停。還有女龜蛋對面那兩個女的，居然買了同款古奇牌的粉紅色包包，沒多久，她們後面的那個走路一直點頭，脖子好像斷過剛用膠帶黏好的肥婆也買了一個。「啊，怎麼可能，這款是限量版，我買的時候全台中剩一個呢。」「哼，我叫我老公他公司的業務他太太想辦法給我弄來。」好樣的，這下子全辦公室有三個女人拿同款的皮包。而且是怎麼了，她們三個講話需要用到一千隻鴨子的音量，你不想聽都不行。你會懷疑她們整晚在家的生活有多悶，家裡的擺設大概一團糟，浴室廚房的風水一定有問題，房事一定荒廢了好多年，才會起早到了學校變那副德性。她們的聲音出奇地難聽，一開口就停不下來，奇怪難道都沒人通報衛生署注意這種病，發給染上這種病的人一張「講話卡」，限定一天除了工作之外，不能超過三千句，超過了就自動給他消音，好提醒病人別製造污染，干擾別人的清淨。

古奇牌三女經常圍成半個圈圈，互相交換欣賞對方的皮包，不停撥弄上面的扣環叩叩出聲。有夠白癡的，一樣的東西可以彼此討論個半節課。而我們班那個女龜蛋一聽見那聲音，目光呆滯地朝那三女張望，嘴唇像魚不停啵啵開合，好像這樣才能吸到足夠的氧氣。看得出來她也想買，不過她是那種只會想，卻寧願把錢拿去燙一顆被火雞啄壞了的鳥頭，或者不停撈起披在椅背上的外套袖子，緊緊打一個結，一會兒掉了下去同樣的動作又再來一次。有時古奇牌三女中的一個嚷著昨天看「藍色生死戀」的重播又哭了整晚，其他的馬上加入，那齣算什麼，妳要是看過真人版的「螢火蟲之墓」，包準妳會哭上一個禮拜。然後就有人插話，「那有什麼好哭的？」古奇牌三女愣了一下，「怎麼可能不哭？」肥的那個說道。接著她們輪番質問那傢伙為什麼看「螢火蟲之墓」不會哭。他馬的。

再過去兩排的英文科那邊，有個禿頭不時捧著他的筆記型電腦到處炫耀他拍的照片，「你看，這是普羅旺斯的古堡，這張是蔚藍海岸的日光浴，」惹得幾個女人手掌摀住嘴唇哇哇叫。禿頭一邊點照片一邊問：「暑假要不要一起去澳洲啊？」人家還沒回答，他自己先呵呵一陣怪笑：「放心啦，我怎麼可能找妳們去，讓人家發現妳們英文那麼爛不是很丟臉。」奇怪那些女人居然沒有反應。「欸，還有什麼照片，快拿出來呀。」等禿頭一離開辦公室，「什麼嘛，講話這麼傷人還自以為幽默，他老婆怎麼受得了。」第二天第三天，這些傢伙還是繼續那些話題。三女當中沒結婚的那個老愛跟禿頭炫耀，昨晚去公益路一家 Lounge Bar 喝酒，一個從矽谷回來的電腦工程師跟她搭訕，問她高中女生怎會跑來這種地方。「我跟他說我是高中老師啦。」這話題她講了一百遍，每次都是那個「電腦工程師」。扯的是有一晚三女一起去那家 Bar 玩，第二天其他兩個都作證，那個電腦工程師居然說「怎麼妳又帶了兩個同學來？」講完三個原地跳了起來，好像那是她們這輩子最快樂的事。肥婆那天穿了一件桃紅色緊身衣，繃緊的肉彈很不爭氣地上下震動兩下，禿頭也看見了，「唉呦，今天幹嘛帶避震器來上課？」肥婆聽見了，發出嬌嗔的怒聲：「你很過分喔，有種你再說看看。」「啊帶避震器來有什麼不好？要剎車就很舒服。」兩手抱胸一臉淫蕩的表情。「你再講你再講。」肥婆撿起一本作業簿丟過去。這下你不得不懷疑到底哪邊的智商出了問題，而那個禿頭也由她們講第二遍第三遍那個工程師的事，因為接下來換他要秀他的阿拉斯加極光之旅的照片。「那不是看過兩次了？」還是那個肥婆狠。至少禿頭不會告訴她們，三個女人的年紀加起來比鎮瀾宮的媽祖還老。

有一次不知怎地我又惹那女龜蛋生氣了，真的很莫名其妙，她叫班長來喊我過去，我心想昨天難得沒作業也沒考試，還會有什麼事？一開始她還算和顏悅色地講，要用功啊，不要老師沒唸你又自己胡思亂想了。胡思亂想不打緊，還表現出一副你很行的樣子，這樣子以後吃虧的可是你啊。怪怪，這傢伙是怎麼了，今天不正常的程度有點超過。我開始把視線慢慢降落在那塊停機坪上，那天她從頭頂正上方紮一條歪歪的馬尾掛在肩上，停機坪被打散成半圈肥沃月灣，我的視線還沒習慣過來，只好把眼神丟到四十五度角的遠方假裝若有所思。突然間她就暴怒了，「你不要以為我不知道你在想什麼？蛤？」這次真的嚇到我了。如果你有在現場，就會明白為什麼我會被嚇到。她那擠滿痘痘的表情瞬間猙獰到比龍祥電影台的鬼還可怕，真的。我那時害怕的是萬一她歇斯底里到突然掏出指甲刀捅自己，再加上她那樣瞎嚷一通，不知道的人一定以為我對她怎麼了。剛好教務主任從我後面走過，女龜蛋一看到他就哭了起來。「主任，怎麼辦？我們班就剩這個了。」誰聽得懂那沒頭沒腦的鬼話，好像她正在進行一項不可能的任務，只差我這關通過，她就可以跟誰去領勝利的獎品了。那古奇牌三女遠遠地看見她哭，趕忙上來扶她走進辦公室。

「你過來。」我跟著主任走進教務處，他坐在他自己那張旋轉椅上翻出一整疊成績冊，又瞄一眼我胸前的名條，手指放在姓名欄很快找出我的位置，要笑不笑地讀完那排分數。「聽著，」他抬起頭把眼鏡扶高些，好讓眼珠子在鏡片裡面：「外面很多學生排隊想進來我們學校，如果你那麼不想唸，當初不應該來這裡浪費名額。」他的意思我當然懂，我只是點頭，沒有出聲。他又問我平常在做什麼，我說發呆。他還順著我的話說發呆沒什麼不好，不過也該稍微認真一點，你們班的老師那麼好，不信的話可以到別的學校打聽看看，這一個，那一個，很多學校都想挖他們過去。我一直「嗯嗯」出聲，表示我有在聽。

好不容易他終於放我回去，我在座位上又胡思亂想了一節課，前面的龜蛋嗡嗡什麼根本人只能在底下鼓掌，然後回到班上繼續扮演老被提醒「看看人家怎樣」的膿包。再差一點的學生都希望下次能換他們站到司令台上面。而事實上，每次上去的都是那些人。我們大部分的叭，然後校長轉身，對著麥克風啪啪鼓掌，全校跟著鼓掌，領頭的那個在教官的手勢引導下大聲喊：「敬禮！」之後他們一一通過別班的隊伍前面，往自己班跑去。這時大概所有的學禮，把這些最厲害的通通叫上去給大家看一下，由校長一個一個發紅包，樂隊在旁邊叭叭稱讚他們一下，「同學們，你們看看人家是怎麼讀書的？」每次月考成績公布後的升旗典樣，眼睛裡只有跟他們一樣喜歡考試、乖乖拿尺把課本畫上一條一條紅線的傢伙，上課不時

不過叔公的話也有幾分道理，像教過我的老師，他們跟我認識的那些很會考試的人一鐘就對我露出個無可奈何的、像在說「這款人誰受得了」的表情。

就看你不起。」罵完老師罵律師、罵醫生，還有政治人物。坐在收銀台後面泡茶的伯母幾分他兒子看不起他，還有他媳婦。「那些會讀冊的只看得起跟他們一樣的，你若不會讀冊他們個下午，伯母也由他講個夠本。「不要那麼看人不起，自己會讀冊有什麼了不起。」老是說對方的事，還以為世界上真有那麼壞的兒子媳婦，還有那麼該死的父親。每次他來可以講一的兒子在國中教書，媳婦也是，而全世界都知道他和他們不合。如果你第一次聽到他們講到腳叔公每次來店裡都說：「學校的老師攏出一隻嘴，你莫被他們騙去。」會這樣說是因為他沒在聽。所有的學校都是這樣，他們只想收到他們要的學生，所有的老師也是。住豐原的跛

就像我這樣，三天兩頭叫過去臭罵一頓，也讓那些膿包們「看看人家」怎樣被罵。

想到這裡，我這才比較明白，自己就是那個膿包中的膿包。那些龜蛋還有辦法讓自己相信，他們的煩惱與痛苦全是出於一種對學生的關心。好樣的，這話他們太會說了，即使是古奇牌三女、禿頭們都一樣，你真該看看他們接到家長電話時對著空氣臉上不停堆笑，一放下電話馬上擺出嫌惡表情的模樣。而且你還得付學費給他們，讓他們來罵你，有時候罵完又打電話到家裡告上一狀，弄得伯父伯母道歉完還要說謝謝。天底下再也沒有比這更離譜的事了，要不是出錢讓我來這裡的是我伯父，我還真想跟這裡說掰掰。算了，我還是不要去想那些煩人的事。我要是有辦法自己賺錢就好了。

快到期末時，我們班有兩個玩塔羅牌的女生告訴我一件差點讓我吐血的事：那個女龜蛋在喜歡我。「是塔羅牌上的權杖皇后說的。不是我們故意要算，你不覺得你和她的緣分很奇怪？」還拿那張牌給我看，她們幫我抽到一張倒立的權杖皇后，左手握權杖右手掌豎起一朵向日葵，「真的有點倒楣，」那個拿牌的女生說：「如果是抽到正的，代表你遇到的對象是優雅大方、願意幫助你的貴人，可惜她是倒立的。這代表對方傲慢、情緒不穩定、愛忌妒。你看，很準吧？」另外一個幫忙解釋，那張牌代表女人年紀比男生大，對女人來說，愈是叛逆的對象她愈會有挑戰的成就感，而且喜歡用折磨對方的方式來表達她不能說出口的愛意與痛苦。「想化解的話，只要乖乖聽她的就好了，」原來那個還要再講，「謝謝喔。」我翻了個白眼送給她們趕快走開。

第一次發現「喜歡」這兩個字可以這麼恐怖，還好我不懂什麼塔羅牌。學期末重新編班，我終於脫離了她的魔掌。她跟那個傳說會罰學生鴨子走路的龜蛋被分派去帶不同類組的資優班。這樣也好，這種人一旦被肯定後會比較正常吧。不過那都不干我的事了。

我的新導師，一看就知道很適合帶我們這種班。「同學們，要用功啊。不然以後你們就會像老師這樣……」聲音愈來愈小，很難想像身材像胖虎一樣的傢伙聲音居然跟蚊子一樣秀氣。他和女龜蛋教的是同科，兩相比較就很清楚為什麼他被分來教我們班。他的講義也未免太寒酸了，跟人家一整疊的練習、作業、考古題比起來。而且一句話經常講得零零落落，上半句勉強聽懂，下半句已經糊成大悲咒，怕吵醒我們這群鳥蛋似地不停催眠。那些上學期經常在學務處窗邊罰站的傢伙，現在都變成我的同學了。剛剛我不是說過，那些成天只會把玩雞巴上的東東的就是這些人。可不要小看他們，他們有的爸爸是什麼鎮代會主席，有的爸爸在大陸做毛巾，有的家裡賣馬桶，一進家門到自己房間要搭電梯。這些鳥蛋的功課跟我一樣爛，如果你看過他們吃飯時捧餐盤插隊的速度，把鋁箔包摺疊成撲克牌大小塞到音樂教室椅墊底下的功力，就知道他們其實不笨，他們成績那麼爛全是因為他們太愛玩雞巴上的東東。

有幾次他們玩到胖虎怒了，「碰——」課本一摔，走下講台站在那些鳥蛋面前，他們兩手緊握遊戲機，抬起頭露出「看吧，不是我要玩的，是這東西它要黏住我的手，我有什麼辦法呢」的無辜表情。胖虎繼續怒視教室的每個角落，這下我們總算被他的怒氣給鎮住，各自放下手中的東西看他是要如何。幾分鐘後，他還是把那隱忍多時的怒氣給吞了回去。「好吧。反正你們一輩子都有得玩，算了，我不說了。」像是吵架吵輸的那方，急急趕回講台上，鼻孔「哼，哼」噴出怒聲。可笑的是聽見那聲音的鳥蛋們倒呵呵笑了出來，意思是怎麼會有這種老師。胖虎把課本捧到下巴前面繼續他的下半堂課。那些鳥蛋們很快就若無其事地摸出遊戲機、手機，兩根指頭像失智老人一樣快速顫動。下課時如果有人喊到這些鳥蛋的名字，可能要等上比正常速度慢幾千倍的時間，這些名字的主人才緩緩轉動身體，眼神茫茫地：「誰叫我？」他們的魂剛剛從幾百萬光年的遠處，納米克星球鬼火地獄或蘇拉米亞山上，正帶領大批魔獸軍團跟各式各樣張牙舞爪的妖獸夜叉作戰，不巧聽見有人喊他的鳥名，才急忙拋下他自己發動的星際大戰，趕忙回來這邊的世界探看一眼。然後，那被叫喚過來的靈魂發現，這邊的世界不過是在催他快交作業、班費、提醒掃地之類的鳥事，於是又急急趕回去，繼續帶領他的大軍，跟那幫阿撒布魯人不人鬼不鬼的傢伙繼續拚鬥下去。

當然其他的龜蛋不見得有胖虎那種修養，教我們數學那個就是。他來上課的第一天就問我們：「嗨，聰明的貴班，你們知道什麼叫頭等艙、商務艙、經濟艙？」沒人鳥他。他繼續講他要說的比喻：反正這個世界顯而易見的法則，就是有錢有實力的人坐頭等艙，差一點的人商務艙，最糟的那些傢伙只能窩在經濟艙。如果把我們學校比做一架飛機，那你們覺得自己坐在哪個位置？

還是沒人鳥他。這下他乾脆自己揭開謎底，「給我認真一點，你們還要墮落到什麼時候？」你很快就發現他是來激怒你的，而在他的想法中，應該是我們激怒了他才對。不到一個禮拜，他又把他的頭等艙理論搬出來講了一次，好像那個比喻多麼了不起，「嘿，明白我想說的意思吧？」簡直把我們當笨蛋。第二次他開口講這比喻我馬上有不好的預感，之前看到雜誌裡面有篇無聊的報導說，按照一般人的慣性，如果他短時間內重複某個固定話題，那他肯定會再說第三次、第四次。那篇報導的用意似乎是說，當你身邊有這種老愛重複自己論調的朋友，千萬不要在他發作的時間點反駁他或插話，這樣會使你原先企圖推銷或說服的觀點前功盡棄，因為這人正卡在他最尷尬也最難溝通的狀態中。雜誌裡還講了一個比喻（乖乖，這些大人還真愛發明各式各樣的比喻），就算一隻再溫馴的狗正在啃咬一塊骨頭時，不要過去打擾牠，否則只會招來一陣狗咬。

果然，兩天後他又照樣講了一次。底下一個白目抬頭嗆他：「你已經說第三次了。」那個龜蛋看他一眼，故意裝作沒聽到，「well，這個嘛，我們來看底下這一題。」假裝他沒說過這件事，很快把一堆數字符號寫滿整面黑板。其實這傢伙光是看他不用圓規三角尺就能畫出漂亮的圓圈、正立方體，倒還蠻賞心悅目的，他不要講那些數學以外不三不四的歪理就好。而且不知是哪個門派教他的，老愛在每句話前面加上 well、aha、follow me、understand？

這些有的沒的，說的時候還會站出來半步，兩手伸到胸前畫個半圈，好像空氣裡躲著鬼，而他在跟他們打暗號，看久了還真讓人有些發毛。還有，他老愛吹噓他衣服的品牌是什麼日本設計師的限量款，說的時候像唱戲一樣甩一下袖子，「這個牌子還有出床組被套，很讚的呦，包準你睡了不想起床。」瞧他的眼睛上下銅錢大小的黑眼圈鬼樣，一看就知道睡眠嚴重不足，還好意思拿人家的品牌來炫耀。不過上他的課我還算認真，因為我數學不好，可惡的是我從來沒考贏過那些鳥蛋。鳥蛋們的數學好到你會想揍人，他們當然不是玩雞巴上的東東玩到開竅，而是晚上還要過去補習班那邊補他們的鳥數學。

坦白說我不是很在乎頭等艙經濟艙這些。那些講法讓人很容易嗅到成績以外的什麼東東，在這些龜蛋的眼裡似乎看得很重，例如這邊好那邊差之類的比較，「你們看王永慶十六歲的時候，跟你們現在比起來……」「比爾蓋茲打一個哈欠的時間賺到的錢，一般人要花多久才賺得到？」然後兩顆眼珠在那邊擠來擠去故佈疑陣，「半年！老天，有誰的哈欠能像他的那麼值錢？」這種說法出現時，反而讓我羨慕那些鳥蛋，至少擺在他們雞巴上的東東，成功地讓他們跟這世界之間隔起一層防護罩，好讓他們能專注地跟魔獸天堂、信長、誅仙、完美世界永無止盡地格鬥下去。就算我們真如同龜蛋們說的，正一天一天往某個方向一直墮落傾斜，也只是悄悄地緩慢地往那邊靠近，而不是一下子就逼著所有的鳥蛋看見，終有一天會出現在眼前，任誰都無法面對的恐怖未來。

3

也許你會好奇，我哪來的這些總是讓人快樂不起來的想法？到目前為止我的答案還是那樣：我要是能知道就好了。很長一段時間讓我氣餒的是，不管我怎麼用力想問題，每天得到的收穫總是一些些。甚至你以為自己找到多麼了不起的答案，到明天你又覺得怎麼會有那麼幼稚的想法，倒不如跟那些鳥蛋一樣，只要一台遊戲機就好。所以是我在忌妒他們嗎？我連當一個鳥蛋的資格都沒有。那我可以像隔壁那個娘砲班那樣，一下課手提音響搬出來，七八個圍在一起，學那些電視上的歌星捏著嗓子唱歌嗎？這又是我很難理解的一件事。這幾年來只要打開電視，你會發現全台灣稍微正常一點的人都在學唱歌，不然就是人物模仿，每班一定都有人會表演阿吉仔，要不就是豬哥亮，那表情先是把嘴巴歪左邊接著臉頰扯到右邊成中風的樣子，兩手下垂像猴子一樣不停撈晃，晚會時只要有人表演這個一定轟動，還有星光幫、超偶幫、快樂幫，sorry soory，nobody nobody，喔喔妳是我的花朵、Lady Gaga、瑪丹娜、還沒變鬼以前的麥可傑克森。大人學小孩學，員工學老闆也學。而且每個人都是專業評審，旋律、口氣、律動、節拍都能說上半天，一閉眼就自我陶醉，好像他正在攝影棚錄影。而那些不正常的人不是上了新聞頻道，打小孩、自拍、在飆速的摩托車上表演倒立、在狗的身上綁沖天炮，就是打電話到 call in 節目找人吵架，吐個三十秒的鳥氣，還沒講到重點就沒了，然後又是那幾張恐怖的嘴臉繼續挖哩哇啦。糟糕的是我那伯父還蠻愛看這種節目，同幾個來家裡聊天的老頭邊看邊罵，抓住電話盯著螢幕下方的電話號碼猛撥，好不容易打進去，電視台那邊要他等一下的同時，他不停揮手要伯母把抽屜裡寫好的草稿找出來，翻了半天沒找到，急得伯父滿嘴三字經，不曉得罵電視還是伯母。終於，電視上那個主持人看著我們說：「歡迎台中吳先生、吳先生請講。」聽見人家喊他，拿在手裡的話筒像是塊燙手山芋，一下子把電話掛了回去，嘴裡氣呼呼的聽不懂在唸什麼。倒是伯母一邊讚嘆真奇妙喔，這樣就能跟裡面那個人講電話，一邊勸伯父放輕鬆點，等一下換別台打看看。不曉得是緊張過度還是被氣到了，螢幕裡面有一兩個特別惹他討厭的傢伙，只要鏡頭一帶到他們的臉，伯父立刻從椅子上跳起來指著電視，像在罵阿奇那樣吼上一陣。有夠吵的。

這樣講，我大概又找到為什麼我那麼討厭學校的原因了。我就是無法在那種鬼地方放鬆，像有的鳥蛋打電動能打到鳥頭直直叩一聲倒在桌上睡去，口水狂流到地板黏答答，不然就是襪子脫下來猛摳腳皮。那裡真是讓我緊繃到不行的地方。這點我一直無法理解，我又不是那種被罵或叫去罰站就會臉紅的人。每次這種不爽症發作的時候，我總得把自己縮起來，省得老是對這個世界不順眼，非要找點麻煩來讓自己好過一些。就拿學校來說吧，從小到大待過的那些學校，每一間都醜得比精神病院還要噁心。你光是站在校門口望進去，整排教室不是像機器被盜賣光的大型工廠，廠房裡好幾排空洞的桌椅，就是像幫倒閉公司出清存貨而臨時設立的便宜商場，到處貼上難看的標語，每一棵樹修理得跟公務員的髮型一樣白癡。連小便斗前面都要黏一張寫有標語的貼紙，「勤練彈指功，解放更輕鬆」、「往前一小步，點滴不外露」，提醒你尿尿要尿準，還寫錯字。結果呢？不知道是全台灣的小便斗設計不良，還是大部分的台灣男人那話兒太短，好像要把尿尿對準這件事很困難，不管你走到哪間學校、公園、戲院，永遠會有標語提醒你這件事。而事實上所有的小便斗四周永遠都是酸臭的尿味，我們學校當然也不例外。我真懷疑有些人那話兒可能長在大腿上，不然就是在肚臍上才會無法對準。即使每個學期有三分之一的鳥蛋到日本參加教育旅行，回來後聽他們發表心得，說來說去都是日本的廁所比我們乾淨、拉麵很好吃，然後把北海道、東京鐵塔的照片印出來貼在廁所的瓷磚上，這大概就是我看到的教育旅行帶來的改變了。而我們的大便坑小便斗裡還是什麼都有，寶特瓶、廣告傳單、塑膠袋，還有麥當勞漢堡。每次我打掃廁所撿這些東西時，總是安慰自己還有比我更厭惡這個鬼地方的傢伙，而且為數不少。

說了這個鬼地方這麼多壞話，為什麼我還窩著不走？我和那些鳥蛋一樣都不愛來學校，不過鳥蛋們乾脆把漫畫、光碟、遊戲機全帶進來玩個整天，在這裡玩總比回家偷偷摸摸有趣，還可以互相交換、切磋武功。在這邊的我完全沒搞頭。不知道為什麼，我只要一聽見手機發出的「喀嚓」的聲音就頭皮發麻，好像把誰的頭砍了一刀，而那群鳥蛋們覺得好玩得很，隨便一台手機裡面裝的都是這種摳鼻屎、露股溝、捏奶頭露肚臍毛的照片，不然就是各國淫娃咿哦亂叫的影片。我只有在讀金庸時才讓我稍稍跟這鬼地方拉開一點距離，幻想如果黃藥師遇上天山童姥，或者張無忌跟星宿老仙過招的話，不知誰會打贏。不然就想像我是導演的話，要我從學校找人扮演這些腳色我會怎麼安排。那群鳥蛋裡有人還蠻適合演桃谷六仙，智障、白目、無厘頭。李莫愁就給一上那個女班導好了，有一次她上課時提到李莫愁最愛唸的那幾句：「問世間情是何物？直教人生死相許。」說要不是李莫愁命不好遇到個壞男人，她的人生不會這麼悲慘，還自言自語都你們男人最壞了，把個好好的女孩子搞到神經病，講得好像李莫愁來附身了。開什麼玩笑，要是那女魔頭長得跟她一樣，怎麼可能會有感情糾紛呢？她還說連女魔頭都這麼有文學素養，哪裡像你們這些腦袋裡沒東西的草包。這個女龜蛋，演裘千尺還差不多，如果她還死性不改的話。

至於岳不群，恐怕就非我們校長莫屬了。你要是只聽他在周會時開口閉口夏山學校、大前研一、佛里曼、「教育無他，唯愛與榜樣而已」，你還真會替這麼一個愛讀書有理想的龜蛋竟然來這種學校當校長感到可惜。不過經常被叫去學務處罰站的都知道，教官休息室裡不時冒出一個跟我們同屆，把制服穿得像流浪漢一樣的傢伙，下課時老歪在沙發上翹腿跟教官們稱兄道弟泡茶聊天，你馬上明白這不是什麼普通的鳥蛋。我們老早知道這傢伙的老爸就是岳不群，一下分班時他的成績根本進不了資優班，那些沒被派去教資優班的龜蛋們不只一次告訴我們，岳不群硬給他家的寶貝弄出個特別班，而那傢伙的同班同學的爸爸們不是立法委員，就是在大學當個什麼主任，不然就是醫院院長、什麼部什麼局的高官……。教數學的那顆龜蛋半開玩笑地警告過我們，「沒事不要去得罪太子班啊。」反正這種鬼地方什麼都沒有，就是這種人的小孩特別多。他們班每個月家長返校日那天，法拉利、藍寶堅尼、保時捷都來了，走廊上不時站一排龜蛋鳥蛋盯著那些車子裡走出來的人，目送他們的背影上樓。別班在考試，太子班那邊卻不時傳出小提琴樂音和咖啡香味，女人們呵呵的乾笑聲，然後一堆母親擠在走廊上摟住自己的小孩，擺出剪刀的手勢拍照，下課了還擋在那邊。他們的教室布置得聖誕老公公隨時會過來送禮物一樣，玻璃噴上幾千朵白色泡沫，好像裡面正在下雪，連出來上個洗手間都要圍上圍巾，就怕沒人知道他們從特別班裡走出來。還好阿奇沒來這邊讀書，不然他一定會恨死他爸媽怎麼跟人家比。同樣是精子碰撞卵子，人家碰出來的鳥蛋幫他取一個名加上一個姓，給他一輩子吃香喝辣，到我們這種年紀就幫他排擠別人家精子卵子碰出來的小孩，好讓自己的種能擠到別人前面，即使被人家唾棄嫌惡也不打緊，這真是難以理解的事。要是我父親還在的話不知道會不會跟這些人一樣。

奇怪，怎麼想來想去都是些該下地獄的爛咖。我自己呢？嘿嘿，如果可以的話我想當令狐沖。令狐沖太帥了。如果不是這樣，魔教妖女不可能會看上他。真正的帥哥不會是那種一下飛機就被一大群性生活不美滿的師奶團團圍住，全身上下被捏到爆的娘砲，而是那種連最壞心眼的女人看了都甘願疼他的那一類型。像張翠山之於殷素素、蕭峰與阿紫。這樣講張無忌也算，不過他太色了，連掉到古井裡看到壞女人趙敏的腳都有反應，這種男人也能當上教主，難怪後來明教會被小混混朱元璋整個夾去配飯吃。楊過就難搞了些，誰叫他童年那麼悲慘，專門遇到會欺負他的龜蛋鳥蛋。而且他學的武功很娘，要不是後來又練出一套黯然銷魂劍，小龍女傳給他的玉女劍法跟隔壁班那些娘砲跳的民族舞蹈有什麼兩樣。還有段譽，男生跟人家跳什麼凌波微步，讓我想到我們這排教室出了一個經常兩頰擦亮粉塗唇蜜，在走廊上尖叫自稱是男版蔡依林的傢伙。

不過這鬼地方倒是有個深藏不露的人，他比起那些只會教人寫考卷的龜蛋厲害多了，這人是管傳達室的那個老頭。要不是後來被我發現他跟那些龜蛋們同樣下流，我差點把他當成是風清揚——躲在思過崖教令狐沖獨孤九劍的那個絕世高手。會認識他，說來還是高一那女龜蛋幫的忙。平常老頭除了上學時間管制人員進出，假日還要幫忙安排回學校勞動服務的學生掃地工作。整整一個學期我被女龜蛋罰了五次，處罰單上的理由從「不敬師長」、「態度傲慢」到「人格偏差」都有，禮拜天我得乖乖早起，跟伯父說老師要補課，自己搭公車到學校找教官報到。你知道那種教官，就上課老愛講自己在部隊演習時遇到兩層樓高的蟒蛇掛在樹上，好不容易把蛇引下來，扛起車輪大的石頭把蛇頭硬生生砸爛，晚上就吃蛇肉加蛇膽。也開過戰車跳過傘，半夜行軍還遇到日據時代的鬼罵他們「巴嘎巴嘎」，受訓時兩顆子彈剛好從頭頂掃過，說著把軍帽脫下來，「你們看，」彎下頸子讓我們觀看他長不出毛的頭頂。可那顆頭怎麼看就是雄性禿加上縱欲過度。禮拜天一早，和我一樣倒楣的幾個鳥蛋三三兩兩坐在教官室外面的樹下等他，不曉得他周末夜躲在執勤室裡看了多少A片，老是腫著兩顆眼泡站出來喊「集合——」，一一唱完名又躲進值勤室睡大覺，把我們丟給老頭，由他教我們練兩個小時書法，然後安排打掃區域。

聽到要寫書法，我們幾個跟在後面七嘴八舌，「什麼東西？不會等一下又要學刺繡、彈古箏吧？」老頭帶我們走進會議室，安排我們一個一個坐好。我猜他應該是毛遂自薦，而那個懶惰教官也樂得有人替他當班。他挺胸站在會議桌最前頭，說一口聽不太懂的國語，「統學們，好蒿甲油啊，鞋字練心口以綁住你成大功立大業，今日不臉以後就後悔呦。」講得好像蔣公就站在他背後，只差沒背一段國父遺囑。不過老頭也真有心，不知從哪裡弄來十組硯台毛筆在會議桌上擱一長排，還一一為我們倒墨汁。我們幾個好像準備行刑那樣緊縮在座位上，半天才伸出手，像老外拿筷子把毛筆握在手中瞧來瞧去。那老頭走過來站在背後教我們怎樣握筆，他自己也坐在前面鋪紙寫了起來。他應該是很會寫的那種人，上半身挺直，下半身蹲馬步，手腕懸在空中，身軀擺動得頗有氣勢，讓你覺得搞不好他有什麼絕世武功，不知道誰陷害了他，只好躲在學校裡當工友。說不定他還打過共產黨、見過毛澤東。

好不容易把兩三張紙寫滿拿過去給他，他坐在那張像董事長坐的旋轉椅上捧著我寫的東西，一直點頭不知在笑什麼。我這才看清他的相貌，滿頭剪得極短的白髮，連眉毛都是白的，眼窪四周布滿皺紋，笑起來幾根下垂的眉毛被皺紋夾住。我盯著那幾根蔥鬚般的長眉，心裡嘀咕著，還不快點分配工作給我，怪老頭。他抬頭看了我一眼。眼神像雷射光一樣穿透我的腦門，害我不知道手往哪裡擺。

「怎麼不寫名字啊？」

「上面沒說要寫。」

「那別人怎麼都知道要寫啊。」

奇怪，問這什麼問題，明明就沒說要寫，為什麼我要理你，老烏龜。沒想到他一開口我又嚇了一跳。「不想理我這隻老烏龜是吧？先到傳達室那邊等我。」

我轉身往校門口那邊走去，背脊一陣發涼。這隻老烏龜，不，這老人有特異功能，居然知道我在想什麼，看來我得小心一點才好。我站在傳達室外邊等了七八分鐘，看他分配打掃工作給其他同學，然後朝我這邊走來。這時候，我突然想到一件差不多要忘記的事，糟糕，居然在他朝我走來的一兩分鐘才想起，我趕緊把腦袋裡的那事擠到角落裡，很怕等一下被他看到腦子裡浮出來的事。

其實不過是最近一兩次夜裡莫名其妙出現的夢。那夢模模糊糊的沒什麼情節，很像整個人飄浮在裝滿好聽音樂的大海上，一切的感覺那麼真實，卻又美麗得讓夢裡的我到後來懷疑，這不是真的，不是真的。突然間，襯墊在底下的海水整個被抽乾，身體不由自主地往下掉，一直掉，想要控制也沒辦法。完了完了，快要撞到地面的兩條腿一陣緊繃，接著胯下扯出一灘濕濕的東西。對，就是那樣。之後醒來的我呆呆坐在床上，很替那麼美的夢裡面沒出現半個可愛的女生感到可惜。我躡手躡腳走到浴室處理完回去睡覺，這下冷冷清清的黑暗世界裡，我又作夢了。不是剛才那種夢，而是在那眼睛看不透的黑暗裡似乎有個老人飄浮在半空中，面目看不清楚，不過好像認識我很久而專程在那邊等我。「你這麼大了，該找點事來做啦。」老人的聲音聽起來很慈祥，講完這句話後，往盡頭透出微光的地方凌空而去。我抬頭看，只見他的身影愈來愈小，呵呵笑說道：「日頭好暖和啊，可有好久沒曬太陽了。」然後消失不見。

醒來後，我一直納悶老人說的那話非常熟悉，像是在哪裡聽過。後來終於想起來，原來是《笑傲江湖》裡面的風清揚。這樣的夢至少出現過兩次，所以，是風清揚來夢裡找我了？我當然知道那是不太可能的事，還是為了這夢高興一整天。不過那夢已經很長一段時間沒再出現。不知道為什麼，這個老頭靠近時我又想起這夢，難道他真的是風清揚那樣的高手？

他走到我面前站定，「怎麼不進去？」還沒回答，他轉身看著天空，又說出讓我被電到的話來：「日頭好暖和啊，可有好久沒曬太陽了。」

真恐怖，這個老頭。我看著他走進陰暗的傳達室，心想裡面該不會有間密室，把窗簾一放他會從抽屜摸出一根繩子繫在牆壁兩端，然後飛身上去睡覺，醒來就翻下身子煉丹寫祕笈，聽到外面有車聲靠近才站出來指揮一下。我站在門口，久久不敢跨進半步。

還好，裡面的擺設很正常。除了最裡頭窄窄一間臥房，不到兩坪大的空間就兩張桌子合併，一堆簿冊靠牆邊排放整齊，角落的電腦螢幕上都是監視器傳過來的畫面，桌上的軟墊底下密密麻麻的電話號碼，空氣裡面有那種老人房間特有的牙膏混合美琪藥皂的氣味，藤椅後面擺一組鐵櫃，櫃上有尊小小的濟公神像。「進來啊，」他坐在藤椅上旋開保溫罐，倒了杯顏色跟咖啡一樣深的茶汁，咕嚕灌了一口。

我看了幾眼擺在鐵櫃上層的書，乖乖，都是一些跟基督教佛教有關的書，除了《荒漠甘泉》這書名我聽過，其他像是什麼道門觀心經、大什麼論、還有密什麼巴的傳記等等不像是人類會讀的書。光看他的書架你會以為這裡是座三教合一的廟，不，應該說是他的基地，只是不清楚他想用它來做什麼。

這下我真的懷疑，他是那種不知奉了誰的命令躲在這邊的高人。他看我一直抬頭望著那排書，「想讀這些？沒花個十年八年打基礎，沒那麼容易吧？」問我叫什麼名字？我轉身面向他，乖乖報出姓名。

「吳季倫。季札掛劍的季，無與倫比的倫。」

老人只是點頭微笑，不像那些裝模作樣的大人，一聽到這樣的自我介紹就「哇，好名字，誰取的？」不然就是「年紀輕輕懂這些成語」那樣有口無心地誇讚你一番。好像我這種人會懂那些多麼不簡單似地。開玩笑，如果你知道我父親以前多愛買書給我，就會明白起碼我的國文程度不算太差。不過父親的買法倒很特別，通常都是他從外面開車回來，從駕駛座上探出頭，喊我下樓跟他逛家樂福大潤發去。「我數到十，一、……」不出五秒，我已經上了他的車。父親開車比別人衝上幾百倍，從三條街外一聽見那兇猛的引擎聲靠近，早穿好衣褲襪子的我棉被一掀，立刻跳下床來。我們到了大賣場，父親很快訂了一張按摩椅，交代店員送到伯父家，又買一台三門冰箱給伯母。售貨員一填完送貨單，他馬上從褲袋裡抽出一疊鈔票推到店員面前，要對方一張一張數給他看。然後走到書籍文具區，「給你五分鐘，要什麼趕快拿。」那邊的圖畫書巒多我想買的，可站在那些書前面，不知道該挑哪幾本，最後父親自己過來，兩手展開把整落的書全搜進推車裡。「今天先這樣，下次要再過來。」

我的書架上出現許多大同小異的書，好兒童百科全書、自然百科圖鑑、資優生圖解百科、大家學成語、兒童成語大全、成語故事三百講，有的附上插圖。光是「鷸蚌相爭」那隻水鳥的圖案三種版本都不同，其中一本畫的根本是鴨子。格林童話的圖畫書我也有三種，灰姑娘胖瘦都有，最瘦的那個長得像電視節目主持人，下巴尖得像白雪公主的後母。有時我會幫成語故事重新畫插圖，在父親幫我買的素描紙上挑出喜歡的成語，一個一個畫上圖案，起碼畫了五六本。有一陣子書買到負責那個區的阿姨都認識我們，遠遠看見就笑，還打電話過來家裡，父親曾經約她跟我們去日月潭，也帶她回來家裡一次，我們三個吃她買來的披薩，看她把紙杯裝滿紅酒，和父親喝了起來，然後兩人在客廳裡牽手跳舞。我坐在沙發上，望著書架上幾本重複的圖畫書，一直想問她可不可以退錢，兩個大人臉紅紅的看起來很快樂，還是下次再問好了，要是她常來的話。怪的是她再也沒打電話來，我也不知道為什麼。父親死後我搬到伯父家住，光是書、玩具就裝了十幾大箱，伯父問我這些要載過去嗎？我說不要。後來我和伯母去賣場時那個阿姨還在，遠遠看見她就躲開了。她應該沒注意到我才對，最好都不要被她看到。

老人又喝了一口茶，一隻手擱在桌上說道：「我一看到你，就知道你跟那些同學不一樣，」這樣說反倒使我坐立難安，不過又很想聽他接下來會說什麼。「那些被保護過度的傢伙只知道吃喝玩樂。」聽起來好像他知道我家裡的狀況，至於是誰告訴他的我不好意思問。平常要是被別人知道家裡的事，我很快就縮起來，整個人變得緊繃，不過在這裡卻不會這樣。我有點想問他是不是想教我什麼才叫我過來，只要不碰學校教的那些東西就好，也不要練毛筆。不過還是開不了口，我總是這樣。碰到自己在乎的人只會滿腦子一堆想法，卻經常連一句話都說不出來。

「幫我把那塊布拿過來。」老人指著擱在茶几底下的黑色絨布，我捧過去，他鋪在另一張桌子上，抽屜抽出一張宣紙攤平，旋開桌角的墨水罐，倒了半個瓶蓋，從掛在牆上的一排毛筆取下一支小楷，端正坐姿，沾起墨汁寫字。是我們課本上學過的〈春夜宴從弟桃花園序〉。「夫天地者，萬物之逆旅，光陰者，百代之過客。」老人寫字的樣子真有氣質，連我這門外漢都看得入迷，不但不會覺得枯燥，反而讓你安靜下來仔細觀看他的每一個動作，胸口微微的起伏，吐氣、吸氣，真像是極有修為的內功高手正透過他的筆，運氣灌注到他筆下的一撇一捺，而且你會覺得，空氣裡飄盪的好兄弟們的眼睛都聚攏過來，同我一起觀看老人寫字。不知不覺已經寫大半張紙，墨色透過去的地方紙面凹得極沉。老人捧起那張彷彿有千斤重的紙，自己咿咿喔喔唸了起來。老天，那聲音真是好聽，光聽那聲音就讓我想把這文章好好再讀一遍，最好能讀出他那種味道，當然不可能是他那種腔調。奇怪那些教國文的龜蛋怎會發展出那些無趣的教法和考題？真不曉得是哪個門派的膿包祖師傳下這批徒子徒孫，讓人看到課本就想扔進馬桶裡。

我仔細觀看老人的相貌，說六十有六十說八十我也相信，心想學校怎會派一個那麼老的來顧大門，他也不像那些剪花草、印講義、送報紙的工友，看到學生就擺出一副「董事長他鄰居是我老婆的妹妹」那種跩樣。老人說沒什麼工作分派給我，如果家裡有事的話可以先離開了。我的眼睛溜到他背後掛的一幅小楷寫的心經，應該是他寫的吧，看那字給人感覺就

很厲害。

「讀過心經嗎？」老人問我。我的天，我開始緊張起來。他一定注意到我在看牆上的東西才會那樣問，他讓我想到國小五六年級那個老老的男老師。只要每次不交作業他就罰抄三遍心經，還要加上原來的和今天的作業，你可以想像那樣的夜晚我有多忙，而實際上我不可能寫那麼多，通常第二天只交了心經。「其他的呢？」「忘記了。」我告訴老師心經很難抄，特別是到「色不異空空不異色」那邊，經常搞不清楚有幾個色幾個空，像迷宮一樣轉來轉去就是寫不完，三個小時才抄三遍。「嗯，確實很難。」老師說：「所以才要用心啊。」他說要我抄心經是有用意的，寫完可以回向給你死去的父親，這樣他會很快解脫，不要繼續受苦。既然你作業還是沒交，那你再抄三遍好了。聽他這樣說我嚇壞了，好像如果我沒寫那東西，我那靈魂不曉得跑去哪裡遊盪的父親就會很可憐，這兩者到底有什麼關連，不是我那時的腦袋能想清楚的，一下課我就開始寫，第二天再放到老師桌上。

這樣一個月後，伯母看到我在寫，問我怎會抄心經？我說是被老師罰的。「你這老師不錯哩。」她問我寫多久了？「上個月開始。」聽我這樣說她笑了出來：「這麼剛好？」說著走到收銀台後面拉開底下的抽屜，拿出一小張薄薄的裱背起來的紙，「你看。」也是心經。她告訴我，上個月廟裡的濟公師父交代她每天要唸二十一遍，她問師父總共要唸多久？師父告訴她別管這些，認真的話差不多一個月後就會有感應。「想不到是真的。」我聽不太懂伯母在說什麼，不過看她那麼高興我也很開心，本來的三遍寫完又多抄一遍，反正明天還要被罰寫。而且自從寫這個後，那個老師就不太管我有沒有寫其他作業。比較起來我寧願寫這個，至少可以幫我父親解脫，老師說的。而且我愈寫愈快。有時候我在寫，樓下伯母坐在櫃台後面一陣快一陣慢唸個不停，鄰居過來她也一邊陪他們聊天一邊唸。「是要回向給我那阿奇啊，」伯母說：「師父說伊這兩年有一些冤親債主勾勾纏，要我加減注意一點，最少要讀一萬遍以上。」「唉呦，妳真正有心喔，師父會給妳保庇。」阿奇那時剛上國中，交了一個國三的女朋友，被對方原來的男朋友找人來家裡摔東西，把貨架全部推倒。他還偷家裡的錢，好幾次了，伯母有沒有發現我就不清楚了。原來是這樣，伯母才要讀心經，不過阿奇還是繼續偷。又過了一個月，我瞄到老師座位後面的櫃子上一整疊罰抄的心經，我心想既然那裡有一半都是我寫的，為什麼伯母她用唸的就可以我卻要用寫的，而且已經寫那麼多了，拿出來重複交給他又不會知道，每隔一段時間我就從那裡抽出一小疊，然後分次交過去，一直到畢業他都沒發現。

眼前這老頭應該不知道我在想什麼。希望他沒看出來。沒想到他又說了：「心經這東西不光是用來抄的，應該想辦法用到生活中，嗯？」說著又饒富深意地看我一眼。我不敢在那邊多講話，這個怪物。坐在回家的公車上，我想怎會那麼巧，剛好他的話都能跟我腦子裡的事接在一起？下次直接問他是不是有讀懂人家心事的能力，搞不好他願意傳我幾招也說不定。不過感覺得出他對我還蠻友善的，雖然我在那邊很緊張，但如果他要我過去的話我還是願意，甚至留在那邊一整天都沒關係，跟這整個鬼地方比起來。

從那以後我經常待在傳達室那裡，一開始我故意在傳達室對面的樹蔭下來回走動，手裡捲著英文單字的小冊子裝作背單字，偶而瞥一眼校門口那邊的動靜。他從窗子裡看見，打開旁邊的小門，我趕緊跑走。隔一兩天又走到那邊，而且愈靠愈近。我猜他應該知道我在想什麼，不過也沒理我，終於有一天，我硬著頭皮跨進門裡。老人只是低頭簽他的簿冊，由著我坐在椅凳上發呆，翻翻他擺在茶几上的書。鐘聲響了，我起身往教室走去。

後來只要過去他那裡，就一個人坐在角落翻書，《上師相應法》、《大師在喜馬拉雅山》、《夜半鐘聲》，都是些很特別，但不是很明白在寫什麼就是了，那種感覺還蠻有趣。我是說至少他們寫的會讓你讀下去，即使不懂你也很清楚知道自己不懂，懂的部分就一段一段看下去，又卡住了就想一想剛剛是不是有什麼地方裝懂，幾次後我大概知道自己卡在哪些段落，心想也許可以上網查，或者問老人。不過老人一直走進走出，我也不是那麼認真的人，但是那種知道自己還能讀一點東西想一些事的感覺還真不賴。那本《上師相應法》裡面畫有幾張打坐的圖，每張圖上面有幾個佛菩薩的神像環繞，讓你覺得那個打坐的人一定感覺很溫暖，有那麼多菩薩陪他。這種修行法還要在自己的額頭中間觀想一個奇怪的字，那個字長得像蝌蚪的兩顆眼睛掉在外面一樣，不知道什麼意思。

「這些你都懂嗎？」我問老人。「怎麼可能？」他邊整理垃圾桶邊說，這都是廟前面的善書箱裡請回來的，到他這年紀再去學東學西根本記不起來，不如找這一類書來看，喜歡的話帶回去好了。其中有一本《愛、自由與單獨》，封面裡一張作者滿臉鬍腮、寬袍大袖的照片，看起來不怎麼正經。書裡面好幾個段落讓人很有感覺，我把它們抄在周記本上。「當你不快樂的時候，你會慢慢染上痛苦的習慣。從前，或許與某個男人很要好，不過，假如快樂已經不在了，你就必須走出來，不需心懷怨恨，因為沒有人能拿愛怎麼樣。」還有「當它存在的時候，就是存在；接著它會離開，當它離開的時候，就是離開了。」還有「愛是一則奧祕，一則你無法掌控的奧祕，你不該對愛有所強迫。唯有親眼見到愛的發生，才是往後讓愛發生在你自己生命裡的唯一途徑。」……

坦白說，我也不是那麼懂什麼愛啊奧祕這些東東，只是喜歡抄罷了。抄到後來你會覺得，好像你真懂了點什麼，因為整本書寫來寫去都差不多。這些字到了女龜蛋的紅筆底下被打上幾十個問號，她的筆跡頓得很用力，簿子被戳破好幾個洞。「你寫這是什麼？」她喊我過去：「你以為很懂是不是？」我沒跟她說是書上抄來的，因為她不會有興趣知道。不過那本書在安全檢查時還是被她搜到沒收了。這種地方就是這樣，他們對你感興趣的事永遠不會想要知道，卻要檢查你跟他們想的東西有沒有一樣，有夠爛的。

每次待在那邊的時間都不長，五分鐘十分鐘，老人一忙完就坐在藤椅上，一隻腳翹上來，看著窗戶外幾公尺遠的電動鐵門那邊，不知道視力退化還是什麼緣故，他的眼神讓人覺得霧霧的，感覺他看的是一個更遠的地方，那地方根本不在眼前的任何一處。「學校啊。」長長吁了一口氣，這話他最少說過三次：「二十歲以前，我根本不知道什麼是學校哩。」這是他講話的習慣，常常起了一個頭就算結束了，問他是什麼意思也不說，繼續接他的電話，填寫簿冊。或者搬起椅凳站上去，把櫃子上的濟公捧起來，捏著絨布仔細擦拭上面的灰塵。「有兩次學校遭小偷，」老人邊擦邊說：「都祂半夜叫醒我，我一開燈賊就跑啦。」問他怎麼會有這尊濟公，「喔，」他說是老家的大哥送他的，擦完攀下椅凳，沒再多說什麼。

有時他過來翻我的課本，呵呵笑了出來：「難怪你不喜歡讀書。」我以為他是看到整冊空白的書頁才這樣說，後來才知道他指的是課本裡的東西。「讀這些能做什麼呢？」沒多久他又會說：「我隨便講講，我這種人說的話你不要當真。」現在的小孩跟他們那時候正好相反，他說，至少在二十歲以前，你們不會懷疑為什麼要來學校這件事，全台灣都一樣。

「什麼意思？」我還是不太懂，他拉開窗門接過郵差遞進來的包裹，一面拿出印章一面說道：「問那麼多幹什麼？把它當成一種習慣就好啦，你會問你自己每天幹嘛要刷牙、要吃飯嗎？」真是個怪老頭。

好幾次在那邊我們根本沒講到話，我一個人蹲在傳達室後面的地上，幫他整理小花圃，澆水拔草。雜草拔光了，只好把藏在土裡到處亂竄的草根刨出來，弄得指甲縫裡都是泥屑。

很奇怪，在那邊的我卻覺得安穩，而且不知道為什麼，每次從那邊出來，我真覺得我是令狐沖。我的意思不是我學到了什麼飛簷走壁的絕世武功，而是你不得不承認，那間霉味撲鼻的陰暗傳達室裡的空氣，確實跟外面的世界不太一樣。有幾次我坐在紗窗後面的椅凳上，靜靜瞧著外面的世界，從這裡望出去的原本透著尖銳光芒、不怎麼順眼的東西都收了毛邊，那些進進出出刷得發亮的車子，玻璃上的反光變得沒那麼刺眼、那麼惹人想撿石頭K過去，或拿硬幣在它身上摳出幾條直線。要說老人這裡有什麼玄機，我也說不上來。剛進來這邊的前幾次，我還趁他走出去跟外面洽公的司機講話時，偷偷敲了幾處牆壁，找看看有沒有密室，搞不好裡面養隻神雕或靈芝草人，沒有。這裡的牆壁一敲就掉下粉來。

老人只約略跟我聊過他老家在四川，這讓我想到青城派、峨嵋派那幾個正邪混雜、武功有點肉腳的門派。他還說過年輕時看過人家趕屍，不過不是像電影演的一整排額頭貼符、直挺挺跟在道士後面蹦蹦跳跳像輕度中風的殭屍，而是一具具排放在船上等在江邊運回家的棺材，聽起來像快遞公司在送貨一樣。他也親眼見過老家有人能在兩堵幾百公尺高的懸崖間跳來跳去，中間隔一條幾十公尺寬的溪流，「這叫神足通。」老人抽出原子筆，在紙上寫了三個字，還說台灣早期有幾個老和尚都有這種本事。「是誰？」我問他，他說這些人都過世了。我就知道。他又說到有些密宗高僧會穿牆術，當初被毛澤東迫害時，他們就是利用夜深人靜持咒穿牆，一群人鑽了一兩百里終於抵達印度。哼，這下我終於明白老人還真是唬爛高手，鑽到印度？那喜馬拉雅山底下不就打了好幾個洞？以後要挖鐵路隧道，只要找到這些洞不就省事了？不過我只是心裡疑惑著，沒說出來。

無論如何，那段時間我真喜歡過去。老人有沒有看出來我不知道，至少有那麼幾分鐘，在那裡的我是安靜的，原來自己也有穩穩坐上片刻的時候，雖然腦子裡還是會把老人說過的話拿來胡思亂想一通。可惜我的教室不在那邊，上課鐘響了還是得離開。有好幾次我懷疑再坐下去，也許我那不曉得飄到什麼地方的人生目標就浮了出來也說不定，而且就算這世上沒有獨孤九劍，沒有思過崖、風清揚，發完呆之後還是可以大步走回班上。至少從那裡回到教室的一兩百步之內，我真的這樣覺得。雖然這種感覺只持續到高二下開學後的那個禮拜。

4

至於任盈盈、王語嫣、小昭這些可愛的姑娘又該由誰來演呢？這鬼地方還真的找不到這些腳色。拿音樂班那些女生來說，每個月總有一個禮拜五的七八節，全校都要集合在體育館，看她們一手提樂器，另一隻手的三根指頭捏在腰間一個一個走上表演台，有的故意甩一下頭髮，然後把臉枕在提琴邊，有的嘴唇撮尖靠近長笛，然後，很久的然後，台上幾十個動也不動，如果底下還有人講話、咳嗽，她們就有能耐集體擺出這個pose，像幾十個站立著等王子來吻她們的睡美人一樣。等到教官站出來罵人，哪個班級敬酒不吃吃罰酒？哪個班？你們是這樣聽演奏會啊？你們的氣質呢？這樣兇了幾聲，等全部的呼吸聲都被罵到安靜，那個站在台前的指揮像是跟這群女生串通好了，開始發瘋地把舉高的手用力一頓，呵，接下來就是我們常看見的那樣啦，甩頭晃腦、眼睛半瞇、下巴狂抖，好像她們有多愛自己吹拉出來的聲音似地。當然，如果你只看過這樣的她們，就當我愛講人家壞話算了，不用吹拉樂器的時候，她們經過別班走廊外面總是故意放聲浪笑，即使不用上音樂課，也會提著裝長笛、小提琴的盒子，好像裡面藏了黃金，怕人家不知道她們讀的是音樂班。有人迎面走來就下巴歪抬一邊，把頭髮甩成空中飄浮的五線譜，像隻驕傲的鴨子搖著屁股走過。

還有更讓人受不了的。講我們班那些女生好了，這又是讓我感到痛苦的另一件事。而且要說到讓你明白，比之前講的「每個人身上有不同磁波」那件事還要困難。這樣告訴你好了，我有特殊能力。我可以從一個女生身上散發出來的氣味分辨出她是不是處女。如果你不相信我也沒辦法，這絕對不是臭屁，這點能力經常搞得我苦不堪言，你想要的話送你好了。

我要說的是差不多從高一下開始，某些女生身上散發出來的一種難聞的酸味。我們班有，別班也有。而且往往在禮拜一或放假後回來最濃，有點像衣服沒晾乾快要長出黴斑的那種氣味。而有的酸味則像是水果還沒成熟裡面已經腐爛，刀子一剖開的瞬間撲上來的那個氣味。我尋著氣味找到它們的主人，一開始以為是某些人衣服上黏附的體味，漸漸地從她們的眼神、走路的姿態發覺，這些女生在放假那幾天一定做了什麼連她們都不太相信那是自己做過的事，跟學校或校外的某個男人。表面上她們仍如平常，懶懶地發睏、對著鏡子抹粉擦睫毛膏，在那些洗燙過的制服底下的身體似乎有一部分開始腐爛，也許那氣味就是這樣散發出來的。這當然不是她們的身體生了什麼病，而比較像是原先能使人呆呆望著她們的那份單純的魅力已經消失。我和這些女生沒一個熟的，她們本來就懶得跟我這種不怎麼樣的傢伙打交道，但她們之中某些女孩還頗能吸引我多看幾眼。像老是坐第二排最前面的那個珮璇，笑的時候露出一對高低不一的門牙咬住下唇，上體育課回來總是緊緊拉住運動服的衣襬怕肚臍露出來，專注想事情時原子筆壓住鼻翼把另一邊的鼻孔撐大。還有坐她旁邊那個身高不到一五零，鞋底厚得像磚塊的佑甄，皮膚鮮嫩得像樹枝上初熟的水果，兩手往上伸懶腰會發出小動物微微「嚶」的一聲，我真忍不住想多聽幾聲。只要我對這鬼地方感到厭煩，總會朝她們那邊張望幾眼，看著她們互相用小剪刀一根一根挑對方的髮尾修剪，至少心情跟著好些。而現在，那些動人的什麼已經消散了。她們身上的氣味惹得我有些煩噁。你能想像一朵吐露酸臭氣味的鮮花，還有人願意靠近嗎？真讓人傷心。

過去這半年多，有些氣味的主人們開始發展出一種怪異的熱絡關係，她們一起上福利社、洗手間，使用對方的口紅、眼影，或者突然交換一個神祕的眼神，然後不約而同起身，腳步踱到走廊的盡頭眼神閃爍地交談。有時候跟她們交換眼神的剛好是班上某個男生，很快你就明白他們的關係了。我說的不是那種純純地牽手看電影，共用一枝吸管喝可樂的關係。他們甚至一下課就一前一後快速閃進男生廁所裡，有幾次廁所門後傳來吱吱的口水吮吸的聲音，而他們也知道有人走進來，不過大概很難停止了，聲音誇張到裡面快要電線走火，好像沒從對方的身體借一點東西過來，整個人就要沒電了。害我不知道自己進來這裡要做什麼，只好趕緊憋住到樓下找洗手間。有一次肚子痛得受不了，衝進去後門關上，才發現隔一面牆板的那兩個正在用彼此的身體互相導電，渾然忘我到哪管誰在他們旁邊解決人生重要的大事，好像在我噗噗出聲的隔板那邊就是人間天堂了。真是他馬的。

當然，那種隱微的眼神一般人看不出來，就是因為這樣，他們才敢明目張膽用這招來不斷暗示對方：你跟我是那種關係了。有趣的是那種關係的兩端不見得只有一個人，在甲男和乙女的同時，甲男又和別班的丙女也存在同樣的關係。這在旁觀者很容易就看出來的，當事人不知是裝笨還是怎樣，似乎全然不覺，直到有天兩個女生扭在地上，死命揪住對方的頭像搗藥那樣朝地板用力搥。我必須說這些傢伙的淫亂不干我的事，我一點也不羨慕他們，我只是被那些在四周飄盪的酸味搞得快要窒息。不過這種事要怎麼跟對方開口？同學，請妳收斂一點，不要到處釋放淫蕩的氣味？而且有的在我注視她們時會丟出某種敵意，像是在說「看什麼？就憑你也想那樣看我？」她們當然不知道我在想什麼，繼續掏出粉餅裝模作樣，這邊撲那邊刷修修補補，好讓她們的臉不斷朝她們夢想的那個模樣靠近。

不過學校這邊也真鮮，應該是有人打錯小報告，每次被抓的都是那種寫情書互相交換日記的笨咖，被罰站在導師辦公室外面，像姦夫淫婦那樣供來來往往的人觀賞。女龜蛋那班最多，每個頭低低的好像情書裡錯了幾百個字被抓包那樣地羞愧，我伯父常說「嚴官府，出厚賊」，這幫小淫賊落在明察秋毫的女龜蛋手裡，只能怪他們自己不長眼。反而是那些已經嚐到魚水之歡的傢伙們都安然無事，瞧他們經過辦公室偷瞄那些被罰站男女的表情，真是有夠賤的。這也難怪，人家說「藝高人膽大」，反過來說，膽大之徒應該也是技藝高超之人，怎麼可能輕易就被逮到？搞不好就是冒著被抓的風險，才覺得刺激好玩吧？誰知道。

不過，有些酸味的主人似乎沒有男朋友。至少你在學校裡找不到跟她曖昧的對象。為了證明不是我的鼻子過敏或腦部某處發生病變，我很小心地辨別著學校裡各種女人的氣味，那些已經當媽媽的身上也有一種酸味，不知道是年紀還是生完小孩的關係，她們那種酸是沉澱過的，好像沉積在她們皮膚表面的黑點污斑一樣，老化成一種不帶攻擊性的標誌，還多了些陳年抹布的油垢味、窩藏在床底好幾個月的臭涼鞋味、過完年從冰箱裡端出來的冷湯味、水溝裡飄流出來的洗衣粉味，幾種氣味混雜到一個程度後，反而沒那麼讓人作嘔。不像年輕女孩所釋放出來的單一酸味，老是圍繞著主人朝四周劇烈震盪。至於男人，那更不用講，即使那些站在講台上襯衫西裝褲面貌看來斯文的龜蛋，衣服上的汽車皮臭味、髮油的垢膩味、牙齒縫被蛀蟲侵蝕加上胃酸嘔上來的糜爛氣味，你就知道成年男人的世界有多臭。

而那些還沉浸在單純世界裡的女孩，即使外貌醜得嚇人，她們的身上同樣都聞得到一種淡淡的乳香味。連之前那個討人厭的女龜蛋身上都有，難怪她會對我那麼兇。還有教我們班英文的那個琳達，她真的不能怪我最近英文怎麼考那麼差，這應該問她高二上那個學期（如果她想知道的話，我可以告訴她從哪天算起。）她做了什麼。身上那氣味是騙不了人的，難怪這幾個月她開始噴香水來上課。真可惜，所有的龜蛋裡面，她算是少數我還有好感的，雖然她老愛講她以前那個美國男朋友從西雅圖開車載一百朵玫瑰奔到她宿舍門口，然後載她一路奔到佛羅里達渡假，還說那男人的眼神像基努李維、笑容像喬治克隆尼、身材像 Rain、說話時帶有瀧澤秀明的稚嫩——把這些特徵拼在一起，還真的很難想像那人的長相到底怎樣，就像有人點了一客牛排，餐盤裡的配菜不是玉米、花椰菜，而是換成壽司加泡菜。她和她的男友一路馳過洛杉磯、亞利桑那、拉斯維加斯……一大堆城市的英文寫在黑板上，還有哪個城市可以做日光浴、哪裡有天體營的海灘，不時轉過臉來強調一下，「你們不要想歪喔，真的沒發生什麼，真的喔。」全班就「哇哇」鬼叫。我那時當然相信她說的，憑她身上的氣味我可以作證。我們那堂課就學著辨認一大堆美國城市的地理位置，不然就是某些小鎮特殊的罵人髒話，後排幾個鳥蛋一邊學一邊用台語幹譙：「是在教啥？攏聽沒有。」琳達聽見了只是呵呵笑，也不生氣地要我們跟著她唸，還有飯店大廳、日光浴、防曬油、比基尼等英文單字。這些她至少重複講過三遍，你就知道那時我有在聽課，雖然我的英文跟那些鳥蛋一樣爛，虧我們學校號稱雙語教學。有一次我跟阿奇聊到岳不群的小孩和我們班的差別待遇時，「難怪會叫做雙語學校，」阿奇點頭，好像想通了什麼事：「原來是分成講人話和講鬼話的學校。」

不過琳達說的那些並不會讓你覺得膩，她就是有辦法把情節大同小異的回憶講得好像藏有許多不可告人的祕密在裡面，惹得你不由得猜想她跟這些男人做了什麼，真的。坐我斜前面那隻豬哥，有兩次手伸到褲襠裡撈泥鰍一般抓自己的老二，還以為別人沒看到他這動作，有夠噁的。

至於那些可愛的女生身上釋放的乳香味，如果靠得太近，我居然發現身體的某處正微微發熱，心臟開始不聽話地亂跳一通，明明沒喝酒臉卻紅得像做了壞事怕被人發現。真是嚇死我了。怪的是那種蠢蠢欲動的感覺還真不賴，天啊，難道我也跟那些鳥蛋一樣，開始往那個噁心的世界前進了嗎？

忍耐了好一陣子，我決定跟阿奇講。我這堂哥只比我大兩歲，不過他的世界早就複雜得不是我能想像。他國三時有一次把一本A書丟在我床上：「給你見識一下什麼叫女人。」要我看完幫他處理掉，其中幾頁莫名其妙被撕去。他還經常躲在房間裡看色情光碟，平常看到他的眼神就知道他腦子裡都是沒穿衣服的女人。我翻那些書時心臟一直砰砰亂跳，看完後心情不怎麼痛快，有點為照片上那些看起來家教不錯的女孩感到難過，真的。你能想像她們拍這種照片時，至少眼前站一個手握相機，可能長得比她爺爺還衰老，要她一下子掰開大腿一下子把手指頭插進那裡面，還要她裝出很享受的樣子，當然願意這樣的腦子裡裝的要嘛是名牌包包、要嘛是項鍊戒指，好像身上沒這些東西比沒穿衣服更丟臉似地。害我後來看到愛打扮的女生，就會懷疑她是不是也拍過這種東西。我把書看完丟回阿奇桌上，阿奇發現後從三樓衝下來，「你什麼時候放的？」一直逼問我這中間他爸媽有沒有上樓。我說沒在注意。「你不要害我，」手掌狠狠摔了我手臂一下，「我對你這麼好，你還這樣。」兩顆眼珠子在

我身上溜來溜去。我真該準備台相機，把他那緊張的蠢樣拍下來。

他的異性朋友就我知道的最少十個，我說的是兩個人需要關起門才能在一起的那種朋友。他甚至離譜到趁他爸媽出去時帶女人回來，要我在樓下幫忙顧店，順便替他把關。有一次帶了一個看起來有四十歲，臉上像油漆塗抹過的牆壁一樣，一進到三樓房間沒多久就哇哇亂叫，好像裡面有一部雲霄飛車停不下來，嚇得阿奇趕緊攏褲收兵，開門送客。誇張的是後來阿奇還問我「剛才是不是很大聲？」這個白癡。見我沒理他，不曉得是想討好我還是怎樣，竟然問我那個女的好不好看，「剛才她一直說你有在看她，她還稱讚你長得很像偶像劇演員。如果你想要，可以幫你介紹。」開玩笑，那種身上噴得跟公共廁所的味道沒兩樣的女人，誰要跟她做朋友。阿奇愈說愈誇張：「伊不錯哩。伊有練過肚皮舞，這裡軟稠稠的，真好摸。還讓我上去坐一下，真的可以坐喔。」伸手過來捏我的肚子，我趕緊躲開，差點沒衝到廚房拿菜刀剁掉他的髒手。這隻把女人當馬桶坐的豬，難怪他父親那麼討厭他，活該。

還有一次，他穿一條內褲衝下樓來，從大冰箱裡摸出兩罐啤酒，順便拿走架上一盒保險套。「喂——」我在背後喊，他理也不理上樓辦他的事去。這個豎仔明知道要是被他父親抓包肯定罵個半死，而他又是那種一聽到父親喊他，脖子馬上縮進卵蛋裡的鼠輩。偏偏貨架上的東西經常缺這缺那，有幾次還整條香菸不見，「奇怪，怎麼又減一條去？」他母親納悶。他父親鐵著一張臉等他進門，樓下大聲小聲盤問半天。「不是我——」阿奇急忙否認，最後還是不了了之。他們爭辯時伯父也許懷疑是我，不過他沒找我過去，伯母也沒問。這種感覺超難受的，他們沒過來問，我總不能自己跑去跟他們辯白。而且只要我說沒偷，那阿奇鐵定還有麻煩，以伯父的個性來說。他曾經在國一時偷過一個女生的手機，兩隻腿被他父親打到不能走路，還要我和堂姊扶他上樓。說來好笑，我們這種店跟人家賣什麼保險套，弄得我每次經過都會張望一下那幾盒賣了沒有。搞不好阿奇拿的那盒已經過期了。我只能祈禱他自己小心一點，肚子裡的精蟲不要興奮過頭。

其實我還蠻羨慕阿奇的腦袋，我要是有他的一半聰明就好了。如果他不是那麼聰明，怎會有女人乖乖跟到家裡。他長得又不好看，矮小乾瘦，臉白得像吸血鬼，頭髮剪得跟韓國偶像團體的娘砲一樣，他父親見一次罵一次。要不是他把一半的聰明用在防他父親，每天編各種理由解釋他在外面鬼混什麼；另一半用在他父親看不到的地方拚命玩樂，他應該會很不得了。他組裝電腦、機器模型的能力超強，摩托車一聽引擎聲就知道問題出在哪裡，認識的女人只要願意多看他一眼，就有辦法讓她們乖乖跟他上床。他知道我口風很緊，才放心帶這些女人回來。雖然他這麼下流，但男女的事他畢竟算是前輩。好不容易我把對女生的感覺講到他聽得有些懂，他眼睛裡閃出邪惡的光在我身上畫了幾下，好像我哪裡不對勁，「恭喜喔，幾歲了才在煩惱這個。」伸手到書包裡摸了一陣，拿出一個套子。

我說我還不需要，我連喜歡的對象是誰都不知道，要這個幹什麼？「總有一天你用得到。」他說跟女人那種事是習慣問題，誰管她身上味道怎樣，當你想要的時候那女人就是香的，不想要的時候就算是香的你也覺得那是臭的。就這麼簡單。「習慣就好了。」他又說了一個不倫不類的比喻，「你每天總要大便吧。在廁所裡蹲久了，誰會去管大便是臭的還是香的。」他馬的，我怎麼會拿這種事去問他呢？

我必須承認這方面我比較晚熟。也許對其他人來說，讓我受不了的那味道他們根本聞不到，也有可能是有些人不怕酸臭，例如對於愛吃榴槤的人來說，正是那味道才惹得他們口水直流，是這樣吧？所以，如果我能找到自己喜歡，或者不排斥的味道，而味道的主人也還算順眼、喜歡我，那不就沒這問題了，不是嗎？

想通了這個道理，我高興得好像明天準備去旅行那樣興奮，整夜不停翻動枕頭睡不安穩。第二天新的問題又來了。如果哪天真的有女生跟我那個後，她的身體開始變酸變臭，當她下次靠近而我已經完全無法跟她那個，如果我又想要的話，不就還要再去找下一個？這種事能像阿奇說的：「習慣就好了？」如果是這樣，會不會有一天我也變成到處被人唾棄的淫蟲？而那些電視雜誌上被人家罵到臭頭的淫蟲當中，也許有人遇過相同的問題，只是他的腦筋比我更笨、運氣太爛罷了。看來這檔事沒有我想的那麼簡單哩。

所以，會不會有些東西你跟它熟了以後，雖然不能改變什麼，至少不像當初發現時那樣惹人煩厭？畢竟誰喜歡自己身上有臭酸味，何況這些女生根本不知道身邊有個傢伙已經被這些氣味打敗，就算知道了也無所謂吧。幹嘛一直跟這些味道過不去？

這樣想了幾千遍幾萬遍後，我開始有些焦急，如果再不趕快行動，會不會等到有一天我非要不可的時候，全世界已經沒有那種身上還保有單純香氣的女孩？如果真是那樣，是不是以後我得皺著鼻子忍受那種臭酸的女人靠近，直到有天習慣了，才有辦法享受到多少人投入一輩子精力、冒再大的險都不願失去的人生極樂的境界？

5

後來我注意到，班上有個男生也懂這些隱藏在女生身體裡面的玄機，他叫阿尻。高二上學期他從台北轉學過來，班上其他鳥蛋把他當怪物觀察了一陣，對他幾乎一無所知，因為大家跟他都不熟。一整個學期差不多有一半的時間沒來，「啊，那個同學又缺席啦。」講台上的龜蛋望著角落的空位，只淡淡表示知道了，那種淡漠讓人懷疑背後有種默契，也許他們還講好了不准跟同學談論這事，不然以某些龜蛋愛放砲的性格，幾次提到阿尻時欲言又止的表情，你會更肯定這樣的猜測不是不可能。真正的原因沒人知道，但就是會讓人覺得他的缺席是被容許的，換做其他同學就沒這麼輕易放過了。其他鳥蛋聊天時，難免想知道他的底，他家裡的誰是這裡的誰的誰，之類的關係，才讓他有辦法成為我們的同學，而且出入自由，像個寄讀學生。也許是他的誰繳了比十萬二十萬還高的愛校基金給了這鬼地方。還有，是什麼原因讓他離開原來的學校，從台北下來住台中哪裡、校車搭哪一線等等，只聽說有時會看到一輛轎車載他到文心路和中港路附近，讓他在那站跟大家一起搭校車，太假了，從那邊到學校不用十分鐘，到底是他還是家裡的想法，只有他本人知道。

他在這邊幾乎沒朋友，不，連個講話的對象都沒有，這點倒是跟我很像，大部分的時間安靜縮在座位上，仔細觀察每一個人，任何人經過都當他是個透明的存在，不會互相借問或招呼，而他也不會驚擾同學，不然就趴著睡覺。他睡得比我還多，把頭圈在手臂裡悶成一顆等待開天闢地的星球，全然不管周遭那些拿手機到處喀擦喀擦、或互相勾攝對方眼神的鳥蛋，連耳機都不用戴就沉入一個深深的深深的宇宙裡，我還蠻羨慕能像他那樣睡去的人。你很清楚他不是內向或自閉，他只是不想跟任何人講話，甚至也很少看他講手機。

跟這些鳥蛋比起來，他的氣質還算不錯。我和他的打掃工作被分配到教室後面，我負責掃地板他整理書櫃，我們的工作其實用不到三分鐘，他可以站在四五個書櫃前面觀察半天，然後抽出其中幾本書重新擺放過，再退後幾步觀察，如果不滿意就再來一次。在旁邊的我完全看不懂這些動作的意義，甚至下課他還會走到那邊，把其中幾排書重新擺過。比起那些鳥蛋故意把垃圾掃到別班洗手台底下，至少他認真多了。

上學期中，那些鳥蛋流行玩一種他們自以為幽默的把戲。那個家裡賣毛巾的跟那個家裡賣馬桶的（真是抱歉，他們的本名我一直搞不清楚，不是志豪、家豪，就是英豪、俊豪）不知借了什麼東西沒還，好像不只一次，賣馬桶的回家跟他媽說班上有個同學老跟他借東西不還，他媽馬上打電話給學校，結果學校派主任和教官來教室一查，呵呵，幾乎所有的鳥蛋都曾經跟那個賣馬桶的借過東西沒還，那天搜出來的東西可以堆滿整個海關貨櫃。最倒楣的當然是胖虎，聽說他被叫到校長室罵了半個鐘頭，從那天他沒有給我們好臉色過。而那個跟他媽告狀的馬桶小開，一下子他的遭唾棄指數飆到破錶。只要課堂上有老師扯到一點點跟奸細、告密者有關的話題，英文課用到跟背叛、間諜有關的單字，甚至提到什麼不堪、惹人嫌怨的角色，馬上有人低低呼喊：「喔，賣馬桶的。」一開始是那個賣毛巾的先喊，沒多久「賣馬桶的」這句話變成是一種唾棄的代稱，其他不相干的只要聽到這句話，馬上跟著呼喊兩聲，用這樣來表達他們是一國的，教室裡經常冒出一片咻咻的自以為勢力龐大的囂叫聲。一群弱智。

有一天中午吃飯，那個賣毛巾的趁賣馬桶的上洗手間時，和幾個鳥蛋合力把他桌上的飯菜堆成一坨屎的形狀。「是誰？」賣馬桶的回來捧著自己的飯菜到處問，是誰在搞他？那些個鳥蛋，只管躲在自己的位置呵呵陰笑，沒人理他。「卡緊吃啦，反正吃完還不是要拉屎。」賣毛巾的站起來嗆他。其他人又「喔，賣馬桶的」咻咻叫鬧。這時阿尻站起來，走到賣毛巾的前面，手一撈把整盤飯菜掀到他臉上，走出門去，留下一群目瞪口呆，還有那個臉上一坨屎樣的鳥蛋。他出去後整天沒再回來教室，要是他沒做那動作，我還沒注意到那天他有來學校。幾天後他出現，桌上又被堆滿講義、寶特瓶、球鞋、球拍，他只是靜靜搬開，安靜坐下，好像什麼事都沒發生，任由身邊那些白癡一個個輪流站到飲水機旁邊，手掌猛力按壓開關，比賽誰的力道可以讓水柱噴出窗外，然後朝那拋射出窗外的水柱嘰嘰叫。教室的冷氣老被他們調到牆邊盆栽的葉片結一層霜，還有人把考試答案抄在那層霜的上面。跟這些鳥蛋比起來，阿尻的教養確實好得多，感覺得出他有意躲著所有的人，不過不至於讓人覺得可怕或厭惡。也許他只是覺得他跟我們不一樣罷了。有幾次我在觀察這些女生時他也在看，目光相遇時我發現，他也看得懂對方眼神裡的某些東西。那眼神讓我想到，也許他是那種可以聊得來的人。即使這樣，我還是沒那麼想跟他靠近，我們之間的波沒那麼合。我就是這樣覺得。

二下剛開學的那個禮拜，當我看著那個蘋果臉的佑甄走出教室的背影，我和他的眼神又遇上了，我很快把目光移向窗戶那邊。從對方眼裡看到的我顯得有些陰沉，我討厭那樣的自己。人跟人的緣分真是奇妙，如果你要這些鳥蛋們舉手選班上誰最不合群，他應該第一名，我第二。我和他就像週期表最邊邊那排鈍氣中的兩個，跟誰都起不了作用。不過從那天開始，我算是交到了在這邊的第一個朋友。

那天下午的體育課，就像為了解決上午那個眼神裡的意思，他走過來我這邊，同我坐在籃框底下，視線穿過幾個滿地撿球的膿包，望著蹲在球場另一頭不斷補妝的兩個女生。他問我怎會知道那些女生的事。

「直覺吧，怎麼？」我沒打算告訴他，聞得到女人的酸味這事。

「那你猜我們班有幾個？」

「六個。」我懂他的意思。

他點點頭，叫我先不要講是哪六個，把擱在籃框上的點名簿打開，一個一個在她們的姓名旁邊點一個小點。果然就是那六個。完了，這下我更能確定，那種酸味不是我自己製造出來的幻覺，而是在這些女生身上發生過的，真的是事實了。

接著他告訴我，外面的人都叫他「阿尻」，拔出原子筆頭在球場邊的沙地上寫一個大大的「尻」字，好像取那種鳥名多麼了不起，還在旁邊加上注音符號，然後看了我一眼：「會唸嗎？」我沒告訴他那個字底下的九寫得太開，從我這邊看過去根本是個「屁」字。他真的很滿意這個名字，因為他總共說了三次外面的人都這樣叫他。好笑的是看他在地上寫的時候，我才想到根本不知道他在學校的名字。

那次我們聊到下一節上課，大部分都他在說。我感覺得到他不斷釋放「我們是朋友」的訊息，但要我跟別人熟並不是件容易的事。對我來說，避免這種尷尬的方法之一，就是不停猜想對方這句話背後是什麼意思，也許這樣讓我看起來有在聽對方說話，而且可以掩飾我的退縮與不安。我就是這樣。不過他也確實是我會想來往的那種朋友，雖然之前我覺得彼此的波不合，那也是過去的感覺了。他一直找話題，生怕我不開口就聊不下去。他講話會讓人覺得，好像家裡有人教過他後，才讓他出來跟人家講話，他才說得出那麼些成熟的東西，而且，有一種說不太出來的做作。你要我重新把他說過的再講一次我也沒辦法，只能說他想事情的方式，好像跟我們這個年紀的不大一樣。

我不太想跟他說話的其中一個原因是，我們竟然會從猜測女生的私事聊起，那種感覺還蠻賤的。而且不知他是有意還是怎樣，起碼說了一百次：「我注意你很久了，像你這麼聰明的人，我在這學校還沒見過。」表面上是稱讚你，根本是在抬高他自己，讓人摸不清他真正的用意。什麼我很聰明？我們才講沒幾句你就知道了？我決定繼續沉默，頂多有一搭沒一搭應一兩聲，他突然很跳 tone 地問：「她們那樣會讓你不舒服？」我愣了一下，什麼問題啊？「還好。她們高興就好。」而他絲毫不覺得這樣聊起來很冷，中間還從後面褲袋掏出一張名片給我，「我的店，」他說：「在一中街那邊，有空歡迎你來看看。」

之後的一個禮拜，他只來過學校一天。那天放學後，他走過來問我要不要到他工作的地方看看，我沒答應他，也沒問他是什麼工作。「好吧。」他從座位上站起來，伸了一個長長的懶腰，把身體拉得極高，整個人看起來像支竹竿，然後兩隻手停在半空中，轉頭往他身後的座位瞥了一眼：「那麼我回去了。」

他走後我覺得無聊，整個校園很快暗下來，走廊上幾個別班的鳥蛋嚷著去一中街聽免費的補習講座。我一個人往傳達室那邊走去，老人不在，傳達室裡換了個年輕的當班站在門口張望，我趕緊走到外面馬路這邊，心裡其實有點想去阿尻的店裡看看。不過又不是那麼想，我就是這樣。這時公車來了，那幾個要去補習的鳥蛋擠上前，不知哪根筋不對勁的我，竟然跟在他們後面上車，往一中街那邊過去。

在車上，幾個鳥蛋故意用很大聲的音量講話，他們真的是故意的，只要讓他們察覺有不是自己的人坐在附近，就會把聲音提高，大聲炫耀只有他們班才知道的事。「你們知道這兩天 Jason 幹嘛臉那麼臭？他叫我不能說出去喔。」「哼，不要以為只你知道，我只是不想講。」「有什麼好不能說的，連我都知道。」然後其他人圍著最後說話的那個鳥蛋，逼他說出知道的事。那個鳥蛋就說你們都不講了幹嘛要我要說。其他人就堵他，不說就閉嘴，不要假裝你知道。有夠賤的這些人，害我想瞇一下都不得安寧，而且愈來愈囂張，你真想把這些人都推下車去。最後，連司機都受不了，紅燈一停下來乾脆熄火，站起來回頭，用那種你經常在公車上聽見的口氣開始幹譙，反正罵得很難聽就是了。那些鳥蛋，他們大概沒料到自己會惹來一齣罵，一個個在座位上愣住，好像不敢相信這種事會發生在他們身上。你真該看看他們的五官往鼻頭縮起來的表情，真是太好笑了。

我去到那幢補習大樓待不到二十分鐘就出來了。我必須說我還是有把書讀好的念頭，雖然出現這種念頭的次數很少，但至少我有想過，不然我不會和一群各個學校的鳥蛋，像木頭一樣站在大樓門邊，等從地獄爬上來的電梯把我們載到十樓高的地方。前面十五分鐘，我和十幾個比較晚來的站在最後面拚命找位子，負責顧門口的小姐發給每人一張蓋有印章的卡片，不停大聲喊：「上面有編號，等一下下課要抽獎，同學們不要提前離開喔。」我的號碼是三百二十五，門後還有幾十個人想要進來。前面不過兩間教室大小的座位已經擠了兩百人，不，三百人，那些個穿一中女中制服的驢蛋老喜歡坐在一起，好像他們坐在彼此隔壁就不會那麼像驢蛋。而且他們超愛穿制服的，你甚至懷疑他們睡覺做夢時還穿著制服。他們不停轉頭四處探看，跟這個那個笑嘻嘻揮手招呼，臉上裝做一副根本不想來聽的樣子。明明已經夠熱了，其他學校的驢蛋還在制服外面加上背心，即使你看見幾個背影不錯的也休想知道她們的姓名學號。裡面都快沒空氣，門口那小姐還拚命放人進來，更神經的是我旁邊兩個胖妞一直嘀咕：「要是地震怎麼辦？」另一個回答：「沒關係，我們這邊跑出去最快。」拜託，我後面起碼擠了五十個，我看妳要怎麼跑。更扯的是明明想離開的念頭起碼出現了一百次，我居然還跟他們待在這裡，還得不時踮一下腳跟來呼吸上面一點的空氣。終於，遠遠的講台那邊走出來一個熟悉的身影邊扯麥克風線邊試音，底下像要聽演唱會那樣哇啦得更大聲了。我仔細看了兩眼，靠，明明就是我們班那個「頭等艙」理論大師嘛，從我這邊看過去他的臉有夠奶油的，粉擦得真厚，跟在學校要死不活的模樣簡直判若兩人。搞什麼東西，這裡簡直變成難民艙了大家還那麼興奮，趁他還沒發現，我趕緊抱住書包溜了出來。

補習班附近都是我這種到處晃蕩、嘴巴吃個不停，腳步往前走眼睛卻四處瞟啊瞟的學生。我穿過人群，往圖書館旁邊的小徑走到公園那邊，遠遠就看見湖心亭四周的水柱噴到五六層樓高，水聲擦擦地在半空中散開，然後拋落湖面成星星亮亮的水花，真是好看。不過等你的目光停留在樹林暗處，就全然不是那麼回事了。這真是個令人洩氣的公園，在這裡你聽不到任何悠閒的腳步聲，那些拖鞋在地上用力摩擦的傢伙像衰神上身一樣，一個個死氣沉沉，不然就是情侶緊緊摟住彼此，從這頭往那頭逃難似地快速通過。不遠處的樹影下幾條人形不停晃來晃去，有點像電影魔戒裡的咕魯，不曉得他們晚上來這邊幹什麼。

我想到上次來已經是七八年前，那個罰我寫心經的老師帶我們來參觀燈會，真是恐怖的回憶，一下車就人擠人，老師要我們把手牽好，努力往燈籠區那邊靠近，好不容易見到那些高掛在許多樹中間大小不一的燈籠，靠，真是醜斃了。各式各樣的猴子燈籠，長得像麻糬的猴子、像蟾蜍的猴子、像恐龍的猴子、陰陽怪氣的猴子、歪七扭八的猴子，還有像烏龜、像大象、像老鼠……各式各樣想像不到的，屁股塗成紅紅一塊的動物燈籠。大家擠啊擠的和那些根本就不像猴子的燈籠拍照，後面有人抱著小孩不停地說：「你看這隻大象猴子，還有烏龜猴子。」不過那次還算開心，因為那時的我也是個蠢蛋，只要大人說帶你出去玩就自己先爽了起來，看到什麼也乖乖說喜歡，回去作業簿上畫個鬼圖好明天帶去給老師改。

看到公園今晚的樣子，你大概知道它平常就是這樣鬼氣森森，不然不會有那麼多老怪物老咕魯過來這邊。這讓我想起來，那晚的燈會現場也出現不少老怪物，一會兒跟在你後面一會兒又躲得遠遠地。跟我走在一起的同學被一個老頭捏一下屁股也不知道高興什麼，還「我剛才被人家捏喔」到處講。現在，那些藏在榕樹身後、龍柏暗影裡的老頭又慢慢過來了。搞不好他們從燈會那晚就一直住在這裡，以為坐在椅子上的我也跟他們一樣在找人，歪歪斜斜地往我這邊靠近，「有事嗎？」我冷冷地出聲。他們這才驚嚇地把頭縮進胸腔裡走開。

沒幾分鐘，又有其他人想要過來，我趕緊揹著書包走開。我穿過樹林間一條捷徑往公車站牌那邊過去，沒想到右手邊過去的樹林裡也躲了好幾個，看過去都是上了年紀的女人，一看也知道她們想幹什麼。阿奇說這邊有的會過來問你「少年仔，要不要轉大人？」然後掛著皮包的手伸過來掐你的大腿。其實我可以不必走那條路的，這邊有幾條直接通往公車站牌的小路，不過不知哪裡冒出來的好奇心一直推我過去走那條最暗的路。這些女人看我這樣子，用膝蓋想也知道我不是來找她們，我只是過來看看罷了。整條小路差不多走了三分之二，從五六個香水噴得像百貨公司廁所的女人身邊經過，前面十幾步的地方站立一男一女，大概在商量那種事，女的突然手一揮，「好啦，先給你摸五秒鐘。」男人真的撩起兩隻手掌，往那女人胸部抓去。「小力一點。」女人拍他的同時，我趕緊閃到一棵樹後面，往另外一條小路快步離開。我真不該走這邊的。那個男的應該沒看到我。我愈走愈快，真不敢相信那個男的我認識，心臟一直噗噗亂跳。我承認我有點被嚇到，不，這種事再正常不過了。如果今晚我看到的是胖虎、岳不群還是任何一個人我都不會感到震驚。

大人的世界就是這樣。也許在我看見的同時，這些人正在某間有警衛有包廂的暗室裡幹著低級的事，搞不好還更齷齪更下流。如果就這些人白天的面相來看，老人看起來比他們正派多了。而且是我自己愛去傳達室那邊的，他愛怎麼樣是他家的事，他白天上班我還過去煩人家，他大可趕我走的。起先他看我的眼神我還懷疑他是個老gay，我必須承認我這樣想過。什麼風清揚、絕世武功都是狗屎，那些都是我自己幻想出來的，他本來就跟那些大人們一樣。我不會再去找他了。

我往站牌那邊走，腦子裡不停閃過老愛往傳達室跑的那個自己，還有那時心裡一些無聊的猜想，覺得真丟臉，真希望那些讓人臉紅的事沒發生過。包括剛才瞧見的事，不過這些都不可能了。公車來了一輛，我還沒打算回家，回頭往一中街那邊走去。

沒五分鐘，我又回來商圈這邊。這邊的人走路還真好笑，明明直直一條路，每個踏出來的腳步像在森林裡迷了路一樣。有些坐在水泥花台上的人也很好笑，他們像是有特異功能，能看到躲在空氣裡的隱形鬼魂，一個人比手畫腳地跟空氣聊得開心極了，真可惡。這邊的垃圾也真特別，如果你有低頭的習慣，你很容易看到地磚上許多長長的髮絲到處飄飛，和一些碎紙片棉絮糾結成更大的一團在地上滾動，到處都有。你懷疑這些東西本來也藏在空氣中，因為整個空間吵鬧騷動得太厲害，這些跟細菌一樣渺小的東西只好被逼出原形，到處飄啊飄的，一會兒黏在行人的肩上又掉落，然後飛到別人的外套上，然後又掉落，等這些小東西彼此認識了，很快招惹成一坨坨路人腳邊翻滾的碎屑，大一點的有半顆頭顱大小，噁心得要命。一家賣滷味的地磚上躺著兩隻蟑螂，不曉得是吃到毒餌還是吃撐了，兩隻都翻仰身體曝曬在日光燈下，手腳不停揉搓觸鬚，下一秒其中的一隻被踱過去的鞋跟「吱」地踩住，頭胸黏在那鞋跟上一同逛街去，只在原地留下一截折斷的身軀和旁邊那隻繼續舒服地仰躺，搓牠的觸鬚、揉牠的腿，真想上前補牠一腳，可這事不用你做也會有人幫牠。

我走到麥當勞那邊，排在我前面的是一個國小三四年級的女孩和她的爸媽。那個媽媽眼睛看著頭頂的餐點標示，嘴巴朝自己的老公說，給妹妹點一份全餐好了，男人說吃那麼多晚上睡不著怎麼辦，女的說總比半夜餓肚子要幫她弄宵夜好吧。「好啦好啦。」很不情願地答應。這時候女兒說話了：「媽，我要薯條和可樂，不要漢堡。」「不早講，這樣吃怎麼會飽。」女人說。男人這次更不高興了：「早就跟妳說她不要吃那麼多妳不相信。」女人也很不高興：「我怎麼知道，那現在是要怎樣。」最後他們只點了一份薯條和可樂，捧著盤子互相瞪著對方上樓。

我也點了一份薯條可樂。這麼晚了樓上還是鬧哄哄，角落的椅子上一對穿制服的公猴子跟母猴子抱在一起，揪蝨子一般把對方的頭髮一根根掰開，幫對方吹吹頭皮屑。再過來有兩個女生對坐，各自把小腿擱在旁邊的椅子上，弓起腰身撕著露在涼鞋外面的趾頭上的腳皮。再過來，一個臉色蠟黃的女人腰椎挺直脖子往前伸，兩手交握在背後用力掰到舌頭吐出一截，像條蛇緩緩地扳動她的頸關節、兩肩、手臂、脊椎，然後雙手鬆開，朝桌上的小瓶罐裡摳出一坨鼻涕大的屎色藥膏，塗抹在剛才喀喀出聲的關節上面。而那些沒公猴子陪的母猴子不是繼續翻她的睫毛，就是嘴巴一直塞薯條，她們吃東西的樣子很奇怪，吃口香糖那樣嚼個不停，一瞧見有人跟她目光對上，擺在桌前的講義變得多珍貴似地，立刻裝模作樣起來，小心把視線停留在其中幾行。還有一兩個臉上的笑停不下來的怪咖，一身破破爛爛，把幾十個不知裝了什麼東西的塑膠袋綁在身上，看那樣子應該是頭被棒球K過或衰到撞過馬桶，腦袋裡掌管笑的那個區塊被擠壓到，從那天開始就一直這樣笑，其實他們根本沒有要笑的意思。

我坐在靠窗那邊，整張桌面散落著鼻屎般的橡皮擦碎屑，頭上的喇叭隱隱拍動空氣，澎、澎的波動不斷敲打我的頭皮，卻完全聽不到音樂的聲音，你就知道這邊有多吵。很奇怪，整排看過去的每張嘴巴停不下來地嚼東西講話，這些嘴巴吐出來的鬧聲合在一起，變得比原先的聲音大上好幾倍，在整個空間流竄震盪，我得努力越過這些靜不下來的鬧聲，才能聽見一兩句困在喇叭裡的音樂，這種感覺真惡劣。當然我不是說這些人不能講話、交談什麼的，而是應該要有人告訴他們，先生小姐，你們這樣說話真的很吵。搞不好這些人不只一次被提醒、暗示、警告過，可他們還是要這樣，因為他們不覺得吵到別人是一件多麼丟臉、令人不舒服的事。

我望著窗外的太平路，對面的樓房身上都是兩三層樓的廣告看板，牛仔褲、球鞋、摩托車、健身房，廣告上的每個模特兒笑瞇瞇，看樣子廠商給了他們不少錢。還有政治人物的廣告，手握拳頭放在胸前做出準備戰鬥的手勢，也是笑容堆了好幾層地看著底下全部擠在一塊的汽車、計程車、攤販。過來一點的十字路口這邊鋪上一格一格地磚，稍微騎快一點的機車一進入這個區塊馬上滑倒，真要命，那種滑法像耍特技一樣車子斜斜抛出去，人跟著卡在坐墊上，下一秒鐘，所有人來不及「啊——」，車輪已經甩到路邊變電箱的身上，還好沒怎樣。沒兩分鐘，又摔了一台。靠窗的一排座位全部擠滿了人，大家像烏龜一樣把頭伸長，就為了等著看會不會再有車子摔倒，真夭壽，這邊的地磚不是鋪得像溜冰場，就是踩上去黏答答的像水蛭爬過一樣。還有，整條路的樹長到一個高度，就給它砍頭，鋸到只剩一根粗粗的像老二的枝幹挺立，醜斃了。還有那些剛裝修好的候車亭，不知哪裡來的餿點子，頭頂只留一小塊貝殼形狀的遮雨棚，如果你有在下雨等過公車，你真想叫全市政府的人都出來在底下罰站，讓他們好好欣賞他們那種腦袋想出來的傑作。難怪伯父經常罵這些公務員只會讀書考試，現在不用叫他們讀書考試了就什麼都不會。不過伯父也是個矛盾的人，不然他不會想把我送到專門教人怎麼讀書考試的學校。還好他不算最嚴重的，至少我讀那麼爛沒被他罵過就是了。

然後，真不敢相信，今晚最噁心的事居然在我眼前發生了。對面一家賣運動鞋的店員站到騎樓外，一手握著寶特瓶，一手提著長長的鐵鉤掛著一個籠子，把寶特瓶裡的水澆在籠子身上，接著他點燃一小張報紙扔到籠子上頭，「轟」地一團火球爆裂開來，天，倒在籠子裡的是汽油，他燒的是一隻老鼠！而且看來很有經驗地遠遠提著那根鐵鉤，像馬戲團表演那樣抽他自己的菸，任由路人從他前面走過。那隻著了火的老鼠像在跳街舞用力地甩動咬住牠全身毛髮的火，我和我這邊一排都張大嘴看著，我簡直要吐了，轉過身換到背面那一排座位。那些啃著雞排的嘴裡唔唔地不知在興奮什麼。幾分鐘過去，我忍不住回頭看了一下，火光已經熄滅，那人把籠子放在水溝蓋上用鐵鉤敲，沒多久籠子就空了。那隻跳完街舞的老鼠已經化成碳屑，碎成一片一片摔落到陰臭的水溝裡。

這時突然有人拍我肩膀，是一個賣口香糖的老頭。他的臉很臭，臉皮又黑又瘪，像朵乾燥的香菇，那個樣子根本不會有人買他的口香糖。我突然想到，好像在網路上見過這傢伙，幾個大學生用手機拍下老頭賣東西的德性，他會從後面拍人家肩膀，突然把口香糖遞到對方鼻子前面，如果搖頭不買就狠狠瞪一眼走開，好像人家欠他錢。網路上那幾個沒在鏡頭裡的學生不斷跟在老頭後面怪笑，等老頭對前面的路人做出他們想要拍的表情就歡呼，老頭那表情真的很惹人厭。把這段影片 po 上網的學生還在底下寫了篇心得，說這傢伙服務態度這麼差，大家應該抵制他，讓他知道反省後，這邊的服務品質才會提升。一看就知道是自以為很優的傢伙寫的。

我跟老頭買了三條。我一點也不愛吃口香糖，也不是怕被他瞪，這習慣可能跟我父親有關，以前他帶我逛夜市，只要有那種趴在地上推車賣菜瓜布、塑膠水瓢、原子筆他一定買。不過我買了口香糖還是很難過，老頭連謝謝都不說就走了，我也不需要他感謝。就算我買一百條他又能賺多少？難怪他的臉那麼臭。這時你巴不得掛在馬路對面那幾張大面神的照片掉下來，那麼一大幅照片少說也要好幾千塊，整個台中最少有幾十個人都在做這種噁心的事，每個人都掛上幾十幅，算一算全台灣最少有上萬幅這種噁心的東西，而且愈來愈多，這些加一加起碼好幾千萬吧？真希望飛過去的麻雀能在他們臉上淋幾坨大便，好讓所有的人看到這些人有多噁心。

我握著手中的口香糖，看著那幾個把薯條嚼得像口香糖的女生，心想要不要送一兩條給她們。樓梯口那邊上來一個端盤子的客人，是阿尻。我們幾乎同時看到對方，他往我這邊走來，我遞了一條口香糖給他。

「怎麼會在這邊？」他坐下來問我。我說剛好有事過來，他沒再多問。穿上便服的阿尻看起來極瘦，感覺不太出來跟學校裡穿制服的他是同一個人。我覷了他的坐姿幾眼，這應該跟他駝背有關，而且他習慣把肩胛底下的兩隻胳臂夾住，本來不怎麼開闊的肩膀縮得更加厲害，心裡好像有不開心的事。

「這裡好吵。」我看著他的嘴型，「要不要過去我那邊？」

我們一前一後往太平路的巷子裡走去，幾家店開始收拾吊掛門邊的衣物，一整掛一整掛的衣架推到底一摺，擺了一整天沒人買的衣服，全部像鹹菜一樣塞進又舊又髒的紙箱裡。沒事做的店員蹲在門口抽菸，把菸蒂彈進水溝蓋的縫隙。這些店面大都窄窄長長的一小條，跟這些店員的臉型很像。每支電線桿上面貼有尋找米格魯的傳單。比起來阿尻的店面大多了，光是招牌就跟那些用壓克力板噴幾個英文字的店很不一樣。一人高的招牌「沙漠物語」，每個字底下襯有藍天沙丘的風景圖案，店面少說有四公尺寬，差不多二十來坪，三片牆面分別塗上蘋果綠、檸檬黃、薰衣草色。天花板鋪上波浪狀輕紗，中間垂下兩盞吊燈，弄得像座小宮殿一樣。一半的空間排上七八座衣架，分別掛上單一顏色的T恤，色彩搭配很有層次，另一半的空間擺幾個玻璃矮櫃，置放帽子、皮帶、項鍊、戒指等配件。一個坐在櫃檯邊摳指甲，年紀約莫二十上下的女生看見我們進來，拾起擱在旋轉椅上的背包，「剛剛艾蜜莉有來，要你打電話給她。」走出去發動她的摩托車。她明明有看到我，不過沒要跟我打招呼的意思。阿尻也沒理她，走到裡面的小房間轉頭看我：「我跟我表姊講一下電話。」打開走道邊的小冰箱：「想喝什麼？」我說不用。他在小房間裡嘁嘁窣窣一陣，出來後又開了一次冰箱，拿出兩罐沙士，丟了一罐給我。

我們邊喝邊看著門外走過的人，阿尻躺在他的旋轉椅上，兩隻腿翹到桌面，一下子翻翻桌上記事本，一下子站到衣架前面摸東摸西，似乎很享受這裡給他的感覺，但怎麼看他都不像是這裡的主人。不過我還是稱讚了幾句，這裡很棒哩，一定很多人羨慕對不對？當然沒問他怎麼有能力開店。

「我不去學校了。」他邊放音樂邊說。吵死人的北極潑猴。

「那你想做什麼?」誰都知道他不來學校是很平常的事。

「開店。」他說:「不過不是賣衣服。」至於什麼店他沒說。我們聊了半個多小時,中間有幾次我想到,搞不好最後一班公車開走了,不過我還是留下來。這裡對我來說,有種說不上來的吸引力,雖然是第一次來。「等一下我載你回去。」看我低頭瞄了幾次手錶,他問我:「你想不想打工?不過不是這種工作。」

我聳聳肩,「什麼樣的?」

「很輕鬆的工作,時薪比一般的便利商店要好,你考慮看看。」

快十二點,他按下店裡所有開關,我們從暗黑的空間走出來,鎖上門。回去的路上阿尻騎得很快,才花十分鐘就到家,他放我在門口對面下車。坐在店裡看電視的伯父知道我回來,裝作什麼都沒看到往屋後走去。我很快上樓。洗澡時樓下的鐵門正好拉下,還好隔壁的阿奇在聽熱門音樂,砰砰砰敲得牆壁一直震動,我的心情才沒那麼緊張。這樣的夜晚真讓人有些忐忑,這是我第一次這麼晚回來。

那夜我在床上翻了許久,晚上發生的事一件一件從眼前通過又回來,想要趕也趕不走。我很快就沒在想老頭的事,腦筋裡的那個自己一直待在阿尻的店裡。那邊阿尻的臉色、神情,比在學校要好看一些,整個人有一種令人羨慕的光采,讓人覺得他好像很得意,而且那種得意是會傳染的。雖然你會覺得他有點臭屁，不過要是那家店是我的，我也會這樣。如果我真的有一間店，……二十五歲三十歲，也許那時候的我也是某家店的負責人，過了三十歲就不敢想了。最好不要賣衣服，那種服飾店能賺什麼錢，也不要像伯父的雜貨店那樣沒搞頭。樓下的店面根本就是給人家發牢騷吐苦水用的，不然就是聊政治、抱怨兒子媳婦不孝、炫耀最近買了一幢透天厝，……老是這些有的沒的，而且這些人明明有錢還故意賒帳，他們搞不好都知道我那神經大條的伯父，喝完酒會把整張寫滿賒帳金額的月曆紙撕掉，沒多久那些傢伙又過來拿一瓶醬油米酒，「再欠一下啦，啊對了，我總共欠你多少？」然後伯父自己就「啊，你要問阮某啦，那張月曆被我撕掉了。」客人一走，兩夫妻就開始吵架。還有小時候伯母帶我到市場，買完菜她總要繞到街上那家光線陰暗的百貨行小坐一下，老闆娘就坐在整間店最暗的那個位置上，一杯茶也不會倒就開始聊她公公的口腔癌、她婆婆痛風、她小孩的老婆把她的孫子帶走，然後一個禮拜都沒消息，「妳要想開一點啊。」伯母拍拍她的肩膀勸她。我站在旁邊看著伯母的另一隻手不停摳她的菜籃，只要她一焦慮就會這樣。她應該在後悔幹嘛走進來這邊，我也是。然後接下來她會做出更後悔的事，因為拗不過老闆娘的勸說，她又買了幾件阿奇根本不會穿的內褲運動褲回家。這種店就是這樣。

這樣東想西想了一陣，奇怪我的精神愈來愈好，好像明天起來我就要有自己的店了。看來我得先去賺錢。我其實很累了，腦筋裡卻一直轉著打工的事。那件事還蠻吸引我的，雖然不明白為什麼阿尻會找我，是什麼工作還不知道，而且他似乎就認定了，我會答應他去打工。不去試試怎會知道呢？至少比待在學校有趣多了，不是嗎？

除非你的運氣也這麼背過，不然你一定不知道我在說什麼。這學期學校的升旗典禮又多了一項活動，除了照例頒發上周生活榮譽競賽的獎狀，連續三周得獎的班級還會額外頒發錦旗表揚。當司令台上的司儀一宣布那個優秀的榮譽班級，旁邊的管樂隊隊長馬上舉高儀仗吹下哨音，十幾隻喇叭和各式各樣的笛子吹得空氣嗚嗚震動，而那個得獎的班級在隊伍中用力喊出事先排練的口號，趕緊推他們班的代表火速衝上司令台，由校長把錦旗交給他手裡。我們班當然沒那個份，我們已經連續好幾周倒數。好不容易升旗快要結束，司令台上的教官突然點到我們班，「這個班啊自己要檢討，別班同樣四五十個學生，廁所的馬桶掃得都比你們教室的地板乾淨，中午班長把全班帶過來勞動服務。」有夠會碎碎唸，左右班級的隊伍裡傳來稀稀落落的笑聲，好像數落我們班就是為了提供些消遣給他們。

不過這也不是第一次，從高二以來我們被虧慣了。只能說我們班很黑，在這些大人眼中。各科成績、個人表現到團體競賽，沒一樣拿得出來。這樣就算了，上學期還發生「上色情網站的藏鏡人」事件。不曉得哪個傢伙弄來一則大家爭相傳閱轉載的手機短片，我們班有別班也有，大概只有幾秒的偷拍影片，畫面上就一面電腦螢幕一直晃動，約略看得到是色情網站的畫面，幾個趴下來噘唇摳胸的騷妞，完全沒穿的淫蕩模樣，電腦旁邊擺一疊書和一塊寫著什麼長的三角立牌。那些鳥蛋在打賭，影片裡的那台電腦，就擺在校長的辦公桌上。關鍵在那塊只看得到一個「長」字的立牌，和電腦下方的一點點桌布的圖案。

消息很快從打掃辦公室的班級得到證實，沒錯啦，就是他在學校上色情網站，這隻人魔看你往哪裡逃。教官那邊很快派人到每個班搜，翻書包、敲天花板，搞得教室裡好像有人走私販毒。他們當然只說來做安全檢查，手機裡的圖檔一隻隻找，隨便也能搜到一堆下流噁爛的東西，恐嚇那些下載成人影片的鳥蛋們要有記過的心理準備，光這句話就把他們嚇得半死。這下可好了，聽說全校的手機裡有這圖檔的，就我們班最多。真不曉得這些傢伙腦袋裡裝什麼，這東西已經在學校傳成這樣，恐怕連歐巴馬老虎伍茲都看過啦。那兩個禮拜我們班不停被學務主任、輔導老師、教官，下課輪流過來對我們精神講話，順便唸唸法律條文，散佈不當圖像資料最高可判幾年徒刑，然後還催眠，要我們把電燈切掉，窗簾全拉上，接著閉上眼睛屁股坐正，「現在，請各位用最舒服的姿勢，想像你站在一望無際的草原上，草地盡頭，有一條很乾淨很乾淨的溪流……」唸到第三句，開始有人打呼，唸到清澈的溪水流遍全身，一隻鳥蛋突然跳起來：「你爸的尿要噴出來。」摀住褲襠衝了出去。全班「噗」地一聲開始狂笑，笑到敲桌跺腳，沒人理會那個龜蛋還在那邊陰陽怪氣地自言自語。

那次升旗，司令台上的教官差不多又唸了十分鐘，後來，有點感覺到他要宣布解散了，不知哪個白癡在隊伍「咻噓——」一長聲，很響亮的口哨，響到連聾子都能聽見的那種，全校突然轉頭過來，氣氛一下子變得很糟。幾個教官很快奔到我們班隊伍面前，滿臉殺氣瞪著怒視著，看來這事情會舞得不小，如果沒人承認的話。當然不會有人承認，我們班就是這樣。結果全班被罰跑籃球場十圈。

我們跑完已經八點半啦。第一堂胖虎的課，他坐在講台前面，用比平常還要萎弱許多的口氣說，今年過年他老婆幫他求了一支籤，籤詩上說他諸事不順，希望大家看在他的面子上忍耐一點，「到高三就好了。」他說，到了高三，起碼你們知道要考試，自然就乖了。聲音中透露出一種很黏稠的悲哀，不過還是完全感覺不出那是要講給我們聽，他仍舊看著眼前那塊空氣，好像上課的學生全飄在那裡，而底下這些來湊熱鬧、看不出跟他什麼相干的莫名其妙的一群，繼續打他們雞巴上的電動、塗著她們快要脫皮的臉，或者趴著睡覺。

這隻胖虎，他實在是全世界最不會碎碎唸的傢伙，聽這種人碎碎唸真是一件殘忍的事，不管對哪一方來說。他從籤詩講到去年暑假的夢，隔沒多久南部就發生莫拉克風災，然後他在家裡摔了一跤，老婆又幫他求一支籤，解籤詩的人說他這種人要是在一般金融業上班，搞不好可以當上企業的執行長，公司會是那種員工最少幾千人的企業，哪需要來學校這種靠一張嘴就能領錢的地方。十幾年前他當步兵排長底下有多少流氓怕他，連先前電視報導的那個還在逃亡的槍擊要犯，如果讓他出面對方就會乖乖自首，要是警察局長有心想抓人的話。接著開始批評現在的教育根本在搞表面功夫，他才不會跟那些人在乎這些，他要是跟那些人一樣，今天我們的日子不會這麼好過。教育最重要的是要想辦法讓學生懂得什麼叫做愛，這樣他們長大以後才會去愛別人。很奇怪，他講的這些聽起來都沒錯，怪的是從他嘴裡說出來就很錯。一早來跑十圈真不是件舒服的事，特別是被人用手一指向籃球場，你就得莫名其妙跑了起來。胖虎講話一開始我有在聽，等所有的汗擦乾後實在聽不下去，我才趴下來的。真的有點想睏，他嗡嗡的聲音還是有點吵，我索性把頭圈在手臂裡悶著，也不知道發生什麼事，好像講台的東西全部摔在地上，連續幾聲碰碰的聲音裡面聽得出來有水杯、粉筆盒、鐵罐、幾本書掉落地面，我抬起頭，講台已經被翻倒在地。原來胖虎又怒了。距離上次發作應該有兩三個月，也許更久吧。

奇怪的是四周那些鳥蛋都在看我，胖虎也是。他把瞪視的目光停留在我身上，我這才知道是我惹到他了。其他鳥蛋被他的視線牽引，也把目光丟在我身上。

「你起來。」其實他很少這樣，即使那些鳥蛋比我還囂張、白目，他也不會動他們一根汗毛。像最後一排中間那兩個我永遠不知道叫什麼名字的胖子，就算在那裡吵鬧，胖虎總是裝作沒看到，這是大家不必說破的事。也許為了面子，他還是有必要逞一下他的威，找個不具威脅性的弱咖羞辱一下。真可憐，以前他在兇別的鳥蛋我老裝作沒聽見。這下我更能證明我的直覺是對的，我也是他眼中的弱咖之一，講台上的龜蛋都有他這毛病。

其實他講什麼我聽得清清楚楚，我只是有些累，跑步回來的我需要品質好一點的空氣，偏偏教室裡的空氣發酸得讓人難受，不單是女生身上的問題，講義、參考書的油墨、地板上慢慢蒸發的菜湯汁液的餿味。我需要一場小小的昏睡，等我睡進那沒有這些噁臭味道的世界再出來，我就會有力氣了。在這裡的每一天我需要這樣，不用太久的，一節課或兩節課。

我承認他講話時這樣趴著很不禮貌，可我真的不是故意的。當然這些說出去誰聽得懂啊。這次他兇到了我。這還好，而他真的也需要這樣來發洩一下。他其實不難相處，跟這邊的龜蛋比起來。這種地方大概只有不到五分之一的龜蛋能被歸到紅人區，那個頭等艙理論大師分析過，要嘛靠自己拚死拚活整治學生來累積口碑、要嘛摸清楚上面的好惡送茶送酒不要搞錯、或誰的父親正好是董事之一或董事長的好朋友的鄰居的誰，大概就是這三類型的擠進這五分之一裡，而教我們班的那些龜蛋想也知道，如果他們在那裡面就不會在我們這邊。許多事物的法則就是這樣，表面上看似和平相處，其實界線分得清清楚楚。老師與老師、學生與學生，大家在各自的世界裡互通聲息，即使教師節聖誕節辦活動，全校老師站在司令台前面長長一排，每個班分別把捧花用力擠到自己老師面前，等音樂一放出來，感恩的心（每年都這首），各自的班級代表上去擁抱一下，看起來大家都很平均地拿到當一個老師該有的花束，而事實上，每個老師的尊榮感真是天差地遠，想想看每天要站上講台，把十幾年練就的絕活（如果有那東西的話）在一堆把你當成空氣一樣透明的鳥蛋面前每分每秒表演出來，跟走到那種教室裡貼滿溫馨的親子活動照片、裝飾各種獎牌獎狀，窗邊黏上漂亮的雪花，講台邊一棵聖誕樹，好像聖誕老公公隨時會從講桌底下鑽出來陪伴大家唱英文歌的班級比起來，你還是會替胖虎的時運不濟感到可惜。至少他是有在唸書的老師，每星期他會介紹一本書，《不存在的女兒》、《追風箏的孩子》、《燦爛千陽》等等，不過他真的要好好訓練他的表達。不然每次講到一半就漸漸地變成這樣：「算了，我跟你們說這些幹什麼呢，我們繼續上課好了。」然後頓了一下，繼續把他想講的，責任、榮譽、感恩這些東西說得跟哈利波特、火影忍者一樣，讓人一聽就覺得假假的。到最後，他整個人的外觀雖然還在，其實他已經消失在黑板上無限遙遠的一個點上，從那邊繼續對這邊的世界嗡嗡出聲。

所以，他會這樣兇我，就他這個人的尺度來說，算很超過了。我真希望他沒說過這話：「你是不是有病啊，一直睡，不想唸就不要來這邊鬼混。」

接下來他放慢講話速度，宣布我們班從今天開始少一個人：阿尻已經被學校退學了。這件事對大部分的鳥蛋來說沒什麼差別，他的座位老早就被佔據用來堆放垃圾。胖虎露出輕鬆的笑容看著我，「下一個就是你了，給我小心一點。」能對學生這樣說話很威似地。真的不能怪他，過去這一年我們班太使他難堪，老讓他覺得他在這裡一無是處，說的每一句話都被當成空氣。我和他甚至在走廊上都打不了招呼，我真的有想過對他招手或咧一下嘴，可是我做不出來，他看見我靠近之前已經先別過臉，裝作玻璃上面好像有什麼吸引住他的圖案，他寧可望著那邊也不願看他的學生一眼。而離開任何一間教室，往辦公室走去的他，表情像是遭遇到重大的挫敗，只顧低頭看著地上走路。

不知道為什麼，聽胖虎說到阿尻，我還真有點羨慕他。至少不用每天清早頭腦還沒回來這個世界之前，就忙著把到這鬼地方要用的東西穿戴上身，然後努力趕上公車，明明知道接下來又要被關上十個小時，自己還在公車上猛看錶，為自己能不能準時進到鬼地方的大門裡面憂心著。十個小時過去，從這裡離開後想好好過正常一點的生活，發呆、騎腳踏車、到街上或河堤邊走走，天色早已暗到整個世界根本就不想理你。一到假日又有寫不完的作業，擺脫那個女龜蛋的魔掌後我算比較會乖乖寫一點交差，不過跟所有該完成的分量相比還差一大截，我就覺得納悶，那些人到底是怎麼把所有無聊的作業寫完的？

有一天你總要從這鬼地方出來吧。問題是出來要幹什麼？找一個互相欺騙的地方，繼續上課睡覺下課打咖混個幾年？你看到自己的位置了嗎，在別人還在鬼混、互相欺騙的時候，悄悄衝到那個地方，一個動作一個動作讓自己慢慢站穩，然後，開始擴張自己的地盤？

我突然想到，幾天前離開阿尻那裡，他跟我說了一些差不多是這個意思的話。很奇怪現在才想起來，也許要感謝胖虎把我麻痺的腦神經細胞罵醒，順便把那些不曉得藏到哪個縫隙裡的東西給吼了出來。那天早上那些話一直在腦子裡轉來轉去，每轉一次就頭暈，因為你也只能呆呆地想，不知道自己還能做什麼，可它就有辦法咬住你的神經要你無法不想。到後來我覺得自己快要爆炸了，耳根脖子一陣一陣發燙，筋脈裡的血液荷爾蒙互相衝撞逆流，像快要走火入魔那樣，身體熱到巴不得把制服整個撕到爛，拳頭捏得緊緊的，卻又沒地方讓我躲起來。我想到傳達室的老頭，不過我已經發誓不會過去那邊，只好兩片屁股在椅子上輪流蹬著讓自己舒服一些。我不敢抬頭看任何走過的人，萬一哪個倒楣鬼被我自己也無法控制的怒氣堵到，會怎樣我也不知道，我就是不想那個樣子。

偏偏那個下午，好不容易我可以讓自己稍稍睡去，不知哪個吃了搖頭丸加春藥的神經病，居然在教室裡放起鞭炮，「碰」的一聲轟進耳穴，趴在桌上的整個人恍了一下，真不敢相信，居然有這麼無聊的傢伙。接著一陣刺鼻的煙硝味鑽過來，我抬起頭，一股酸味聚在鼻前化不開，害我打了兩個噴嚏，地上一片碎屑。四周那些個打牌玩電動的鳥蛋們不停「呵，呵」怪笑，叫啊跳地覺得好玩極了。下一秒鐘，我們的教室就被包圍了。

通通不准動！

教室前後門被趕來的學務主任和教官們包圍住，動作還真快。這下可有趣了，他們臉上的驚嚇比教室裡任何一個鳥蛋還嚴重，他們真的被嚇到了。那個愛吹噓當年勇的龜蛋教官瞪視完每顆固定在原地的鳥蛋後，走到我面前，「站起來。」用他那種很威的目光在我身上來回偵測，眼珠裡豎起兩把槍，鼻子嗅了一下。

「為什麼帶鞭炮來？」

「我沒有。」莫名其妙。

「鬼扯！」

靠，馬的，這到底怎麼了，那麼大聲要死，害我耳朵裡一片嗡嗡叫，站他後面的幾個鳥蛋趕緊用下半身貼住自己的抽屜口，生怕裡面的東西掉出來。

「我真的沒有。」

接著，這很威的傢伙居然甩了我一巴掌。那一下還真是猛，到現在我還會想到那個莫名其妙的巴掌，也對人類為什麼會甩人家巴掌感到莫名其妙。真的，如果有人告訴我某人給了對方一巴掌而被對方殺掉這種事，我一定不會覺得奇怪，那種賤招絕對有辦法把一個正常人惹怒到跟你拚命，我體會過我才這樣說。那熱辣辣的一下刮過去的瞬間，體內好不容易安靜下來的怒氣像一頭剛睡去的獸被螫醒，我感覺得到牠在血管裡開始齜齜出聲，牠想要跳出來狂咬，牠在磨牠的爪擺動牠的腰椎，怎麼辦？牠準備衝出來了。可我只是看著，並且，還算清醒地看著已經不是我能控制的每一秒，跟在噗噗跳的心臟後面微弱地顫動。怎麼辦也沒有。

一隻手在後面推我，「去教官室，去。」我被兩個教官從背後挾住，腳步虛虛地飄進教

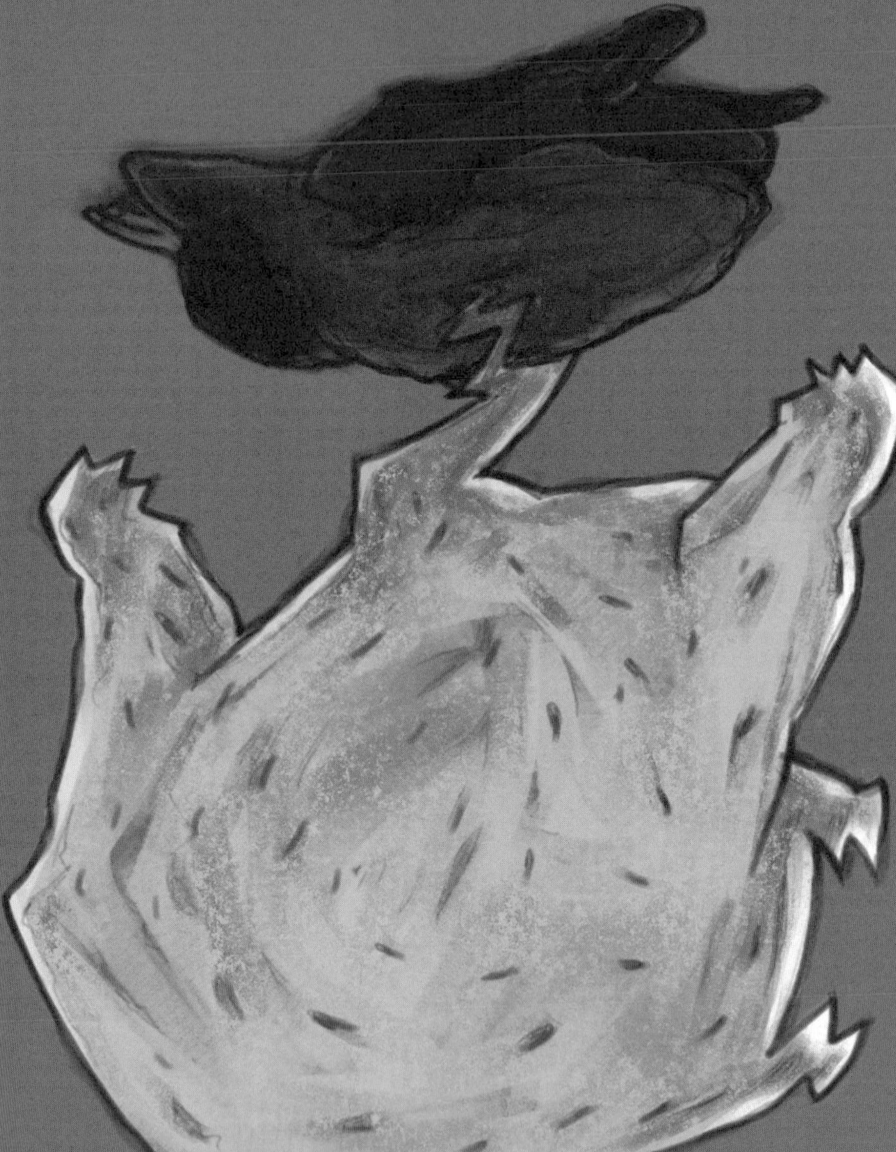

官室。沙發上一個傢伙躺著，頭枕住扶手，兩隻球鞋跨在另一邊的扶手上看報紙，是岳不群的小孩。看見情況不對，他很識相地把報紙扔回桌上，悄悄從後門出去。

「為什麼在教室裡放鞭炮？」

「沒有，不是我。」我用眼睛算了一下，一二三四五，五個教官分別坐在自己的座位上，他們顯然不滿意，還在等我的回答。

「就是你了，」另一個豬頭開口：「你身上的鞭炮味道最濃，還想狡辯。」這時候主任和另外一個教官進來，手裡拎著一只爛爛的書包。

「這下可好了，」那個拎我書包的教官說：「全班沒人要承認，怎麼辦？」

廢話，這種事當然不會有人承認。這些鳥蛋，他們最會的就是出事時把自己藏得好好的，藏到一般人絕對看不出來他們是笨蛋，雖然他們的確是笨蛋。接下來可有趣了，主任問我早上是不是被胖虎罵？我說是。「那就對了，」他說。對什麼對啊？「就算這樣，」他走到他自己的旋轉椅前面坐下，「你也不該在教室放鞭炮啊。」

然後，下一個教官靠過來我這邊，「你知道嗎，這是公共危險罪，如果教室發生火災，學生慌亂中推來推去，造成重大傷亡你怎麼辦？你賠得起嗎？你能說沒有這可能？」

「真的不是我。」我開始緊張起來，我快要沒有耐性了。

「你為什麼不承認？」正在翻我書包的那個教官說：「你們班說是你。」

「誰？」

「你不要管誰，反正有人說。」

「到底是誰？」

這下換他生氣了，「是我在問你還是你在問我？」

「我不是跟你說了嗎？」

「你那什麼態度？」

他霍地站起來，整個胸口壓向我這邊，這下換他展現他也很威。我已經不想開口了，你知道這種人想事情的模式，當他們懷疑你的態度時，你就不用再跟他們說什麼了。他們幾個在那邊說這傢伙早上被他們導師罵，全班都有聽見，他一定心裡不爽才這樣。「聽到沒有？全班聽見。」另一個就提醒大家：「哇，這算不算侮辱師長？」靠，這些穿制服的豬腦，還好他們只是來學校當教官。我決定不再跟他們囉嗦。我努力看緊悶在血管裡的那頭獸，用力吸氣、喘氣。吸氣、喘氣。乖一點，聽話。完全沒有心思理會外面的聲音。我猜我那繃緊的樣子看在他們眼裡一定很欠扁，而他們大概覺得這樣弄我很有趣，像在檢查毒品走私那樣來回翻我的書包。

這中間我突然跳上前狠狠搥了一下桌子，可能太用力了，不然玻璃墊上的茶杯蓋不會跳出來摔裂在地上。然後我轉身，居然甩翻了兩張椅子，他們幾個像彈簧往後跳了一下，其中一個兩腳蹲低雙手握拳擺出準備迎戰的手勢。真難看，我怎麼搞成這樣，趕快溜好了。恰巧古奇牌三女中最胖的那個經過教官室門口，我想我嚇到她了，她手上提著那個粉紅包包往後縮了半步，僵貼在門邊讓我閃了出去，她眼球暴凸出來的蠢樣應該很久沒被嚇過，真不好意思，因為拋下去的那零點幾秒之前，我其實告訴過自己不要拋、不要拋，又不是多大的鳥事就發作成這樣，這樣會很難看。可我還是做了。我真的不需要這樣，我明明可以不用這樣。

我從教官室外面一整排看熱鬧的蠢蛋面前走過，心想書包還在他們手上，真可笑，這個時候居然還想到我的書包，我覺得我該走了，可真的不知道該去哪裡。經過傳達室門口老頭似乎站起來看著我，我理也沒理走出去。

一出了大門心裡輕鬆極了。天色有點陰暗，許多烏雲在大樓後面聚集成更大片的烏雲。我差不多走了半個多小時到逢甲商圈那邊，天色更黑了，雨隨時會落下來。每間店給它逛上一個鐘頭，唱片行的試聽ＣＤ片每首都聽，服飾店的每頂帽子都試戴一下，這中間有想過去找阿尻，可又不想讓他看到我現在可笑的狼狽樣。到後來我想找一家書店待到它關門，真是沒氣質的商圈，吃的玩的什麼都有，連保險套都有兩家專賣店，就是一家像樣的書店也沒有，只找到一家整間店面超過一半的書櫃擺高普考、民法、刑法、會計學、工程數學這類的書，書櫃與書櫃中間貼上小條子，用簽字筆寫上「偷竊照原價賠賞五十倍」。他們最好抓到跟他們一樣笨的賊，因為這裡的蠢店員把所有的「償」字寫成「賞」，到時候看是誰要賠誰來賞。這裡每本金庸的書又給你加上封套，像在保護什麼嬌弱的生物那樣用包膜封住，金庸的書這樣也就算了，還有一堆爛書也加上包膜。不過我還是看到一個女生蹲在角落裡靜靜地撕一本美容書的包膜，她撕得很專心，像在進行一場手術那樣小心沿著書頁邊緣慢慢往上扯，我靠近她時仍渾然不覺。後來終於發現我，不過她沒要停下來的意思，那眼神似乎在邀請我跟她一起做這種事，我沒理她。我在雜誌區那邊待到書店關門。

我等了半個小時公車才來，雨還是要下不下，空氣裡滿是濕潤腥臭的水氣，像有人在你身邊打了一萬個飽嗝，衣服沾了好幾種油煙食物的臭味。我下車往伯父家的方向走去，正巧碰到阿奇在馬路對面。看樣子他剛藏好他的摩托車，朝我這邊招手。我走到他面前，「你學校的老師和教官剛剛有來。」他說。

「你怎麼知道？」

他說他八點就回來了，從屋外就聽見伯父和兩個人講話，氣氛不是很好，他想還不要進去的好。「好不好笑，又跟我沒關係，我就是不敢進去。」問我怎麼了，我一直往前走沒跟他講。一進門，店裡還有客人，是那個當初叫伯父要好好管我的退休老師，看見他我嚇了一跳，才半年多沒見，好像老了二十歲，之前的他不過是那種好吃懶做的中年樣，現在整個衰老成另外一個人，看人的眼神變得更沒禮貌。我朝他點個頭，不敢看伯父的眼神，趕緊走到樓梯口。

「今天怎那麼晚？」伯母從屋後探頭。「有一點事。」我努力找我的拖鞋，還是聽到幾句老頭抱怨的事。他家老大拿他的錢投資國外什麼兄弟的公司，幾百萬就飛了。「真不敢想啊，存款簿上面寫好好的，你動都沒動到就沒了。」辛辛苦苦三十幾年，一個月一個月存來的錢，那個什麼兄弟的銀行長怎樣都沒看過，說錢就這樣沒了他實在不相信。然後又再講一次，其實早就知道沒了，不過還是會想搞不好明天又冒出來。現在的他每天要跑醫院照顧開刀的妻子，還要煩惱老大的工作、老二和他老婆鬧離婚，下午載老么到嘉義考博士班，路不熟多繞了兩圈被他罵到臭頭，下車摔門就走……我上樓了他還在囉哩吧嗦。我也不曉得他這個時間點來嘮叨好不好，至少幫我分散一下伯父的注意力，如果可能的話。那兩個傢伙到底來家裡說了什麼，我可以感覺到伯父很不開心，雖然沒看到他的臉。我在床上翻了半個小時，樓下還有講話的聲音，算了先去拿水好了。

我捧著水壺下樓，那個老頭突然嘆了一口氣：「怎麼辦，以後我們攏住到養老院，自己要保重一點喔，不時還要出來看這個有吃飯，那個有蓋棉被喔。唉，怎麼我們都這個歲數了還這麼可憐。」我知道他在說我，干我屁事。他今天不就是來講「孝順在他們家已經絕跡了」？這傢伙，今天發生的事還不夠嗎，要不是看他老成那個樣子，我早就回嘴了。什麼嘛，當初如果沒他來多嘴，我今天就不會這樣了。自己把小孩養得那麼優秀都他在講，現在小孩變這樣也他在講。我在等飲水機煮開水的時候，新聞播出一個六十幾歲的賣菜阿婆捐了五百萬給國小圖書館，老頭又在碎碎唸了，「你看，人家多有愛心，也不用讀很多書啊。要不是我兒子拿我的錢去投資，我現在手頭也有五六百——」這話他還敢講，只會煩惱自己退休金的好意思跟人家講這些？

「不會啦。」伯父大概聽不下去，終於開口：「你兒子那麼有出息，你免煩惱啦——」

「什麼不會？」沒禮貌的傢伙，他打斷伯父的話：「我是在替你煩惱，你是真不知還是假不知？」

「有唸夠否？」這下換我受不了，我真的給他嗆了回去。真完蛋，明明就不用下來拿水的，我又沒有很渴，我今天是怎麼了。站他後面的伯母要笑不笑，讓我更覺得聽這種人嘮叨真是衰到了。我就是不想被這種人說，雖然他說的不是沒有道理。

老頭愣在那邊，抓住杯子的手不停發抖。他應該是老了而不是生氣，他無法停止不抖。看到那隻手我有點後悔幹嘛講出來，不過已經說了。這下讓我想到也許他也得了不爽症，搞不好比我嚴重。他只是剛好發作才來這邊碎碎唸，沒有要扯我進來的意思，是我自己神經過敏。

十一點多，老頭終於走了。伯父喊我下樓。這是他第一次，真的是第一次喊我，我是說叫你下去吃飯、幫忙看店那種的都不算，這真的是第一次他喊我下去。我故意走得很慢，踩穩一階再往下一階移動。如果他問我這麼晚去了哪裡要怎麼解釋，問到白天的事該從哪裡說起。沒有，完全沒問。我走到伯父面前，他坐在櫃台後面把電視關掉，整個店面一下子冷清起來，真恐怖，這裡還是有電視的聲音會比較好。

他和我像他在和顧客說話那樣，我坐這邊他坐那邊，他差不多說了兩分鐘就放我上去了。

「伊跟你說什麼？」阿奇從他房間探頭出來問我。我沒理他。關上門，按掉電燈開關，衣服脫也沒脫撲倒床上。樓下的鐵門「刷」地拉下來。

奇怪，黑暗中我努力回想剛才伯父說的，卻想不太起來。他的意思大概是這樣：老師這種人的膽子很小，不要去嚇到人家，人家也是在做他的工作。伯父說他雖然只有國小畢業，但他也是老師教出來的他知道。還有，老人家的身體一般都不太好，講話不要那麼大聲。差不多就這樣。他還是沒罵我，胖虎和教官跟他說了什麼完全沒提，他怎麼想的我不知道。不過他也沒要問我的意思，我只是「喔，喔。」幾聲。最後，「你老師的太太有打電話過來，」伯父把抄在月曆紙上的電話撕下來給我：「人家在等你電話。」

起先我反應不過來，哪個老師的太太？我在二樓跟那女人講了十幾分鐘電話，聽她講的東西可以確定她是胖虎的老婆，可還是很難相信有老師的太太打電話給自己老公的學生，而且那種講話的口氣好像我跟她很熟了。晚安啊，阿倫，你剛回到家嗎？是這樣啦，其實我先生喔是個軟心的人，這樣跟你說好了，啊你不要再跟其他同學說喔，我們家平常最大的樂趣，就是聊他在學校的工作，他真的很愛班上的學生，連我聽了都很忌妒，很想到你們班當他的學生哩，當然啦有時候難免有誤會，大家講開了好好相處，反正一轉眼就高三要畢業了，大家起碼留個好印象啊對不對？而且偷偷告訴你，你們老師他心臟不好，每天都要吃藥哩，他連這個都不敢跟學校說……，講到哪裡了？反正你們也要出來社會工作，到時候你就會感謝老師教給你的，我先生比較內向啦，有些感情不太會表達，我在這裡給你說多謝啦。

我一直「喔，喔」到最後，掛上電話，愈想愈覺得真是莫名其妙。好像我欺負了人家的小孩，小孩回家告狀母親打電話來幫他求情、討公道，中間那女人還哽咽了幾次。真是丟臉。

我覺得悶極了，這比白天在教官室被那幾個豬頭包圍還難受。偏偏雨還是要下不下，牆壁、毯子、枕頭被一層厚厚的水氣封住，封得快要透不過氣。我把頭悶在棉被裡用力搥它。每次難過就用這種方法告訴自己，你要是想更痛的話就把棉被翻開來搥，看你敢不敢。我繼續搥，好像那不是我的頭，即使再用力也不覺得痛。後來真的有點痛，悶在枕頭裡哭了一場。我不是難過，而是憋透了。我需要哭來解決這種鬼天氣帶來的不爽。哭過後好一些了，至少頭腦可以清楚想一些事情。

真是對伯父有夠不好意思，他真的對我很好，比起一般的父親。雖然他沒有幫我買快譯通電腦遊戲機，至少不會像我知道的那些父親，總是用停不下來的嘮叨搞得小孩跟他們一樣不正常，我真的很幸運。還有伯母，幾次看見我很晚才回來，她顧店的眼神裡立刻放下一顆石頭，我感覺得出來。即使這樣惹她擔心，她也沒罵過我。他們真是世界一等一的好人。如果要挑他們的毛病，就是家裡只裝一台電視太小氣了。兩夫妻老是為了看「娘家」還是叩應節目吵架，最後還是讓給伯母的「娘家」，伯父走到門口抽菸，沒幾分鐘又走過來指著電視說這太離譜了，哪裡有人這樣開公司的，寫劇本的根本就沒讀冊，這種戲妳也看？伯母說是你看不懂你別吵，等明天你的節目重播整集都給你看，好否？即使這樣，他們一定要批評對方看的節目，從來沒給彼此好好看完一集，雖然那些節目本來就沒什麼好看。

我起來看了一下鬧鐘，才十二點半，真是恐怖的夜晚，樓下的拖鞋從這邊往那邊拖過去，然後是房間門關上的聲音，兩夫妻似乎聊了一下，悶悶的什麼都沒聽見。我發現我差一點就要怪他們，他們以為不用罵我打我就沒事，結果呢？我會變成這樣他們也要負責任。可我就是無法怪他們，這是讓我覺得最恐怖的地方。

我已經睡不著，整個人懶懶地癱軟著，桌上小鬧鐘的十二個刻度發出淡青色的光，像一圈靜止的幽靈，它的身體就長那個樣，只有它自己知道這麼晚了它幹嘛還在那裡。房間裡沒有其他光線。我在床上翻了好久，終於聽到一點點雷聲，一點點閃電把房間裡大小不一的黑暗嚇出原形，它們的數量有夠多，一個疊著一個在我躺下的身體上方移動。我無法明白怎麼會這樣，明明夠暗了，怎麼還有那麼多的黑暗？似乎在我轉身的某些角度就會遇見，而某些角度則無法看見。它們就是在那裡，和水氣、空氣中的波動用它們能夠溝通的方式互相明白，但就是不讓我明白。我睡不著。已經很久沒這樣了。

7

然後，牆壁那邊有細細的歌唱聲傳來。死阿奇，這麼晚了聽什麼音樂，中間夾著他的嗯啊喔啊跟著唱的聲音，一定是哪個傻妹燒給他的，哼得那麼開心。每一首歌詞裡都有我啊你的，莫文蔚、孫燕姿、王菲、陳奕迅。隔著牆壁，音樂一句一句過來：「因為我會想起你，我害怕面對自己，我的意志總被寂寞吞噬。因為你總會提醒，過去總不會過去，有種真愛不是我的。」「嘿，我真的好想你，現在窗外面又開始下著雨。眼睛乾乾的，有想哭的心情，最想說的話，我該從何說起？你是否也像我一樣在想你。如果沒有你，沒有過去，我不會有傷心，但是有如果，……反正一切來不及，反正沒有了自己……」

每一首都濛濛的，濛濛的動聽。那些歌讓耳朵接收後開始引誘你進去它那邊，像洞穴一樣，每個洞裡有個你最想靠近的人等在那裡，他想唱歌給你聽。也許寫歌的人當初就是這樣，像蜜蜂飛來飛去，這朵花房那朵花房探進去鑽出來，才有辦法一首一首我啊你的寫個不停。很奇怪，聽這些歌我想到的反而是我的父親。我已經很久沒有想他。其實我每天都想到他，只是那種想總是模模糊糊，以為他還躲在一個任何人都找不到的地方不想回來。

他不想回來就算了，自從我有記憶以來他就是這樣。他還在的時候經常把我丟在伯父家，一早由伯母喊我起床，幫我穿上制服，騎摩托車載我到學校，不過那時只能算是暫住，總有一天我還是要跟父親住。老實說，跟那時自己的家比起來，還是伯父這邊好，起碼他們不會把我的早餐午餐晚餐全部放在一個塑膠袋，叫你把穿過的襪子從堆滿髒衣服的臉盆找出來換面穿，或者讓我一個人在家等到十點。每次樓下伯母那輛破摩托車的聲音靠近，我就知道父親今晚又不回來了。「書包收好，制服記得帶。」搞什麼嘛，不回來也不早點講，如果你曾經從七點等到八點、八點等到九點、十點，每次看時鐘都會懷疑電池早就沒電，走那麼久分針一個刻度也沒移動。遙控器調電視音量的按鍵要按上一萬次，一會兒怕他的貨車回來沒聽見，一會兒又覺得客廳太安靜了。那種晚上真是恐怖、難熬。

印象中父親是個貨運司機，不過那也是他後來的工作。在早先他似乎很有錢，伯父說他是他們家裡最聰明的小孩。頭腦好，反應快，人家要學好幾個月的本事他兩三天就會了。就是因為頭腦太好，要他乖乖唸書找一份工作是不可能的。女朋友也是三天兩頭換，到認識我媽才算固定下來。哪裡知道後來她把他甩了。父親賣過房子、珠寶、名牌手錶，穿著打扮很講究，三不五時往台北跑，不認識他的人在我伯父那邊看到他，還問伯父怎會跟有錢人交朋友。要不是我出生的那年，他跑去跟銀行借一筆錢做生意失敗，也不會變成後來那個樣子。

我知道的就是這樣。父親不知用什麼方法讓伯父相信他可以賺大錢，而伯父竟然把土地和房子拿去銀行抵押借錢給他，讓他去大陸跟人家投資皮件工廠，沒兩年錢都敗光光。這件事到現在三個姑姑還是很氣，聽阿奇說好像姑姑們也有借錢給父親。有時候她們來店裡跟伯父發牢騷：「搞不好錢沒拿去做生意。」愈講愈大聲：「你一世人攏給伊騙了，你攏不知。」「小孩面前不要說這些。」伯父說。我在樓上聽見她們的聲音縮著不敢下來。「那個細漢的耳朵有這麼利？」是另一個姑姑的聲音。廢話，不然妳們說的話是我自己瞎編的嗎？有幾次回來不巧遇見她們，她們看我的眼神讓我不舒服極了。「啊，這麼大漢了。」然後只是瞬瞬地看，好像多看幾眼身上就會跳出幾個錢來給她們撿。她們的眼神像在告訴我：「喔，你就是那個誰的囝仔。」而不是：「哦，這是我的甥仔。」再怎麼樣都有一個讓她們無法放下的東西阻隔在我和她們之間。這要怎麼說呢？就像黃蓉見到楊過，老是會想到「喔，這傢伙是楊康的小孩」那種感覺。

納悶的是，我那三個已經五六十歲的姑姑，她們的老公不是工廠老闆就是國中主任，小孩也都在上班，聽說有兩個表哥還在美國讀書，看她們穿的衣服開的車子應該很有錢，每次她們收了房租、看了新建案的大樓會順便過來喝茶炫耀，最後她們還是要拿這件事出來講，好像這樣才會記得有一個讓人痛恨的弟弟。

當然，讓她們痛恨的事不只這件，我在樓上經常聽她們講老公的妹妹怎樣夭壽、工廠合夥人的老婆又怎樣過分，把自己的弟弟安插進來當董事，小孩最近交的那個女朋友如何拐她兒子買新車，然後要登記在那女人的名下，她不過講了幾句他一個禮拜不回家。永遠有操心不完的話題來到她們嘴裡嘰哩哇啦，難怪她們的臉怎麼化妝都不漂亮，不是朝兩頰過度膨脹，就是往鼻孔兩側收縮，虧她們才剛整完形，拉過皮打過肉毒桿菌塗完一整桶玻尿酸。不然就是要伯母陪她們看電視台正在介紹的山苦瓜，吃了三個月瘦十公斤，還把衣服撩起來手伸進去捏這捏那。我本來要到樓下廚房，在樓梯間正好瞥見掛在褲頭外的幾坨垮肉對我擺臭臉，嚇得轉頭逃上樓去。不然就是推銷韭菜籽，可以改善酸性體質，吃了長期偏頭痛很快就掰掰，女兒的經期變順，皮膚過敏也好了，如果嫌貴的話還有另外一個頻道廣告的益生菌，吃了也很有效，一次要買六盒才划算。講到後面突然小聲起來，不過二樓這邊還是聽得很清楚，原來她們還買鹿茸汁、鯊魚骨粉給姑丈吃，「喔，妳就不知伊喲，吃了以後……」接著一陣厚厚厚厚地笑，有夠三八的。那些節目真有本事把全台灣的女人搞到有病，男人好像都不舉。

不過姑姑們也真會享受生活，不時聽她們過來講上禮拜剛去日本，下個月又要去瑞士、奧地利旅行，去看人家的楓葉變紅，山上開始飄雪。回來帶一兩包餅乾，「喔，這真正好吃喔，若不趕緊拿來會被阮那孫子吃光。」大姑說。那些東西明明大賣場就有，只是包裝不同罷了。「妳就不知人家的纜車多高級，跟在天上飛一樣。」「妳若泡過人家的溫泉，就知道咱台灣的根本就是水溝的水。」隔兩天換二姑過來，說他們在四川遇到搶匪，從山壁上跳出兩個人砸破車窗，要整車的人拿錢出來，不然開始殺人，每個人趕緊繳一百塊打發他們。「一百塊算便宜了，一條命哩。」伯母安慰她。「妳不知道喔，那時有多恐怖，我一直唸阿彌陀佛。」然後送一張風景照給伯母，「嫂啊，大陸那邊的東西咱台灣都有，不好意思，這次沒帶等路回來。」真是搞屁，二三十個人擠在一棵大樹下的照片，誰看得出來這哪裡拍的。搞那麼辛苦就為了去印證電視節目上看過的楓葉、雪景、溫泉，還有韓劇女主角哭到跪在地上崩潰的那座橋邊，這些你只要看電視、買錄影帶，就會有人介紹給你知道，這次沒看到以後還會重播一百次。人家的鏡頭加上主持的美女、背景音樂，比她們拍回來的照片漂亮多啦。何必那麼辛苦跑去，還為了訂票的事跟旅行社吵架，到北海道還滑一跤，回來花兩個月做復健，不然就是嫌每天吞生魚片吞到腸子冷吱吱。奇怪的是，就是有這種人老在做這些事，包括炫耀。

說到我父親，他在我九歲那年的一個冬天清晨，被人發現躺在鐵軌旁邊的碎石上。醫院打電話到伯父家我正洗臉準備上學，洗臉盤的水聲混著樓下伯父講電話的大小聲，我猜是父親的事。起先以為他又喝醉了睡在路邊，被人叫救護車送到醫院，到今天我還這樣想。洗完臉出來，伯母幫我在制服外面加上一件外套，「趕緊過來——」伯父坐在摩托車上很兇地吼我。我們趕到醫院地下室，我被要求坐在走廊邊邊的長椅上，「不要過來，沒叫你就乖乖坐在這裡。」伯父一個人走到盡頭，推開鐵門進去。幾分鐘後一男一女兩個大人跟在他後面，推著蓋上白布的擔架往停車場那邊，一輛等在那裡的救護車後車門打開，他們合力把擔架推進車子後座。「你坐在後面，跟他們回家。」伯父說：「那是你爸爸，不用怕。」白布下面幾個地方有起伏，伯父上前朝那塊白布說話，「你這次就乖一點，我們要回去了。」不知道是講給我還是白布下的人聽。他推我上車坐在擔架旁邊的長條鐵椅上，背影往一樓那邊走去。那兩個大人繞到前座，車子一離開地下室車頂咿嗚咿嗚出聲。前座那個阿姨不停回頭告訴我：「唸阿彌陀佛啊，你怎麼沒唸阿彌陀佛。」我被搞得有些迷糊，一直沒反應過來這塊白布底下的人跟我的關係，只是盯著大概是鼻子下巴附近的地方看，車子顛簸了幾次，躺在眼前的那人正在呼吸。這樣想，靠近鼻孔嘴巴的地方似乎有些濕潤，我很怕那人會吸不到氣。不過我只是看著，不時張望一下窗外的街景。許多跟我一樣穿制服的小孩站在路邊，我趕緊低頭，很怕有人認出我來。

一直到父親送往火葬場之前，我只在他入殮化好妝後，被伯父叫上前去看他一眼。「伊那麼小漢，敢須要給伊看？」伯母問。伯父說：「妳識什麼？囝仔不給伊看，以後伊敢會記得？」拉我過去站在用兩條長凳架高的棺木旁邊。我把視線停留在那張臉上方的空氣那邊，不過還是瞧見那張臉有點腫，兩頰絲絲冒煙，也許剛從冰櫃取出來不久，塗上粉的額角浮出一粒粒粉屑，下巴不是抹得很均勻，脖子四周一塊腫大的黑青像皮蛋的顏色。伯父講話了：

「阿堂，這是你的囝仔，你要給伊保庇，你放心去喔。」然後像是被人掐住喉嚨那樣哭出聲來，嚇了我一跳。我的注意力被那哭聲拉去，到現在我還記得那哭聲，躺在棺材裡那張臉的五官反而想不太起來。

在那之後有一段時間，伯父要是被拖去喝酒，回來後坐在收銀台後面的藤椅上，咿咿嗚嗚說，怎麼好好的人火車掃一下就死了。好像這件事太難理解了，在那邊自言自語半天，要不是那輛夭壽火車開太快，鐵軌上的風捲得那麼猛，把阿堂掀倒在地，阮阿堂就不會這樣了。接著他把政治人物一個一個從嘔出酸汁的嘴裡掏出來罵，早就騙老百姓說鐵路要地下化，錢攏撒到你祖媽的芝麻孔裡是否？邊罵邊發出嘔吐聲，好像那些人惹得他這麼不舒服，非要把他們吐出來。伯母拿熱毛巾幫他擦臉，說你阿伯是個友孝的人，當初你阿嬤最疼的就是你爸，他們兄弟差快十五歲，你阿嬤過世你爸才七歲，你阿嬤還特別交代你阿伯要好好照顧這個囝子，結果把你爸顧到人搞丟了，所以你阿伯有時候才會這樣。我只是聽，坐在冰涼的樓梯階上，總不好代替父親跟他說：沒關係啦，都已經這樣了。

要是伯父喝酒，又遇到剛好有朋友來，那世界就更亂了。他那些朋友，明知道他酒後不太正常，還老跟他講那些讓他血液加速的事，哪個傢伙的叔叔在后里被火車輾斷腿，瞬間輾過去的高熱把血管阻絕，到第二天早上居然還活著，我說的是真的啦。人的命運喔真的有差，說著說著居然打起架來。他們打架的理由還蠻好笑，有一次從政治吵到伯父賣的醬油不夠鹹，害他媳婦滷的肉不能吃，然後兩人扭到馬路上，差點被警察抓去關。對了，如果還要挑我伯父的毛病，就是他和他的朋友們太愛講那些有的沒的，你要是不小心聽到他們的談話，只要一小段就好，你會覺得其實大家都一樣，都活在跟電視上那些人一樣爛的地方，會這麼爛都是因為他們罵的那些人造成的，他們的不快樂那些人絕對要負責。真是令人難受的夜晚。

現在的我快十八歲了，我在伯父這邊的時間已經超過我和父親相處的時間。若要說我和父親之間還有什麼關連，除了從姑姑們的眼神裡尚能辨認出一些，其他我只能回到九歲以前的自己，拼湊比對幾個片段的記憶。讓人沮喪的是那些回憶愈來愈淡了。印象比較深的是父親在貨運公司上班的那段時間，有幾次晚上出車，他會開車繞到伯父家門前，把熟睡的我從二樓抱下來，放在駕駛座旁邊，陪他在高速公路上南北奔走。我吵著尿尿，他就放我在高速公路旁邊，背對呼呼的車聲尿在護欄外冷冷的草地上，上車繼續睡。我蠻愛聽伯母講這段往事，「你爸爸喔不知在瘋什麼，跟伊講開車時一個囝仔在旁邊睏很危險，伊偏不聽。」看來這事是真的。

還有印象的是父親似乎很喜歡海邊。「起來。你不是要看船？」好幾次他都用這句話把我從床上挖起來，真是神經，即使外面下大雨也照挖不誤，像包嬰兒那樣用毯子裹著我丟在他旁邊，開車上路。

有幾次我在夢中聽見嗚嗚的船笛聲，眼睛睜開，車窗外一陣一陣鹹冷的風透進來，駕駛座空著，空氣中瀰漫著淡淡的汽油味。我瞇眼起身，前方玻璃望出去的海上浮現幾朵燈影閃爍微光。這樣暗黑的海有什麼好看？恐怕只有他自己知道。那麼一大片的黑暗令人感到恐懼，我蜷縮在座椅上，幾十公尺外防坡堤上的父親只剩下一個模糊的背影。也許站在那裡的他看得到自己的過去，還有那時候的自己。我等急了哭起來，他聽見哭聲過來拉開車門，一把抓我出去，拎到海邊兩隻手將我倒吊過來，整個人掛在防坡堤外，一股海的鹹味鑽進鼻腔，我哭得更厲害，很怕他的手一放，我就掉進無邊的黑暗中。到後來他只用一隻手抓雞一樣地提著，另一隻手繼續抽他的菸，被風壓低的菸味一陣一陣嗆進嘴裡，難受死了，我像條快沒命的魚不停掙扎，嗚嗚出聲。

「再吵，丟你下去。」真是夠狠的。後來我安靜了，他繼續抓著，沒要放手也沒有放我下來的意思，好像想測試他手臂的氣力還能撐多久，他真的撐了蠻久。星星在腳下飄，海水浮在頭頂。第一次那麼清楚感覺，我被他掌握在手裡，那種感覺不會讓我恐懼，只是不舒服罷了。如果你有那樣被倒吊過，就知道頭頂下方的海水有多臭，不騙你，幾百萬年來所有生存在海裡的魚大便都浮了上來，我怕沾到牠們的糞便，蝦子一樣努力把身體弓上來一些。而抓住我的父親就是不動。也許連他自己也不知道，在他背後讓他這樣變態的那個是什麼東西。

父親倒吊我時，我還能清楚地想，奇怪他怎會有這招？可見我那時已經不怎麼害怕，才有氣力想這問題。也許他真的動了幾次要丟我下去的念頭，我反而很清楚地等著下一刻將發生的事，然而什麼也沒有。回程到台中後，我像是被退回來的貨物，被他揹下車放在伯父的店裡，迷糊中伯父問他：「你要去哪裡？」沒聽見他的聲音。兩三天後才又出現。有時候是兩三個禮拜。

所以，從醫院接那人回來到火化入塔的那個禮拜，我看著掛在靈位後面的照片，老是懷疑父親還在外面遊盪，躺在白布裡面的是個不認識的人。這樣想就開始害怕起來，怎麼有陌生人死在家裡？一直跟在伯母後面縮得緊緊的，不敢把心裡的害怕說出來，又巴望真正的父親趕緊出現。也許再過一個禮拜兩個禮拜，在某處鬼混的他又會出現在伯父家門口。可他真的沒再出現，從我身邊徹底消失了。

我常在想一個蠢問題，如果當初父親沒有遇見母親，那麼我還會不會是現在的我。開玩笑，如果父親遇見的是其他女人，他和那女人的卵子生下來的那個，就是我的兄弟，絕對不會是我。而他若沒有和母親生下了我，照理講我在想的這個問題就不可能存在，問題只會出現在那些跟我一樣白癡的人的腦子裡，任由他們把回憶跟願望加進來胡亂攪和一通，然後隨他們高興，編造出他們想要或不想要的人生。如果真是那樣的話，這世界根本不會有我，什麼事都不會知道，那些人的白癡人生完全跟我無關。

我第一次看見我母親是在國二時，阿奇的姊姊結婚那天。一早我和阿奇穿上中華路夜市買來的西裝，看起來像黑道堂口的小弟，坐在門前等迎娶的車隊。這個大我五歲的寶貝堂姊，跟電視上那個拍女包公廣告的胖妞簡直是一對孿生姊妹，她從國中開始一天到晚跟同學翻報紙查網路，看哪裡有歌唱比賽，「要出名就趁早。」這是她們幾個姊妹淘的名言。每次比回來，都她自己在說她又得到最具潛力新人獎，不然就是最上鏡頭獎，獎品她送給同學了。只要百貨公司、唱片行有歌星簽唱會她一定到場，有一次羅志祥離開後她在現場撿到一條手帕，回來一直尖叫，不敢相信她撿的這條上面有羅志祥的汗水，起碼打了三十通電話講這件事。高職夜校讀到三年級和同學跑到台北玩，第二天打電話說不回來，她找到工作了。伯父在電話這邊吼，馬上給妳爸回家，若不以後就別回來。她真的就沒回來。半年後的一個禮拜天早晨，我坐在樓下看電視，一輛黑色賓士轎車停在店門口，走出來一個有點胖、理著平頭的中年男子，一手提水果禮盒，一手由走在前面的堂姊牽著，兩人站在門口那邊。「我媽呢？」堂姊問我。「在後面。」正好伯母走出來，看了那男人一眼，把堂姊叫到屋後。「這款歹事給妳爸知道，看妳怎麼辦？」「怎麼辦？攏已經這樣了。」母女兩人妳一言我一語，門口那個男的不曉得該進來還是出去，「進來坐喔。」喊他幾聲也不理，一直杵在門邊憨憨地笑。幾分鐘後伯父從外面回來，那男的看見他拔腿就跑。伯父看見他跑，從門邊拔出拉鐵門的鐵桿追了出去，男的已經發動車子開走，後行李箱蓋被敲了一下。堂姊衝出來，

「爸——」淒厲地喊了一聲，那男的送來的禮盒被甩出門外，滾出來兩顆排球一般大小的水梨。父女兩人拉住對方的手臂扭來扭去。我嚇得趕緊上樓，完全不明白怎麼回事。「這實在很難相信，」隔天阿奇臉上帶著一種不屑的表情告訴我：「不過這是真的，我姊被那個人騎了。」至於是為那個男的還是他姊感到不屑，我就不知道了。

不過一個月後他們還是結婚了。聽說男的在夜市賣粉圓冰，經常送外賣到電視台，就這樣認識堂姊。而我堂姊對外宣稱她在台北當吳宗憲的助理，本來有兩家經紀公司在跟她談，準備送她參加歌手培訓，還找來製作人幫她選歌，半年後要出唱片。礙於是吳的助理她不好意思那麼快跳槽，正陷入兩難時她的真命天子出現了。好不容易答應他們婚事後的一個禮拜，伯父在樓下臨時辦了一桌宴請未來的女婿。「都是你，」那晚堂姊也喝了點酒，肥肥的一個巴掌搧在男的額頭上：「要不是你，我要發片做歌星了。」男的漲紅著臉，眼睛瞇瞇的一直呵呵笑。

結婚那天等禮車的時候，阿奇不知從哪裡搜出兩大本相簿，坐在門後椅子上，我歪在他旁邊看他一頁一頁地翻。裡面有一張堂姊約莫三四歲，跟三個大人的合照。牽堂姊的是伯母，另外兩個男女一前一後，男的抱一把吉他坐在椅背上，女生站在後面把手擱在男的肩膀上。「欸，你爸爸哩。」我湊過去看，果然是我父親，不過那樣子跟我認得的他非常不像。後來我每次想起他照片裡的樣子，覺得他一定發生過什麼事，使記憶裡的他已經不是照片裡那個春青、臉上有光的年輕人。我說的不是那種歲月使人蒼老的自然改變，比較像是身體的什麼地方腐爛了一直沒處理好，漸漸地就變成另外一個人。

「什麼?我爸會彈吉他?」我故作驚訝地喊。「很會喔。」阿奇說：「你知道你爸爸的成名曲嗎?告訴你，外面的世界。」沒聽過。「誰告訴你他有成名曲的?」「你自己沒聽他唱過?我媽說他都用這首來騙女生。」那個女的，我猜是我媽了。阿奇指著那女的問了一個白癡的問題：「欸，你都沒看過她?」我沒回答，他倒自言自語起來：「我也沒。」這個白癡。然後下一張是那女人的獨照：「你看，有沒有像演周星馳『功夫』那個賣棒棒糖的女生?」突然他想到什麼，蹲在電視櫃前面，上上下下翻找。「還有一本有你媽跳舞的照片，你要不要看?」我才不要看。還好車子來了。隔兩天趁他們不在我找了半天，果然有幾張兩個人的合照。跟父親在一起的那個女人看起來有點像外國人，輪廓很深，頭髮的顏色應該是染的。那樣的女生在路上我連看都不看一眼。伯母曾經告訴我，以後交女朋友要小心，那種打扮漂漂亮亮的女生通常都沒什麼責任感，千萬不要為了女生把自己的一輩子都賠進去。你爸爸就是被你媽搞得團團轉，後來才變成那樣子。那我媽呢?我問過伯母。伯母說她跟父親分開後跟一個做貿易的跑到澳門，「現在做什麼沒人知道，我總共也才見過她幾次。」

那本相簿現在就擺在我房間的櫃子裡，我沒再拿出來看過。這邊原來是堂姊的房間。結婚那天伯父提醒她，妳現在笑哈哈，若後悔了就不要哭著回來。阿奇跟我打賭不出三個月她就會哭著回來，叫我要有心理準備過去跟他睡。可堂姊結婚後沒看她鬧脾氣回來過，也許有，搞不好台北太多好玩的她還沒膩，還沒哭回娘家心情就變好了也說不定。不過感覺得出來她變聰明了，至少她會邀伯母跟她出國玩，還嫌人家韓國沒品質，要就去日本，專門找那種淡季北海道或九州兩人同行一人半價的行程，連姑姑都來打聽哪裡有這麼好康的門路。她還買了個數位相框，專門放旅行的照片擺在店裡，讓伯母跟人家聊天就介紹一次，喔，這張是飯店大廳拍的，這張運河旁邊，妳看妳看，這裡有一隻熊在我背後……。幫阿奇和我買T恤，綜合維他命給伯父。她回來還是愛批評電視那些歌星，要不是她結婚得早，楊丞琳張韶涵這些女生哪裡有機會。不過你不得不承認當了媽媽的她比起以前可愛、聰明一些，至於是台北使人變聰明，還是生小孩讓她開竅，那要問她才曉得。她身上的女人味還不算難聞，甜滋滋軟綿綿，人走開後那味道會在原地繞兩圈，好像要你多聞它幾口才捨得散去。

堂姊也邀過伯父一起出國，他就是不去。「又不要你出錢，你是煩惱什麼？」「要去妳們自己去。」每次都這樣。等伯母不在又每天晚上叩叩問，有沒有打電話回來？真好笑，才幾天沒看到人就這樣。回來給他看照片，他一邊看一邊唸，「那攏是假的，這世界上根本就沒有出國這回事。」這就奇了，兩兄弟看法居然一樣，到底是誰教他們的就不知道了。儘管父親在大陸跟人家合開過工廠，也坐過飛機，不過他喝酒後也是這樣講。把我叫到跟前，眼珠四周佈滿血絲，定定地看著我，像在上課那樣嚴肅地說，這世界上壞人不少，你自己要小心一點，而且往往最壞的那個你根本看不出來。這句話你千萬要記住。

我只是點頭「嗯，嗯」，心想你講過幾百次了。我很想問他，如果最壞的那個根本看不出來，那你跟我講這些有什麼用？不過我沒問。我不敢問，下次有機會再問好了。「哪裡有坐飛機出國、到大陸這種事？」父親說，根本就是人到了機場，大家按照頭上標示出來的班次時間，排隊進入飛機身體裡面坐好，幾分鐘後前面開始有人廣播，飛機要飛了，請綁好安全帶，然後給你幾個螢幕讓你看到你坐的這架飛機正在往天上爬，你會感覺頭重重的，耳朵嗡嗡響，到這邊還算是真的。等飛到一個高度後，飛機就在某幾朵雲的身軀上停一段時間，一個小時兩個小時，螢幕上那個地圖會告訴你現在我們到了哪裡，「那攏是假的，」父親說，地圖上什麼日本、韓國、中國大陸，那些都是政府想出來騙人的，這世界上除了台灣就沒有其他國家。飛機上那些漂亮的空中小姐把餐車推到你旁邊，問你「紅酒還是白酒？」你要了兩杯喝得有點醺醺地在那上面睡一覺，然後廣播說我們要到香港了。事實上哪裡都沒去，他去過的那些地方，深圳、崑山，都是政府聯合那些電視台、新聞記者、旅行團、大學教授……一起想出來騙人的。從飛機裡走出來後去過的那些地方，都不過是在台灣比較遠的某地，說話的口音、吃的飯菜、建築也故意弄得跟我們習慣的台灣不太一樣，而那些地方，包括美國、英國、義大利等等，其實不用坐飛機就可以到，它們平常被政府圍起來不讓一般人進去，故意用飛機把你帶到天上再放你下來，然後告訴你現在人在國外，如果你想要回到原來的地方，只好再買票坐飛機。而電視台的韓劇、好萊塢電影也都是在台灣的某個角落拍出來的。「哪裡有什麼外國人？那些教美語的阿兜仔，攏是政府養出來騙人的。」「以後若換你去電視台工作，你老闆要你拍外國片你也拍得出來，那攏是技術問題。」

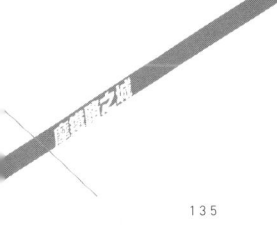

而如果問父親，政府為什麼要這樣騙人，他又講不出個所以然。「我怎麼知道。我要是有辦法知道，我的錢怎麼可能被騙？」他說小時候老師教的那些反攻大陸、萬惡的共匪也都是騙人的，幹嘛花錢到學校被騙，所以學校不去也沒關係。有幾次他想載我出去玩，「走，那個騙人的所在今天不要去。」然後蹲在釣蝦場，老闆會多給我一個竹簍，讓我把釣上來的蝦子在兩個竹簍間反覆數算，就這樣玩到天黑。父親沒時間陪我的時候，我還是得乖乖去學校。

那時我們班有三個想法跟我一樣，我們經常圍在一起，把大人告訴我們的拿出來講。「我叔叔說，課本說的都是假的，寫課本的人希望我們比他們笨，這樣他們就可以控制我們。」

「那為什麼我們老師說，校長的女兒要去美國讀書？」其他同學過來插嘴。

「校長、老師都是他們派來的啊，為什麼只有他們的小孩去美國？你爸爸就不會想要帶你去美國？」

後來我們三個被去過東南亞的同學取笑。「等你們出過國就知道了。」一個騎過大象、看過泰國人妖的同學說，他還讓我們看他的身體被蟒蛇繞一大圈的照片、爸爸被人妖摟住脖子親臉頰的照片。

「出國？你只是一直坐在飛機裡，在天上停留幾個小時，然後時間到了人家叫你下來，你以為你走出來的那個地方是泰國？那是政府想辦法找一堆人，有的演泰國人，有的演日本人，故意編一些你聽不懂的話，讓你以為你在國外，其實你們家哪裡也沒有去。不要以為花很多錢就真的出國了，你們家被騙了你都不知道。」

他要我們拿出證據，到底我們說的那個騙他們的地方在哪裡。

「我怎麼知道。」我說：「等哪天我也決定要被騙一次，我去過後自然就知道了。」升上五年級，我們這邊的三個少了一個，因為其中一個暑假跟家裡去了韓國。「真的有韓國哩。」真是悲哀，這世界又多了一個被騙的人。然後他請另外一個吃韓國買回來的人參巧克力，要他站他那邊承認這世界上有韓國，到最後，全班只剩下我一個繼續相信「世界上有韓國、美國、東南亞……都是騙人的」。因為沒人站在我這邊，漸漸地我也沒那麼堅持原來相信的，到後來差不多就忘了這事。

所以，如果你問我現在還會這樣想嗎？我只能告訴你，我沒出過國我怎麼知道。

8

我在天亮前小睡了一下，比平常還要早一個小時醒來，走到窗台邊，幾盆文竹、黃金葛、福祿桐的土裡滿滿的水，看來在我睡去的時候下了一場雨。我繼續躺在床上，等差不多該上學的時間起來穿衣服、下樓，這才想起來，我的書包還在那些龜蛋手裡。我在背包裡塞一套便服，背包鼓鼓的看起來比較像要去上學，往樓下走去。本來我不想去學校了，可伯父會坐在樓下假裝看報紙，一直到我出門，他才起身忙他的事。至少經過他面前我得把樣子做出來。我像平常那樣，「阿伯，我去學校了。」跟他打完招呼，往公車站的路上又想到伯父的眼神，如果就這樣逃學他知道了一定會很傷心。於是我又乖乖上車，讓公車載我往學校去。

那天早上的感覺怪透了，一方面是我沒拿書包，往校門口走去的路上有些學生在看我，好像我沒穿衣服。班上那些鳥蛋看我的樣子也怪，他們大概覺得發生昨天那件事我怎麼還敢來，本來就跟我拉得遠遠的距離變得更加遙遠。沒有人願意在我桌上留一張紙，畫個笑臉或寫上「加油」之類，即使沒署名都好。更不要說有人願意向我表示，昨天教室裡發生什麼事。也許他們認為，整件事就是我的問題了，包括那個放炮的孬種。他們真的可以讓自己相信，就算不只一個人親眼看見那個放炮的，他們一點也不會覺得澄清一件事情的真相有多重要，何況是為了一個跟大家都不相熟的人。搞不好他們認為，這樣的人最好都不要出現。因為他一出現就會提醒大家，你和我和他都是沒膽說實話的豎仔。

不過有一件事讓我覺得很不好意思，我也是聽他們嘁嘁窣窣才知道，從今天開始換琳達當導師。昨天我離開後那個主任又折回來班上，碰巧胖虎也在，他們一對到眼就開罵起來，沒人知道他們在罵什麼，大家都被嚇到了。照他們的說法昨天胖虎真的威了，那種威法讓聽到的人替他擔心，鬧完以後呢？果然今天就換了導師，真的對胖虎感到抱歉，雖然我不覺得我做錯什麼。

第三節下課，胖虎叫人找我過去，往辦公室的路上我一直想著昨夜和他老婆在電話裡，起碼跟人家「嗯，嗯」了十幾聲。他站在辦公室門口等我，我們一前一後往隔壁的教官室走去，他一跨步進去就退了出來。所有的教官都在樓下開會，從窗邊望進去，一個人影躺在沙發上，似乎也轉頭看了胖虎一眼，想也知道是岳不群的小孩，好像這裡是他家一樣，即使知道有人進來，他仍然不想有任何移動，繼續看他的報紙。

我們又回到隔壁辦公室的角落，胖虎坐我對面，整個人縮了一圈，講話的口氣還是很虛，一句話起碼有半句悶在鼻腔後面，不曉得是怕其他同事聽見，還是鼻腔的什麼部位傷到，只是張著嘴型嚶嚶出聲，聽得出來他在講昨天的事，但怎麼聽都覺得那已經離我很遠。難得我們可以不必用那麼多火氣，就聽他虛弱地把要說的話講完。「昨天真的不是故意要兇你，你知道我不隨便發飆的。你當人家學生也該有個樣子，讓老師那麼生氣，你也沒得到什麼好處。」他想說的東西應該不難懂，可他就是沒辦法很簡單地交代清楚，我只好「哼，哼」應付。突然他的眼神暴出怒意地盯住牆壁，不要以為世界就是你的，想怎樣就怎樣，有本事自己去買一間學校來玩，少在那邊作威作福，這種人我碰多了，我就看你有多了不起。我以為他在對我不滿，仔細聽，那牢騷比較像是針對牆壁那邊的岳不群的小孩，包括岳不群本人。

後來我差點笑出來，我突然想到他上課講過的一個笑話。那個笑話根本不好笑，他只是為了怕無聊而認真地講這笑話：有一個外國神父向一位太太傳教，那太太說，對不起，我信佛。神父說：「喔，佛太太妳好。」講完亂笑一通。然後好像要讓自己更快樂一點，「那我再講一個好了，」還沒講就吃吃笑個不停，笑得整顆頭顱脹得像顆紅氣球，笑聲悶在那裡面哼哼響個不停，真替他擔心額前那根不斷抽動的粗肥血筋會不會突然爆開，他真的停不下來。而他的笑聲終於吸引鳥蛋們的注意，他們的目光各自從遙遠的地方趕回來，很認真地盯住講台那張呵呵笑的嘴巴，像在觀賞世界奇景那樣很專心地看著。

很奇怪，一想到那些鳥蛋看到他笑，底下互相擠眼睛指著對方怪笑的畫面，我也忍不住想要笑出來。我用力憋住，還好胖虎只顧講他的。我突然想到，如果方大同還是哪個饒舌創作歌手也認識女龜蛋和胖虎，除了發現這兩個傢伙超會饒舌之外，其實他們講話的速度、頻率還蠻搭的，搞不好錄下他們的聲音到錄音室做混音處理，會出現台灣音樂史上前所未有的驚人咒語，一個毛毛刺刺張牙舞爪，另一個虛虛軟軟像無主孤魂，搭在一起也許會出現一種奇妙的平衡，歌名就叫「聽龜蛋的話」好了。他真的不算壞人，只是他太弱了，弱到好幾次他在講台前逞完威風，結果事情並沒有如他料想的那樣發展，這種感覺應該很讓人洩氣，不過他還是說了幾句公道話。「我知道鞭炮不是你放的，可是你要明白，如果你平常人緣好，像昨天那種事就不會沒人挺你，這個社會就是這樣。」我有點難過他會這樣講，他根本是在講他自己，他自己清不清楚我不知道。

到後來我實在沒辦法聽清楚他想表達的，這裡太吵啦。這些人，看胖虎那樣想也知道他最近很不好過，也許是他們故意忽略他，就算他們知道，還是要大聲嚷著說話，沒人願意稍微安靜一點。距離不到五步的辦公桌那邊，古奇牌三女中的一個扯開嗓門讀她手上的報紙，一個母親帶女兒一起自殺，學校的老師知道了還來不及阻止，真不曉得那個學校的老師在幹什麼，要是她女兒碰到這種老師怎麼辦。然後她的後面有人喊要訂蛋糕嗎？要買優酪乳、酵素？還是有人想買葡萄乾？這些人就是有辦法把這裡搞得跟菜市場一樣吵。

到最後那幾個總算有點口乾，喝水的喝水，扭身體的把骨骼掰得喀喀響，我這才聽到胖虎講什麼。你看吧，這個社會就是這樣，你以為那些整天玩電動、看色情光碟的鳥蛋（怪怪，他居然也會說人家鳥蛋）以後的人生會有多悲慘？告訴你好了，他們最悲慘的，就是他們連自己是鳥蛋這件事都不知道，還有更悲慘的，就算人家是鳥蛋，這世界以後還是他們的。我和你，還有辦公室這些人都一樣，我們連當鳥蛋的資格都沒有，而且能在這些鳥蛋底下混一口飯吃算不錯啦。你算是頭腦聰明的，你自己要會想，你伯父是好人，你總不會連好人都想欺負吧。

他提到伯父時，我像是被人家碰到了死穴，身體某個部位緊了一下。胖虎提醒我，等教官們開完會，大概就會找我過去，要我有心理準備，終於他放我回教室。經過中庭，那個老頭站在傳達室門口望向我這邊，也許在等我過去，我還是沒理他。倒不是因為公園那件事，我現在的樣子一定很醜，讓他看見我只會更討厭自己。

接下來我就和那個鬼地方説掰掰了。第四節體育課，幾個鳥蛋從操場溜回來，冷氣機轟轟出來的幾道氣流在教室裡亂竄，整個空間被便當的油臭味悶住，那些傢伙知道有人走進來，不過他們的魂魄還鎖在胯下的遊戲機裡，嘴巴塞完飯粒，十根手指頭停不住地亂顫狂抖。我摸了一下背包，還好手機充電器有帶出來，那個爛書包被塞進滿出來的抽屜裡，掉在地上的書與考卷有些是我的，我把它們揪成一團，連書包一起丟進教室後面的回收桶，關上門出來。

我像平常放學那樣，拎著背包往校門口走去。我極力按捺住狂跳的心臟，把每個腳步踩得穩穩的。那種感覺還蠻開心，好像電動鐵門的外邊某個閃著亮光的東西正引誘你過去。這兩年來我根本走錯路了，我該去的地方在那邊才對。也許是決定本身帶來的興奮，連那道鐵門邊的窄縫都變寬了，輕易甩著手就跨了出來。我還是偷偷張望了一下傳達室那邊，老頭似乎不在，裡面暗暗的什麼也看不到。我走到幾十公尺外的垃圾子母車旁邊，把身上的制服、長褲脫了全丟進去。平常上學時，會有學生過來這邊把校車上看的漫畫、色情書刊丟進裡面，然後走進學校。現在，除了身上這套便服，口袋裡的手機、充電器、一點點零錢外，什麼都沒有。

我稍稍想了一下，應該沒有欠那些鳥蛋什麼，留在學校裡的作業本、餐具、兩冊鹿鼎記，就交給他們處理吧。接下來學校會打電話給伯父，然後伯父可能會打手機給我，我還是不要接好了。我得找個時間跟阿奇講一下，這樣大家就會明白，現在的我可是哪裡都跟我無關，誰也別想管我。對伯父比較不好意思的是，學校大概會找他過去辦些手續，在紙上簽名什麼的，然後由其中一個龜蛋向他報告，一年多來在他們眼中的這個學生。然後，什麼校外委員會的逃學名單上又多了一個。當然，我得逃得像樣一點，我可不要兩三天後又想到什麼東西忘了拿，趁大人不在像小偷一樣溜回去，到冰箱裡搜刮一袋糧食飲料，那樣會讓我覺得根本是出來郊遊。

在公車上，我想到的第一件事，就是今晚要睡哪裡。接下來我得像隻流浪動物，開始學會覓食、找巢穴、找工作，賺點錢繼續養活自己。搭車、租房子，這些都需要開銷，總不能像阿奇那樣老偷家裡的東西。

公車開到市區，我按了一通電話給阿尻，他聽見我的聲音就問，要過來嗎？我愣了一下，直接告訴他有事找你。他反而說現在很忙，三點以前不會在店裡，要我傍晚以後過去。

我在圖書館那站下車，走進圖書館的閱覽室找一個邊邊的位置坐下，一百多個位置差不多坐了七、八成，一排一排桌椅過去的窗戶外邊，五六棵兩層樓高的小葉欖仁冒出嫩綠的新葉，樹枝上麻雀啄來啄去，光線穿過樹葉、玻璃，斜照在靠窗邊的兩排桌面上。這真是個空間寬敞、適合讀書的好地方，可你感覺不到來的人喜歡這裡。他們只是把自己的身體放在其中一個位置，然後在相對的兩個座位中間堆幾本書，好告訴前面左右的人這是我的地盤。大部分人的桌上都有好看的講義，封面看起來應該是某個大學的校門，每個人把手機或 iPad 接上耳機塞住耳朵，讓自己和那裡面的音樂通過一條細細的黑線連接起來，然後兩手把頭押住，垂下，眼睛很靠近桌面地瞪著講義上一行一行的字，不然就是在空白的紙上反覆抄寫人名、單字，筆尖在薄薄的桌板上跳動，發出細微的咄咄聲。突然我面前的桌子「噗——噗——」一震動，嚇了我一跳，坐我斜對面的那人拿起手機呵呵笑地奔到門口。他站立的花台後面，幾個人坐在那裡休息，都是滿臉倦容。

這時我的手機也響了，真不好意思，我趕緊起身奔到外面，是阿奇打來的。他說他爸打電話問他，我昨晚有沒有跟他講什麼，學校已經打電話回去。「我們昨晚哪裡有說話？」「廢話，」阿奇說：「你是白癡喔，誰管你講什麼，你去哪裡啦，害我被罵。」

我不回你家了，我房間的東西都給你，順便幫我跟你爸說一聲。真不好意思還要麻煩你。

他聽我說東西都給他時安靜了兩秒。然後，「那你要去哪裡？」

「同學說要幫我找工作。」事實上，我還沒跟阿尻談這事呢。不管了。

那你要蹺家喔，好像不敢相信又問了一次。他早就想這樣，只是他不敢，我也希望他不要敢。「我朋友有地方可以借你睡喔，」阿奇說：「如果你沒地方跟我講，我帶你過去。」

可以感覺他比我還要興奮。他問我人在哪裡，他馬上騎摩托車過來。等他的時候仔細想了一下，我有些東西藏在床板下方的鐵盒子裡，父親給我的手錶、打火機、鋼筆都放在裡面，數量多少不是很確定，因為很久沒拿出來看。我說的是拿到當鋪換得了錢的那種，什麼牌子我也說不出來，「以後你長大可以用。」這話父親跟我說過幾次，東西怎麼來的我沒問，看起來灰灰舊舊的，一點也不惹人喜歡，手錶就像香港電影裡黑道大哥底下的混混在戴的，又笨又難看，我一直丟在鐵盒子裡。我長到國二時，手腕稍稍粗到手錶套上去不會一直晃動了，有一天我戴它上學，被一個體育老師發現，把我叫去盤問半天，最後只好唬他：「我爸爸是黑道。」看那蠢樣大概相信了。隔天導師叫我過去，他的目光把我的手腕繞了幾圈，還好那天我沒戴錶，他也沒多說什麼，只帶點試探性地，很小心地問我：「你爸爸，當時是因為黑道的事嗎？」我知道他的意思。「有聽人家這樣講過，我也不是很確定。」聽我這樣說後，他又很仔細地看了我一眼，好像明白了什麼「喔」的一聲放我回教室。這樣回答連我自己都很想笑，我其實不必這樣，可那時的我就很想這樣。

後來我把那錶送給伯父，「你自己留著。」「有兩隻。」「就一隻手戴一隻。」「喔。」旁邊的阿奇看見了，晚上跑來問我，「你知道那是勞力士嗎？」要我借他戴。我不是很想借他，倒不是什麼勞不勞力士的關係。後來他又問了好幾次，「不要這樣嘛，我爸爸對你爸爸那麼好，以前你爸爸對我也很好啊。」這倒是真的。「送你，反正我有兩隻。」聽我這樣說，他不太敢相信地捧著手錶，腳步顛顛的走回房間，回頭提醒我，「不要跟我爸爸講。」不久那隻錶就不見了，我覺得沒差，反正本來我就想給伯父，伯父不想要，被他兒子拿走也一樣，那時的我是這樣想的。那錶不也是父親從別人那裡拿過來給我，才變成我的東西，不是嗎？

不到二十分鐘，阿奇穿著制服出現在我面前。他停好摩托車，和我往圖書館後面的公園走去，我告訴他床底下有個鐵盒的事。他看了我一眼，嘴裡支支吾吾：「這樣不好啦，我把你弄丟一隻，你忘記啦？」虧他記得這事，還露出了「怎麼有這麼好康」的表情。如果你問的話他會說沒有，他以為別人看不出來。他真的有，當然我不會去問這種事。那表情讓我難過了一下下，那會讓我覺得，我離開他是高興的。可如果我是他，我也會這樣。誰願意自己的父親對別人的好超過自己？這反而讓我更清楚一件事，我早晚都要離開那裡。我伯父如果像新聞報導那些變態那樣拿火鉗燙小孩，或小孩背不出唐詩就抽下拖鞋賞他耳光，或半夜挖小孩起來，把兩袋黑芝麻白芝麻混在一起，要他在天亮前分成兩堆就算了，偏偏他是全天下最好的伯父。我真的要離開了。

「那你要離開多久？」

多久？我只想到要離開，誰管它多久。「如果只是一兩個月，你的東西我還是不要動好了。」我知道他怕被他爸爸罵，「放心，那都是你的。要不要我寫一張字據給你？」他愣了一下，「不用。」

阿奇說既然你要住外面，那最好有輛摩托車，要找工作要去哪裡才方便，總不好把時間老浪費在等公車，他願意把他的一輛摩托車給我，摸了一下書包，掏出一把鑰匙揣進口袋，「我載你過去。你會騎吧？」

那有什麼難的，鑰匙一轉，油門催下去不就上路了？他載我差不多騎了十多分鐘，來到旱溪邊的一家看起來很陰森的鐵工廠外面，大門好幾處生鏽，阿奇一腳踹開它，裡面屋頂破好幾個洞，幾根棚架歪斜得快要塌下，地上雜草有半個人高，一隻貓跳到鐵窗邊蹲著，這裡根本是給鬼住的地方。大門後邊有三輛摩托車，「你等我一下，」阿奇很快把其中一輛黑色的牽出來，椅墊上有寬膠帶貼了一個大大的叉。

「這台還很勇，你騎給我看。」說著把車交給我，叫我順著路往前面騎，他在後面差不多跟了兩公里，突然叫住我，「這樣你會了吧？」把他車後的安全帽丟給我，「這車是我朋友的，你拿去沒關係，還有要注意警察，遇到的話千萬不要怕，我也沒駕照。」我點頭，他繼續說在路上千萬要當心女人，不管是騎車還是開車的，因為她們不是突然給你在路中間停下來，發一下呆再繼續騎，就是飄著飄著就靠近你，旁邊的人被嚇到了她也沒感覺。還有，女人走在路上你也要小心，特別是看起來生過小孩的，她們有的在路上走到一半魂就不見了。上個禮拜他就遇到一個，走沒幾步彎下腰不知道要幹嘛，後面那個騎車的女人也不管她就撞下去，結果兩個都變豬頭。還有，台中很多路旁邊的叉路口會躲警察，你以為紅燈騎過去沒關係，他們就從電線桿後面飄出來等你。還有後照鏡你要多看幾次，等紅燈停在機車格時，後面那些汽車還是照樣繞過你衝出去，有好幾次腳掌剛好被汽車的輪胎邊緣劃過。這些垃圾，阿奇說，十個有九個自以為技術很好，其實他們才剛吃完藥就跑出來，根本不知道他們出來路上幹什麼。還有，遇到開貨車的你也要小心，很多司機不是在開車，他們根本是出來殺人——恐怖的是他們自己還不知道，像他們那樣開車會把人輾得比刀子捅十下還噁心。

反正你沒事就騎慢一點，不要等到摔車流血了才來幹譙台中市的馬路鋪得多爛，這些傢伙，他們寧可在每個路口掛上牌子提醒你，上個月你騎車經過的這些路有幾個人受傷有幾個人摔死撞死，他們就是不願拿錢把馬路鋪得像樣一點。他這點倒是跟他父親很像，事情一交代就沒完沒了，邊罵邊譙。最後他說他要走了，「你自己要想辦法跟我爸說一聲，不然他會一直找，到時候又問我，我怎麼辦？」

「就幫我跟他說，我人好好的沒怎樣，想出來自己賺錢。」

「你這樣會害我被揍。」他不肯。

「好啦，我自己會跟他說。」

「騎慢一點。」他重新發動車子，往前面加速奔去，留下我在原地。我一個人變得有點小心，讓摩托車它自己往前面慢慢探路去。我邊催動油門邊覺得不可思議，怎麼會有這麼怪異的東西，你手腕扭一下它就動，而且讓你感覺是它自己要跑。這台舊車要是故意催它會發出悶悶的怒聲，好像要你別搞它，不然它會把你甩出椅墊，稍稍把油門放鬆，它反而正常一些，可以隨你的意思奔去。我在那個新奇的速度感裡，好像看見前面有另一個我在那邊等了。

我在幾條路上亂繞，路邊所有的風景不再像走路時那樣緊緊跟著你，現在的它們彼此靠得很近，擠成一整片連貫卻高低不一的屏風，招牌、樓窗的顏色褪得有些灰舊，讓經過的車子變得更不容易辨認它們。比較麻煩的是身邊這些軋過我的車輛，對他們來說我騎得不夠快，從後面追上來的每一輛都很兇，一下子飄到我面前，屁股的排煙管噗噗對著我。它們的主人同樣拿它們沒辦法，安全帽底下的五官緊緊揪住，憋著一股怒氣，好像出來想找人打架。更讓人覺得神奇的是，每輛汽車機車都會縮身術，明明並行的兩輛車中間的空隙就那麼一點點，偏偏追上來的那輛有辦法擠得進去它們中間；或者同一條車道上急駛的兩輛車子中間，夾住一輛速度特別慢的，奇怪那輛龜速的就是不會被追過去，逼得最後那輛一整路吐著悶氣。起先我離它們遠遠的，挨著路邊慢慢騎，很快發現這輛小黑沒那麼難搞，沒多久我就和它熟了。

我一踏進阿尻的店被嚇了一跳，裡面有兩個人同時轉過身，一個是阿尻，另一個，我以為是上次那個沒禮貌的店員，結果是一個打扮相當時髦的年輕女性，不，實際年齡我不知道，但她身上的氣味讓我直覺以為，這是個經驗相當複雜的女人。不只她的穿著、妝扮，還有她的聲音她的眼神。「來啊，來坐啊。」好像很早就認識我了。阿尻轉頭向她解釋：「我同學，上次有跟妳說過。」女人的眼神朝我點頭，「丹尼，還有沒有飲料？」她叫阿尻丹尼。阿尻繼續站在衣架前，挑出幾件衣服，重新排列它們的順序，眼神專注地比較這件那件的色差，然後掛回去。他一直反覆做這個動作。

「坐啊。」女人攏起髮尾對著牆上的穿衣鏡盤個兩圈，不停用她的眼睛聞我，真的。

很用力地瞪出半顆眼球那樣地聞，正確地說應該是抓，像在抓弓在地上等著乖乖就擒的貓那樣。我縮在門邊一張高腳凳上，隔著整間店面的空間，還有阿尻，和那女人相望。她起碼對我笑了一百次。我不怎麼敢看她，目光沿著地磚的接縫左右移動。其實算是個漂亮的女人，如果再年輕一點。只是她的氣味太複雜了，複雜到需要用那麼搶人的香水掩蓋一切，害我多聞一小口就心臟砰砰狂跳。而且這女人很壞，她明知道我不怎麼敢正眼看她，還故意把目光拋來我的肩上、胳肢窩附近繞啊繞的。既然來了就什麼都別怕，一定還有比這傢伙更難搞的，這算什麼。果然我狠狠地看了她一眼，她馬上嬌羞地把目光縮回去，眼神霧一樣地迷濛起來。愛假。

還好她沒待多久就走了。「好好招待你同學啊。」經過我旁邊時朝裡面喊了一聲，我低下頭巡視地磚上的接縫，心臟差點跳了出來，真沒騙你。

「我表姊啦。」阿尻說。他問我怎麼會想過來，我告訴他這兩天發生的事，他繼續站在衣架前。外面的天色有些暗了，「你有沒有工作給我？」我終於向他開口。好傢伙，真不敢相信，他連看都不看我就回答：「當然有。」我乾脆把今晚沒地方睡的事都告訴他，這件事比找工作還急。他終於看我一眼，「那有什麼難的，這裡就可以給你睡。」馬上又改口：「騙你的啦，當然不是睡這裡。」

沒多久那個臭臉的女店員過來上班，阿尻說要請我吃飯，順便談一下工作的事。原先掛心的事這麼快有了答案，我還蠻開心的，雖然不知道接下來會怎樣。我們走到中華路夜市那邊，各自點一盤海鮮炒麵，一碗蚵仔湯，這中間阿尻打了一通電話給我未來的房東。「她人很好的，等一下我們過去找她。」指著前方一百公尺遠的巷子口，「就那裡。」我們一前一後往那邊走去，阿尻回頭告訴我，工作時間看他們怎麼安排，你的薪水一個小時算你一百。我偷偷算了一下，這樣一個月少說也有兩萬，怎麼想都不可能有這麼高的薪水，「什麼樣的工作啊？」

「餐飲業。」

我沒說話。聽起來還蠻正常的。

「等一下你就知道了。」

我們轉進一條路口開了間神壇的巷子，兩邊都是五層樓的舊公寓。再過去十幾戶，路燈後面的門口站一個胖女生，看起來一點也不友善，我跟在阿尻後面隨她走進悶著尿騷味的樓梯間。來到頂樓開門進去，窄小的陽台一整排花花草草，客廳雖小，倒是布置得相當整潔，一面牆壁用木製方格櫃堆高，裡面擺放書籍、小盆栽、瓶瓶罐罐，整個空間的氣質不算差，我的目光在那些櫃子與櫃子之間移動。「不要隨便亂看。」背後一個聲音冷冷地說，我只好把視線放在其中幾本書的身上。

「來，這是你以後的小老闆，她叫露西。」阿尻拍拍我的肩，女生只是朝她的櫃子點個頭。從我和她碰面到現在，她還沒正眼瞧過我。阿尻認識的人都很怪，不是拿眼睛湊過來聞你，就是習慣用鼻孔看人。比較扯的是，到現在我還不知道我的工作是什麼。露西指著左手邊門開著的那間，像是在命令我進去：「自己過去看。」

這就是我的房間了。是一間兩坪大一點，除了一張床一座木製衣櫥，一張和式茶几，什麼也沒有。房間裡飄著淡淡的霉味，但還算乾淨，感覺前一個房客才搬走不久。從今天開始，我就要住這裡。手機響了，是伯父打來的。「吃飯了沒？」「剛吃了。」他說傍晚學校教官打電話來，問我下午人去哪裡？聽伯父的口氣，好像以為我不過是跑到同學家寫功課，晚一點就會回去。這真是糗大了，我都已經在我的新房間裡，只好跟他實話實說。講到一半被他打斷，「沒關係，這間學校不喜歡再換一間，不要為這個煩惱，回來家裡比較省錢。」我說我都跟朋友講好，而且工作也找到了。「什麼樣的工作？」「就服務生。」「你要工作我可以幫你找。」看來他不會那麼輕易放過我。然後，這是我第一次清楚地告訴他，我長大了，我自己會照顧自己。不知道為什麼，這話讓我鼻酸了一下。要不是外面有人，搞不好眼淚就要掉下來。和伯父通電話的時候，外面的聲音仍然可以清楚聽見。那個露西好像在懷疑我是不是逃家，阿尻說她想太多了。然後她又問阿尻，你同學應該沒滿十八歲吧？阿尻回她，管那麼多幹什麼。這中間伯父又說話了，「你若不習慣，就自己回來。」「好啦，就先這樣。」

外面還在談論我。露西說，要是艾蜜莉不滿意怎麼辦？阿尻回她，剛才艾蜜莉已經見到他，沒問題的。那如果還有問題不要再來煩我，人是你自己找的，露西說。阿尻還是那句話，想那麼多幹什麼。露西走進來指著衣櫥，「裡面有棉被、枕頭。」回頭朝阿尻說，「把該交代的先跟他說，明天一早我再來訓練他。」又對我努了努下巴，「你的鑰匙在抽屜裡。」然後回她自己的房間，關上門。

阿尻朝我聳了聳肩，我跟在他後面下樓。往店裡走去的路上，他跟我說你的工作很簡單，明天她會教你。露西人很好的，工作能力也很強，人家是澳洲回來的碩士哩。我們家的店都靠她幫忙，沒有她我們家根本就亂糟糟。她應該會教你怎麼招待客人，清掃、櫃台部分也要學一下，到時候你的薪水和房租，她會算給你知道。還有最近那個艾蜜莉，和另外一個表姊茱莉亞，對了我總共有兩個表姊，她們在鬧不和，搞得露西很煩，所以有些事由我來出面，這樣她們兩邊就沒有意見。簡單講就是這樣。

我不太明白他在說什麼，不過他似乎沒有要騙我的意思，因為接下來他講得更亂，什麼艾蜜莉和那個茱莉亞，她們共同經營一家汽車旅館，還有一家泰式餐館，不過實際上都是那個露西在挑大樑，而真正的負責人是茱莉亞。如果經營不錯的話，茱莉亞打算在七期開一家大一點的餐廳。艾蜜莉因為是妹妹，偶而也會來幫忙，最近不曉得怎麼了，她老是看露西不順眼，經常找露西的人麻煩，底下好幾個做沒多久就走了。露西也沒給艾蜜莉好臉色，這樣說不知道你有沒有聽懂。

我說沒差。我還要謝謝你幫我，等領到錢再請你。阿尻笑說我還需要你請客嗎？這麼重要的時刻，應該要慶祝才對。我們走進店裡，那個臉部無表情的店員站在門邊，把食指湊到鼻前，一手捏住指甲刀輕輕剔著指縫。搞不好她已經剔了一個小時。

我們坐在店後面的雜物間喝啤酒，阿尻突然聊到學校那些人，琳達、胖虎，每天努力化妝的女生、用力按手機玩電動的鳥蛋，然後提到幾個人名，問他們的近況。我的臉很快脹得熱麻麻的，努力地想了半天，那些人名的臉好不容易才找出來，不過我老是描述得跟他講的那人湊不起來，「不會吧？你才喝幾口哩。」阿尻笑我。我只好再回到腦子裡確認，這些人名跟冒出來的臉要怎麼連結，愈想愈覺得遙遠，好像從離開那裡到現在的幾個小時，中間過了好幾年，不然我的記憶怎麼可能衰退成這樣？那種感覺還不賴就是。我面前的阿尻看起來開心極了，不，從我這邊看到的他，讓人看了就很開心，我真想上前抱住他，好好親他，是喜歡一個人的那種親，不是搞 gay 的那種，可我還是不敢。是啤酒的關係嗎？開玩笑，有人喝啤酒喝到茫的嗎？這種事傳出去真丟臉，於是我又跟阿尻要了一罐。他跟我不一樣，愈喝話愈多。「前幾天有個穿制服的怪咖跑來這裡，說以前在學校看過我，然後自己就坐下來，像專程來演講那樣說個不停。」

「那傢伙說，他最近夢到十幾年後的自己動了一個手術，肚臍下面被挖出一個可以插隨身碟進去的凹槽，你需要什麼知識、技術，幾秒鐘就可以下載，全部變成你自己的東西。過去你花一輩子學不會的，英文數學地理，歷代皇帝祖宗的名號，中心德目、法律常識等等，到那時你只需要比尿尿還短的時間，就全部學會了。」

「這傢伙大概讀書讀到頭殼壞去，還說愈想愈覺得有這可能。所以，在那天到來以前，為了不要後悔這輩子都浪費在學這些垃圾，最好先去搞幾件有樂趣的事才對得起自己。我跟他說，會不會等到那天，就算出現你說的那種科技，可是插到腦子裡卻發生無法讀取的狀況？其實我是想提醒他，搞不好有的豬腦本身的版本太舊了，跟那時候的記憶體無法相容。那傢伙跟我說，你放心啦，這些交給專家解決就好，我的腦子又不是用來煩惱這些事的，想那麼多幹什麼？靠，居然被這種人這樣講。然後他看了一下手錶，背起書包趕去補習。這邊就是常常有這種人。」

我應該沒有很醉，聽阿屄在說那些人的時候，可以感覺得到他自己站一個比較高的位置，他習慣那樣看人，他清不清楚就不知道了。這點我不可能和他一樣，雖然我們同樣討厭那些傢伙。那個鳥蛋還向阿屄炫耀，教生活科技的那個龜蛋聽他說完同樣的話題，還稱讚他很有創意，要他把這個鳥夢寫成一個報告，拿去參加創意發想的比賽。馬的，你真不知道這是在拍學生的馬屁，還是在發揮一個老師該有的無與倫比的愛心。我的生活科技也是這個龜蛋教的，第一堂課他就告訴我們，全台灣只有他能把生活科技和生命教育結合起來教，然後走到門邊把燈光調暗，開始放那種人類如何誕生的健康教育影片，幾千萬隻長尾巴的精蟲在螢幕上茫茫的黑暗中歪歪扭扭地遊蕩尋寶，他就站在教室最後面配音：「你們看！這隻、還有那隻，咻——咻——，每一隻都好勇敢喔，它們最後只能有一隻攻佔成功喔，好辛苦！喂，前面不要笑，我們都這樣生出來的知不知道。」一個人在那邊自言自語。而且不管你說什麼他都說這很有創意，最好把它做成報告、小論文拿去比賽。有時候你不得不懷疑這傢伙的陰是那種東方不敗級的，我們班那個賣馬桶的鳥蛋有一次交了一張作業給他，畫一根粗大陰莖的馬桶刷直直插進馬桶裡，龜頭還會噴出水來。那龜蛋看了照樣說，嗯，很有創意，充滿復仇的張力，如果超市裡有這種馬桶刷一定大賣。那些鳥蛋看到他的反應，本來等著看好戲的興致一下子全沒搞頭。

喝完第二瓶，整個脖子到肩膀像被火烤過一樣，燙得不得了，阿尻的話已經模糊成一片，也許是他自己咕嚕咕嚕沒講清楚吧，誰知道。這中間有幾次我還想到，等脖子上的燥熱退去一些，就該走到公車站牌那邊等車回家。奇怪，我真的沒有需要離開家的理由。可我還是騎上摩托車，回我新的住處。

露西的房門關著，好像已經睡去。我鋪好棉被，身上還留有今天我經過的那些地方的味道。走進浴室，空氣裡一股沐浴乳的香氣籠罩過來，那氣味裡面藏著女孩子的體香，聞到第三口心臟砰砰地警告我：「夠了。」脫完衣服淋濕身體，這才發現完了，我根本沒有任何盥洗用具，不管了，就先拿露西的沐浴乳來用。蓮蓬頭好像不太歡迎我，流出來的水不甘不願地忽冷忽熱，熱水器在窗外轟轟鬼叫，我真想叫它閉嘴，省得把露西吵醒，又被她唸一頓。

我洗得全身發抖。露西的粉紅色大浴巾整齊地披在橫桿上，奇怪怎麼整條都是乾的，我沒拿來用，我不敢。房間的背包裡還有條手帕，如果現在開門衝出去，應該不會那麼倒楣被她撞見，於是我躡手躡腳，用衣服遮住那裡，濕答答地溜回房間。那條手帕連頭髮都擦不乾，地板留下一條像落水狗跑進來的水漬，有夠狼狽的。我只好拿T恤來回擦抹身體，把T恤鋪在茶几上晾著。

我坐在床沿晾身體的時候想到，明天，完全想像不到的未來就在醒來後的明天那邊等我，一股興奮在心頭翻攪，也有可能是啤酒的關係。我以為我會睡不著，躺平後的腦子裡只約略出現幾個跟學校有關的畫面，細節還來不及過去探看，它們一下子退遠到根本無法記憶的那個世界裡，然後，像平常一樣沉沉睡去。

9

第二天一早我被露西喊醒。其實不算早，跟平常上學比起來。她站在床邊，看著只穿一條內褲的我，我完全不知道她走進來，她也不管你身上有沒有穿，只管說她想說的，像糾察隊長檢查你的服裝儀容，很大聲地問：「你是不是連毛巾都沒有？」我趕緊指著小几上的T恤，妳不要誤會，我昨天用那個擦身體。

她丟了一包東西到床上，「下次你要逃家，把東西帶全了再出來。」然後走出門外，告訴我桌上有一張餐廳的名片，要我九點準時到那邊等她，還有出來的時候記得鎖門。然後，她又探頭進來，正起床準備穿衣服的我又縮回床上，真是沒禮貌的傢伙。

「你知道門怎麼鎖吧？」

廢話。她出門後我趕緊起身，還好衣服不怎麼濕，等一下騎摩托車吹一吹就乾了。我瞄一眼她丟給我的那包沒拆封過的塑膠袋，上面印有汽車旅館的字樣和大門棕櫚樹的圖案，裡面有毛巾、牙刷、各種小瓶子。我像是要去參加宴會一樣，又好好地洗了一次澡。

我騎到那家位在公益路的泰式餐廳門口，一尊石頭佛像坐在門前微笑，門邊大水缽裡飄著幾朵白花，要是沒推門進去，你會以為來到廟裡準備阿彌陀佛。裡面一個高亢的聲音穿透玻璃，是露西。門後面七八個穿制服的員工站成一個圓圈，圍住對著空氣指指點點的露西，這裡等一下再給我打掃那裡的樓梯地板沒拖乾淨還有洗手間的衛生紙快點補齊，然後，看見站在服務生後面的我，「來，過來。」其他人轉過頭，他們被露西要求對我表示歡迎，大家極有默契地齊聲喊：「您好，歡迎光臨！」我嚇了一跳，接下來他們的臉上同時湧現笑意，可那笑意在每張嘴咧到一個彎度後便憑空消失。

露西嘮叨完，我被其中一個身高跟我差不多的服務生帶到休息室，由他幫我挑選尺寸適合的制服，老天，這邊連各種尺寸的鞋子都有，不曉得這叫做講究，還是專業。他問我讀哪個學校？「我畢業了。你呢？」他說他也畢業了，正準備考研究所。「看不出來哩，你幾歲？」他說他二十三。「我以為你年紀跟我差不多。」「那你幾歲？」「快滿二十。」「我叫小海，你呢？」「喔，我叫阿奇。」說來真糗，我還不習慣丟一個小名給人家，然後要人家用那名字叫我，所以把阿奇的名字拿來用。小海一邊看我換衣服一邊問：「阿奇？是名字裡面有個『奇』字嗎？」我回答他，每個認識我的都叫我阿奇。真不好意思，到現在我沒跟他講一句實話，我也不會想要問他，是不是你的名字裡面也有個「海」字？真希望以後我們不會成為朋友。

換完衣服後，小海說這兩天他會教我該做的，清掃、布置餐桌、招呼客人、端盤子、整理廚餘等等。老天，他居然蹲在我膝蓋前，幫我把褲管扯得更挺一些，然後把領口、袖口拉撐，「你要記住，以後起碼要穿到這樣，不然露西會唸。」我望著鏡子裡面那個人模人樣的傢伙，這是我第一次能把衣服穿到這麼整齊，連堂姊結婚時都沒這樣，忍不住又多看幾眼。好笑的是，昨天我才把身上的制服丟進垃圾桶，現在又穿起另一套制服來。小海坐在門邊的椅子上，「奇怪，怎麼你好像都不會緊張。」他來上班的第一個月，有好幾次露西跑來他夢裡罵人。「不過還有一個更可怕的。」他指的是艾蜜莉，他們都叫她副總，還好最近比較少過來。

小海推著我走到露西面前，她交給我的第一份工作是，站在門口對每一個開門進來的人說：「歡迎光臨」。光是從我嘴巴說出的這四個字，她起碼聽我講了一百遍才勉強點頭，「就是這個聲音，自己回去再練一百次。」馬的，我又不是鸚鵡，不過還是乖乖地說好。

接下來她教我怎麼招呼客人的用詞、動作、手勢。我的天，根本就是在上軍訓課基本教練，不，比那更無聊，因為她面前只我一個學生，想摸魚都沒得摸，只好乖乖聽她口令，目光看著她慢慢把笑容送出去，真可笑，我居然被一個從來不笑的人要求要對她笑，微微欠身、把臉斜斜放低、彎腰鞠躬，我的天，她真的在教我怎麼彎腰，要我屁股夾緊兩腿挺直頭慢慢放低，把身體弓出一條弧線後頓住，接著她像瑜珈老師那樣檢查你身體哪裡做不到位，好像在幫塑膠模特兒調整姿勢用力拗我的肩膀，「不要以為年紀輕身體就很軟，看你能撐多久。」我的頭都快碰到地上了，她還叫我再彎下去、彎下去一些，接著開始講她的大道理。「沒有人喜歡這種工作，也沒有人天生喜歡去招待人，更不用說要你這麼恭敬去迎接那些大爺，你只管把你的每個動作給我做好。」久久才叫你把彎下去的身體擺回來。

我的天，她還嫌我起身太快，給人感覺很不耐煩，要我重新把腰彎到剛才的位置再起身給她看。動作對了還不夠，還要加上剛才練習喊的「歡迎光臨」，這樣又起碼練了一百遍，不是被她嫌音量太小，就是語調太硬，聽起來一點也不誠懇，說得軟又嫌我娘，馬的。偏偏她好像覺得這樣玩我很有趣，一整個上午我都在練這個，慢慢咧開嘴，目光要輕輕放在眼前兩公尺的空氣那邊，就是那個地方有值得我這麼開心的理由。當然，那裡什麼都沒有，只有空氣。「如果連空氣都值得你這麼開心，碰到奧客還能擺出臭臉我輸給你。」練到後來我真的笑出來。她有沒有看見我不知道，真的太好笑了，你只是做這個動作，完全不需要理由，竟然能讓自己身體的某個部分開始想笑，有夠白癡的，不過那種感覺還不差就是。你不得不承認露西有她的一套，雖然她的臉讓誰看了都笑不出來。

「來，把動作給我做到定位。」露西繼續站在我面前，盯著每個角落正在排放餐具、整理花器的服務生，他們一定在暗笑。「注意你的呼吸、視線、微笑、動作，還有你的節奏、心念，如果缺了其中一個，我都看得出來。」靠，這傢伙真不是在臭屁，我一趁她沒注意，才扭了一下腰發懶，立刻被她轉頭抓包。「不錯啊，你練得很好嘛，很有天分喔。」這是哪門子的讚美啊？真恐怖，有人在這種訓練裡被稱讚很有天分的嗎？

她還要我不時瞄一下玻璃上的倒影，提醒自己臉上要有笑容。那幾天我從來沒有那樣密集地注意過自己的臉。不是那種在學校把臉嘟在小鏡子前面，盯成鬥雞眼瞪著青春痘毛細孔的看法，而是要清清楚楚看到，那個平常幫我看路讓我能順利上樓下樓、左轉右轉、吃飯夾筷子、跟著我一起上床睡覺的身體，它自己的樣子是如何。也許別人看到它的次數比我自己還多，因為他們跟我一樣，都看不到別人眼中的自己。我第一次發現，原來自己還不算難看，如果笑的話就更迷人，連我都喜歡看到鏡玻璃裡的那個自己陪著我笑。

十二點多，兩個婦人抱住她們的狗進來，我帶她們到座位後就一直想笑，比較矮的那個頭頂中間揪出一束長髮垂到腦後，跟她的馬爾濟斯簡直是一對姊妹，而且感覺得出來她蠻喜歡被人這樣認為，老是跟自己懷中的狗相視而笑。那個身材高瘦走路像雞的女人，坐下來後不斷把她的吉娃娃翻身成仰躺的姿勢，讓牠不怎麼明顯的生殖器一直暴露在外。那隻狗不曉得是不舒服還是自尊心很強，一直想把身體翻過來，偏偏牠的主人就是要把牠擺回那姿勢，叉子沒捅在嘴裡的時候老擺在小狗的老二前面劃來劃去，弄得狗的眼神濕濕地看著每個經過牠身邊的人。

沒多久，一輛紅色轎車擋在門口，走出來一個穿著風騷的女人，每走一步屁股就往後嘟一下，是那個艾蜜莉。我站在門口迎接，一進來就不斷聽見她尖銳的聲音從每個角落傳來，對站在吧檯邊的服務生吼音樂這麼大聲客人怎麼吃飯，空調開那麼強要死，害她一直打噴嚏，然後「哈啾哈啾」滿屋子響。拜託，我在這邊跟客人彎腰陪笑，她也不會稍微掩飾一下她的沒教養，誰喜歡來這裡還要領教她那難聽的聲音。後來她走到我斜前方盡頭的儲藏室那邊，扳開櫃子，一捲一捲擺放整齊的衛生紙她偏要整袋抽下來掉得滿地滾，她也不撿，從櫃子裡又抽出一捲，指甲往兩頭一插，摳進捲筒裡再往外扯，撕出好幾張爛爛的糾成一坨，狂抿自己的鼻頭噌噌出聲。一次不夠再扯，重複那個噁心的動作，噌完後就匆匆開門出去，好像她來這邊就為了噌她的鼻涕。

好不容易到下午兩點多，餐廳漸漸地只剩下我們幾個服務生，終於比較安靜了。

想不到平常中午的生意也可以好成這樣，許多嘴巴不停塞東西的聲音在裡面竄來竄去，還好我只需要站在門邊，打開門，把外面的吵鬧招呼到座位上，再把裡面吃完的吵鬧送出去。餐廳休息後我被叫去廚房後面整理廚餘，剛才被艾蜜莉兇的那個服務生對露西哭說她壓力太大，不想做了，露西一路把她推到車棚那邊，要她騎車回去休息。「到哪裡都一樣，趕快回家就沒事。」然後回頭告訴我，今天就先這樣，明天再教我其他的。要我回去記得先開窗戶，讓客廳通風，幫陽台上的植物澆水，怕我搞不清楚，領著我到餐廳落地窗那邊，指著其中幾種植栽，這個那個，水少一點，這種的不用澆，那種的溼一點沒關係。「這樣你記得了？」要我講一次給她聽，然後叫小海帶我到廚房領餐盒，「吃完要記得分類，不要讓螞蟻進來。」奇怪，怎麼我遇到的女人一個比一個囉嗦。

我換下制服後，騎車到賣場買了三件兩百塊的T恤，在市區繞了好幾條路，心裡輕鬆極了，好像一整天都過完了，多出來的這幾個小時既不屬於今天，也不屬於明天，隨便我想怎樣，也沒必要趕往哪裡，只是在路上跟著自己的車速慢慢往前晃去。晃到差不多了才回到住處，幫露西的植物澆水。我靠在陽台邊打開餐盒吃飯，光線慢慢暗了下來。電話響了，是阿尻打來的，問我今天工作如何？我們約好半小時後在他店裡碰面。

快靠近巷子口，那家神壇的乩童脫到剩一條短褲，堵在路中間圍著地上燒的紙錢鬼叫鬼跳，我回頭就走。奇怪，昨天經過只看到暗暗的神壇裡面有人燒香，門口板凳坐一個老頭守住洞口似地斜眼望著外面的人，感覺還沒那麼恐怖，怎麼今晚廟裡的神好像被惹怒了醒來，魂魄降臨老頭身上，搞得他七葷八素，借他的嘴呼哩呼嚕沒一句人話，滿屋子的煙氣薰得整個巷口快要失火，住他們隔壁的幾戶怎麼受得了。我打電話跟阿尻說，今天不過去了，當然我不敢跟他說我的理由。我就是怕那個。阿尻那邊聽起來很熱鬧，看來朋友不少。

我躺在床上，有點昏昏的又睡不太著，這才想到剛剛回頭後往另一個方向繞過去，不就沒事了？我不是白癡就是被嚇傻了。下午那個在路上快樂騎車的我不曉得去了哪裡。真希望等一下翻下床後穿上鞋，又可以準備上班，繼續我的開門關門、迎客送客的工作。那個老乩

Yes!

童的氣還蠻盛的，鬼叫聲翻過幾個屋頂跳到我的窗口，想不聽都不行，真要命。

我想到小學六年級有幾次我一起床就摔倒在地上，醒來喉嚨裡酸酸苦苦的，那種味道讓我想吐又吐不出來。「又要吐了，又要吐了。」阿奇站在旁邊大聲喊，這才清楚我人在醫院裡。沒多久醫生過來，告訴伯父我有可能是癲癇。伯父的表情應該是沒聽懂，醫生也沒多做解釋就出去了。然後伯父就罵伯母，不是跟妳交代，這囝仔的八字輕，叫妳不要帶伊經過那種陰的所在，妳攏沒在聽，偏偏要帶伊四處跑。伯母說你差不多一點，我哪有啊？他們又送我去兩家醫院檢查，醫生只說很像是癲癇，不過又不太像，至於怎麼個不像也講不清楚，第二家醫院是個女醫生，從頭到尾給人感覺她的心情很不好，伯父問她，囝仔到底是怎樣？她只顧著在紙上寫個不停，頭也沒抬說，你要是不相信，自己不會送小孩到台北檢查。回來後伯母問「怎樣了？」伯父就開始幹譙，那些醫生就是這樣，明明沒那個屁股還坐那個位置，講話還很囂擺，故意說什麼原因不明，如果伊客兄破病了看伊會不會這樣。伯父正常時很少這樣罵人，他這麼生氣讓我想到會不會我快要死了。阿奇好像也感覺到，那段時間對我特別好，還把他偷來的鋼筆送給我。「這不錯喔，陳水扁的女婿都用這種的。」我掂在手掌上秤了一下，這麼笨重的東西誰要啊，之前他還偷過我的溜冰鞋、棒球套，現在拿這樣一個東西給我有什麼用？

那段時間大家都怪怪的，連伯母也經常疑神疑鬼。她老覺得半夜有人在樓梯上走來走去，她猜是我父親。講到後來伯父都半信半疑，問我睡覺時有什麼感覺。我說沒有。後來他們帶我到嘉義找一間會觀落陰的小廟，就是像巷口那種裡面被煙燻得烏漆嘛黑的神壇，我一進去腿就軟了。那個女神棍，把我從頭到腳看了一眼就跟伯父唬爛「喔呦，早就該帶來了，你看，卡陰卡得這麼厲害。」要不是伯父和伯母架著，我早就癱到地上。這個嘴砲婆娘，屋子裡暗得像蝙蝠洞，點的香嗆得人眼淚直流，整個神壇布置得像地獄一樣，連鬼看了都怕，何況是十來歲的小孩。那些數量比便利超商還要多的神壇，難道不能看起來健康一點嗎？小小一張木桌上滿滿一卡車神像，要拜誰就有誰，濟公、玄天上帝、三太子、關公、媽祖、觀世音都有，每尊煙薰得跟烏鴉一樣，臉上的表情完全看不出是笑是哭。你可以想像祂們本來很莊嚴、很仁慈，現在祂們被養成這樣誰看了都怕，真的。全台灣最少有上千座可以拿來嚇小孩的廟。可笑的是那個女神棍在神壇前唸咒搖鈴，請我父親速速出來，牆壁後面卻傳來麻將塊在塑膠桌面擦擦滑動的聲音。那聲音還蠻熟悉的，我的眼睛被紅布矇上好幾圈，猜想父親如果會出現，應該是聽到那麻將聲，而不是因為這個女神棍在碎碎唸。

我被綁到後來頭昏眼花，搞不好因為這樣，加上摸麻將的聲音，那個女的問到第一百次「有否？來了否？」我竟然迷糊地點了頭。眼前的黑暗裡似乎來了個熟悉的身影，不過就只是個身影，那女神棍開始在我身邊講起一串沒人能懂的鬼話，到最後，她說父親跟她談判好了，要伯父燒一百萬紙錢給他，他還想在那邊做生意，要伯父不要掛念。講到這裡我突然哭了出來。我哭不是因為我看見父親了，而是那女的講話腔調讓人聽了很悲傷，好像在看大愛電視台一樣，自然就哭了出來。

那女的真的很會演，就算你找來一根木頭聽她一直用那種聲音講話也會流出眼淚，她真該報名參加金馬獎。我哭著喊爸爸爸爸，這下他們更認為是真的有來，連伯父都哭了。「阿母啊，我對妳不起，是我沒把阿堂照顧好。」呵，這可熱鬧了，那女的說我後面又多來一個，聽起來是我阿嬤。真不好意思，我其實可以不用哭的，也不曉得父親和阿嬤趕了多少里路才來到這邊，等一下看要怎麼回去。但是說也奇怪，去那邊舞過一次後，我身體的毛病就好了。從此我看到那種廟就怕，能躲得多遠就有多遠。

奇怪，從躺下來到現在，腦子裡轉的還是跟伯父伯母有關的事，如果現在騎車偷偷經過店門口，也許裡面坐了三四個人，再繞一圈回來也不會超過十點。這樣一想我更覺得該這麼做，可又不是很想。那種感覺不是想家，但一想到自己怎會在這裡，心裡空空的，無法很明白到底怎麼回事。

這樣亂亂想了一陣，手機響了，是阿奇打來的。他說要給我一袋東西，吃的用的都有。我說不用了。「快啦，你不拿我會被罵。」一個小時後他騎車來到樓下，靠，那一袋未免也太大了。連我的衣服褲子都有，「不夠再打電話回家，我再幫你送過來。」真丟臉。他抬頭望著樓上亮燈的房間，問我跟誰住？「一個女的，算是我老闆。」「漂亮嗎？可以上去看一下？」我說不行。她還沒回來，而且看起來不是很好相處，長得跟酷斯拉沒兩樣。這樣形容的時候，露西回來了。我趕緊努了一下嘴暗示阿奇，在你後面開那輛白色 march 的就是。那個阿奇，把人家看了一眼，車子騎了就跑。

「你是來野餐啊？」露西瞪著我懷裡的那包虧我。我沒理她，跟在她後面上樓。打開袋子，真是誇張，泡麵、餅乾、鋁箔包牛奶都有，簡直像個災民在領救濟品。站在陽台的露西突然大叫一聲，嚇我一跳，我把她的植物澆太多水了。她站在她的植物前面，「我就知道會這樣，跟你講都沒在聽。」開玩笑，妳只說這裡少澆一點那多一點，一點是多少妳又沒講。我心裡嘀咕著。她把我叫過去重新講一遍，好像那是我該做的工作。然後檢查她的垃圾桶、窗戶，還好我沒弄錯，不然我真怕她罰我站在門口，對著空氣把「歡迎光臨」再練習個一百遍。

「這些要放哪裡？」我指著阿奇帶過來的東西。「廚房上面有個櫃子。」她居然還在幫她的植物澆水，真是莫名其妙。「這些東西妳幫我吃好不好？」她說謝謝，她不吃零食。問我平常晚上都在幹嘛，我想她該不會還有事叫我做，於是回答都在讀書。「少騙人了。」像我這種小孩她看多了，每個說話都不老實，不過謊話講得像我這麼笨的倒是沒看過。「都在讀書？那幹嘛跑出來鬼混？」「我要是出來鬼混，幹嘛急著找工作？」「那為什麼逃家？」我沒告訴她太多家裡的事，只說我真的想找工作，「人家阿尻不也在工作？」

「那不一樣，」露西說：「他哪需要什麼工作？他那是扮家家酒。」問我跟阿尻怎麼熟的，在學校功課怎樣，今天上班的感覺呢？像是警察辦案一樣，一件問完接著一件，不過我還蠻開心有人跟我這樣聊，至少我比較敢開口了，而且跟一個不熟的人還能聊那麼久，雖然她根本是用她上班的口氣在講話。更討厭的是，她趁我洗澡時檢查阿奇帶來的那袋東西，「拜託，吃這個怎麼會飽？」一件件拿出來大驚小怪：「你幾歲了，還吃乖乖？」糗的是最底下還有三件疊好的內褲，她照樣給人家攤出來看了一眼，假裝若無其事地塞進去，有夠沒氣質的。

接下來幾天，我繼續站在餐廳門口練習「歡迎光臨」，其他時間被露西叫去學怎麼使用收銀機、刷卡機，幫顧客介紹菜色、端菜，布置餐桌、打掃等等。服務生還是只認識小海一個，其他人的名字老是搞不清楚。還好大家會互相打招呼，雖然很多時候彼此是用那種對待客人的方式微笑，而你也覺得該還給他們一個同樣好看的微笑。就這樣每天最少笑一千次，到後來你乾脆就一直笑，笑到讓人家覺得你就是天生愛笑，看到植物也笑，看到空氣、玻璃都能笑。

一個禮拜過去，我突然被露西通知，換到一家汽車旅館上晚班。詳細的情況我不是很清楚，好像那邊的工讀生晚上打電動被艾蜜莉抓到，她二話不說叫對方滾蛋，那邊人手不足，而餐廳這邊的員工不是彼此有了感情，就是不想工作到那麼晚，最主要是在這邊比較不會碰到艾蜜莉，聽他們說。反正到後來變成是我要過去。露西說等找到合適的員工會把我換回來，那邊的工作比餐廳還要輕鬆，而且經常有小費。我反正沒差，這個禮拜巷口那家神壇連續三個晚上都在辦事，害我回去總是提心吊膽。如果我上班時那些神正好也出來辦事，等白天回去睡覺祂們也在睡覺，彼此相安無事不是很好？而且，在餐廳這邊我還蠻擔心的是，有一天被學校那些龜蛋鳥蛋看見我在幫他們開門，我的「歡迎光臨」大概就要破功了。再來我也不用聽到媽媽跟兒子吵架時說：「以後你就來這裡給人端盤子。」這類的話還要一直裝笑，好像她講的話很值得我笑。在汽車旅館就不用擔心這個，那些開車進來的自己才要擔心。我很快就答應了。

我被露西帶到那邊，負責帶我的是個矮胖的中年人，也許長得黑的緣故，露西要我叫他黑炭叔。「伊阿尻的朋友啦。」黑炭叔聽她這樣說，「喔」地看我一眼，由他領著我把整個環境認識一遍。說出來你不要笑，我差不多走了半圈後就愛上這裡了。我簡直是來到觀光景點旅遊，而且這裡搞得比外面那些觀光景點還要精緻、講究，草皮、瀑布、假山、石燈籠、植栽的層次感等等，二十幾幢房間就藏在彎彎曲曲的庭園造景後面羞於見人，這麼漂亮的環境我當然願意幫它灑水撿樹葉，在草皮上搭個帳篷野餐，拿出書本好好讀一個下午。奇怪，外面那些給人讀書的場所，圖書館、學校的庭園，反而沒一個像樣的，不是擺上醜醜的雕像，就是立一塊墓碑一樣的石頭，上面刻有「優質卓越」幾個大字，難怪大人老愛罵小孩

「書讀到哪裡去了？」搞不好把學校搬來這邊，小孩子會變得比較愛讀書有氣質。雖然這裡的空氣有淡淡的交配氣味，不過它們混雜到一個程度後就不那麼噁心了。而且打掃房間的工作另有專門的歐吉桑，我只需幫他把推車送到每間房門口。

黑炭叔說，光這些庭園造景的花費就比房間那些按摩浴缸、義大利燈飾、瑞典名床要貴上許多。我懷疑那些半夜像賊一樣開車闖進來的，會有興致欣賞這麼浪費的庭園嗎？他們又不可能像阿奇的光碟裡面演的歐洲古代宮廷的淫亂派對那樣，男女脫光光甩著老二奶子裝作是亞當夏娃，蹲在瀑布底下或彼此交疊在花叢裡，一邊驅趕蚊子一邊做那愛做之事。也許他們交配完，就坐在紗簾後面點一根菸，欣賞我修剪樹葉的身影？這可有趣了，如果這樣的話我大概是這些蕩婦淫郎辦完事後第一個被看見的人，而他們長成圓的扁的我永遠不會知道。

黑炭叔還要求我，目光不能直視客人的車子，即使不小心被你看見他們是經常出現在電視上的某男某女，而因為是來這種地方，他們必然顯得慌亂，你也不能有一絲「我看到了」的表情。我有點好奇他看過誰來這裡，不過我沒問。對於他們來說，你只不過是一具懂得說「歡迎光臨」「請問」「謝謝」，動作表情比機器人要靈活一些的機器人而已，黑炭叔說。即使這樣，我的警覺性還是要有，「來這邊的十個中有九個來找相愛，一個來尋短。來尋短的十個裡面大概只有一個真的做了，十個真的做了裡面最少有九個都能被救活，眼睛要放亮一點，不要傻傻的送他們進去就沒自己的事。」開玩笑，他們的車子上面又沒標示「我要自殺」，我要怎麼判定每十個中的哪一個？難不成要我去練心電感應還是抽籤卜卦？

黑炭叔又告訴我，之前一個女人開車來房間裡生炭，還好她笨到不會生火，弄得滿屋子嗆白煙，快要昏倒了才跑出來。被艾蜜莉知道，叫那個服務生不用來了。真是離譜，要我不能直視客人，我又不能請他們把車窗搖下來一些，誰會知道他們想來幹什麼。「直覺懂嗎？」黑炭叔有點不解地問，學校老師都沒教嗎？你們同學想不開你會看不出來？你看人家法醫楊日松，退休了待在家裡，鬼都會撥電話到他家拜託幫忙破案，靠的就是直覺加上他的靈力，懂嗎？靠，我要是那麼厲害，還需要來這邊替那些男女服務嗎？乾脆我也來開家神壇好了。

10

我陪著黑炭叔做了半個晚上的見習，離開時已經十二點，他叫我明天傍晚早一點過去，之後這邊的晚上就要交給我。路上已經沒什麼車，呼呼的風聲裡有一種白天不太能聽見的安靜，就藏在你平常經過的那些路上，也許是被許多聲音、氣流掩蓋住，到了這個時候全跑出來。它們跟在你身邊，讓你覺得路好像變得寬些、平坦些，讓人不想那麼快就把路騎完，任由計程車、遊覽車、貨車從身邊快速超過。你覺得沒什麼好趕的，在那種安靜中。一切的聲音都還在，遠處嗚嗚的救護車、嗡嗡的飆速摩托車、一輛輛從頭頂的快速道路劃過去的呼呼聲。在那種你還不是那麼熟悉的狀態裡，似乎有什麼等在那裡。你看見了，可是說不上來那是什麼。

回去後我睡了一個長長的覺。我在光線充足的房間裡睜開眼，快十一點，氣窗的玻璃被外面的陽光氳成一塊散發著亮光的牌子，這樣的天氣真該到外面走走。吃完早餐，我散步到公園的池邊，許多老人坐在榕樹下的長凳上，眼神不像那夜遇見的老人不斷朝路人噴出火光，反而像要熄滅的燭火，吐出濛濛煙霧望著路人。榕樹身後的圖書館一長排落地窗玻璃投射出刺眼的光，我朝那邊走去。

我在書報區裡待了快一個小時，突然門口一陣鬧聲，十幾個幼稚園小朋友衝進來，鑽進櫥櫃與櫥櫃的走道間玩起捉迷藏，然後見到鬼似地到處雞雞叫，而他們的老師癱在閱覽室門邊的椅凳上發懶，終於鬆了一口氣地裝作什麼都沒聽見。那老師的對面牆上一張海報標題吸引我的注意：「如何練就你的獨孤九劍」。旁邊一行副標題，寫什麼創造命運的內功心法，來演講的當然不是少林寺駐台代表或太極門掌門人，而是一個上過電視的暢銷作家。不過我沒看過他寫的東西，因為他的書也是那種塑膠包膜黏緊緊，一大疊一大疊堆在書店入口的平台上，封面大大的半身照，下巴跨放在食指拇指擺出V形的手勢上面，很奶油地對大家笑，背景是那種終年積雪不化的高山，好像他剛從山頭那邊練完神功下山。一看到封面上的雪山背景，這才發現那些幼稚的幻想已有一段時間沒來找我，從那晚離開公園後，我差不多就忘了風清揚令狐沖，這一陣子腦子裡裝的都是「歡迎光臨」「謝謝」「需要為您服務嗎」這些。我本來要走了，視線卻黏在海報上的「獨孤九劍」「命運」這些字眼上，突然間我想到，會不會這是一種暗示？那個真正的風清揚其實一直在等我，如果我有辦法找到他，他的一身絕學就等著我來繼承，是我自己沒準備好，所以無法從芸芸眾生裡把他認出來？

我決定留下來。演講一點鐘開始，還好我到得早，幾百個位置很快被門口湧入的人潮坐滿，兩邊的走道上站了幾十個人。會場裡面嘰嘰喳喳，突然入口處一陣騷動，是那個作家來了，由一個穿西裝打領帶的肥頭在前面帶領，上台後肥頭先致詞，好不容易在百忙之中邀請到作家來我們台中，我們台中這幾年的文化活動大家有目共睹，請大家熱烈掌聲。反正就這些廢話。怪的是肥頭致詞時朝我這邊望了好幾次，下台後又看了我幾眼。我右手邊一個尖下巴的女人轉過頭，「你那是局長的位子。」我心想那是要怎樣，左右都滿了總不能要我坐到前面的地板上吧。女人又說話了：「放心吧，局長已經走了。」大概覺得無聊想找人喊喊窣窣一下吧，她講話的時候台上那作家也看見了，我很不好意思地低下頭來。

作家一開頭就講到他最近寫的一本書，因為工作需要，他經常在香港洛杉磯東京機場飛來飛去，心裡一直有個不為人知的想法，就是當他看到行色匆匆的旅行團、提著公事包的商人在櫃台寄放行李、忙著驗護照、通關時，坐在大廳等候的他總希望飛機能延誤起飛，這樣就可以逗留久一點，好好觀察他身體所在的這幢龐大建物，由各國頂尖建築師設計，讓飛機停靠、有各國異色人種來來去去的巨大公園，怎麼好意思匆匆瀏覽之後就跟它告別？他讓他的心思他的眼跟在旅客的行李箱後面，想像那個在地上拖行的箱子拉鍊如果突然鬆開，不知會迸出多少動人的回憶跟故事？

其實你一聽就知道那種心情根本很假，但他就是有辦法講到機場窗外的流雲、機坪遠方的海、異國女子的微笑都剛好來到他家後院找他。我仔細看了幾眼台上的作家。兩側的燈光映照他的臉頰，他的臉比書上封面更加奶油，連肩膀上的襯衫都披著一圈淡淡的光暈。任何人站那裡都會出現那種效果。他講話時習慣不停翻動手勢，像在幫他把喉嚨裡的話順利地掏出來，也許是位置角度的關係，作家在翻動手勢的短暫空檔，會朝麥克風輕輕「噗」地喘一下風息的同時，眼神恰巧落在我的身上。為了表示禮貌，我很快咧一下嘴唇，表示有看到你在看我。他也翻了一下上嘴唇對我笑。他那掀上去的唇片黏在門牙上，需要很快速地用一根指頭將它撇落下來。

我的左手邊是個氣質像老師的中年婦人，她把筆記本靠在我和她中間的扶手上快速抄寫，寫完一段就停下來，用筆尖在剛才寫的幾個段落裡來回搜尋，然後把其中幾個詞彙用力畫圈圈，底下加一條波浪線，最後像在改周記一樣在旁邊寫上“good”，嘴角露出笑，朝講台上作家的皮鞋不斷點頭。我偷偷瞄了幾次加上波浪線的地方：「別人會那樣思考、行動，肯定有我們無法理解的道理，所以不要隨便去打亂別人的行為系統。」靠，好高深的學問啊。

整場演講不到三點鐘就結束了。我還是沒有聽到我要的「獨孤九劍」。冗長的掌聲裡十幾個從座位竄出來的女生擁上前去，手捧鮮花腋下挾住書本等待他的簽名。我擠在退場人潮的最後面準備離開，這時台上「哇——」一聲驚呼，作家手上的幾束鮮花掉落地上，我衝上前幫他把花束一一撿拾起來。

「這位同學，謝謝你。」他又翻了一下他的上嘴唇，我趕緊把捧花遞給他。「哇，這個畫面真美，要不要照一張？」他大聲驚嘆，要那幾個握住相機噗擦噗擦的女生幫我們合照。他的手過來摟住我。「來，不要緊張。」下巴靠著我的肩膀由我手上的捧花托住他的臉。閃光燈又閃了幾下，每個照到相的讀者開心笑著，讓我有種虛榮的快感，好像我是他的助理一樣。

「記得要寄給我喔。」作家朝幾個離開的女生揮手。捧花實在太多，他一個人無法順利離開會場，「願不願意幫我一個忙？」他要我跟著他把花送到下榻的飯店，「這都是讀者的心意，怎麼好隨便就不要。」我說沒有問題。「真的嗎？」他的上唇又翻了上去，「太好了，現在的小孩要是都跟你一樣，台灣就有救了。」

我和他一起搭上等在門口的黑色轎車。車上的冷氣吹得手上捧花的花瓣直發抖，不過我的額角、脖子的汗還是止不住地流個不停。這是我第一次坐這種車，和一個不認識的人到他要你跟他去的地方，除了緊張還多了點興奮。我必須承認我有點虛榮，居然能跟活在書本裡的作家坐在同一輛車上。他不斷張望窗外的街景，語氣飄飄地讚嘆：「哇，怎麼有這麼特別的樣品屋啊，可以送去義大利參展了。」「連泡沫紅茶店都可以開在中港路上，台中人真幸福啊。」那些話聽起來都很假，可他就是停不下來，搞不好他以為別人看不出來，才會一直那樣自言自語。

到了飯店門口，立刻有兩位服務生上前來接過我們手上的花。「先送到我房裡。」然後他回頭問我有沒有空，想請我吃下午茶。我說不用了，沒幫到什麼忙。他拉著我一直往後縮的手，「走啦，再客氣就很失禮喔。」一帶我穿過掛有兩人高的水晶吊燈的大廳，我跟在後面低著頭，眼神不怎麼敢跟身邊經過的服務生相遇。「您好，歡迎光臨。」他們捏著嗓子的聲音從我發熱的耳邊飄過。到了電梯口我才稍稍抬高眼角，把腳邊的大理石地板到天花板瞄了一圈。嵌在頭頂上方的暗色玻璃上面有一張跟自己一樣可笑的臉望著我，這裡跟我在外面認識的那個世界太不一樣了。我站在他後面等電梯。這電梯像是從外太空那邊趕過來似地，等了老半天才下到一樓。我跟著進去，兩邊的門闔上。我和作家各自看著鏡子裡的那個對方。

「不錯嘛——」他對著鏡子裡的我微笑：「年紀輕輕喜歡聽演講。有看過我的書嗎？」我不知該說什麼，喉嚨裡唔唔出聲，表示他的稱讚我有聽見。

我們來到二十樓的餐廳，天，光看那一百多扇排列成環形的落地窗透進來的光線，與窗外遠方髒兮兮的台中街景，有點後悔沒把相機帶在身邊，好用力拍幾張照回去。不過就算有相機，我也不敢在這些面露微笑的服務生面前做那失禮的事。旁邊那桌一個肥老外歪斜身子，露出肚臍對著窗外猛拍，肥肥的臉擠在玻璃前像隻貪吃的貓。「不要客氣，這家下午茶的點心很好吃喔。」我們一起走到擺放食物的吧檯那邊，我小心捧著盤子，很怕才剛夾上來的兩片燻肉、幾朵菜葉一不小心全滑到地板上。

乖乖，我們邊吃邊聊了快一個小時。我想到黑炭叔要我今天早一點過去，不過時間其實還早，又想在這邊多留一會兒。極大部分的時間他在講，而我只是聽，偶而嚥著生菜葉「嗯，嗯」幾聲，好像他在為我進行一場一對一的免費演講。他的眼神不時透露出一種我無法理解的神色，每講完一個段落就問：「這樣說你懂嗎？」然後那種眼神又出來了。這下本來覺得沒什麼好不懂的我又困惑了。那是什麼意思？是在考驗我還是想暗示什麼？趁他轉頭望向窗外，我趕緊偷看一下自己那張玻璃上隱隱浮現的臉。我的表現應該還好吧？我在他的表情裡偷偷找了幾遍，他應該不至於覺得我很蠢。

這時我突然想到一件很重要的事，天，怎麼就忘了呢？這事讓我差點笑出聲來，而他也看見了。「怎麼了？」

「沒，沒事。」我又偷偷看了他一眼，他聳了一下肩膀，「很好，你終於比較放鬆了。」被他這樣一說，我更確定剛才心裡浮現的想法搞不好是真的：也許眼前這人就是我人生中真正的風清揚！我怎麼沒有想到呢？

接下來的我可就鎮定多啦。開玩笑，師父在前，做弟子的怎麼可以畏畏縮縮像個不成才的混混不懂禮貌？搞不好剛才我們的談話裡他已經露出了幾招獨孤心法在裡面，是我自己沒抓到人家的精髓，腦袋裡的漿糊夯夯的不知在攪什麼，我應該更認真聽才對啊。好在他還沒有要放棄我的意思，繼續講他上個月旅行的遭遇。這下我總算有聽進去了，天！人家去西藏遇見一個閉關十八年的老喇嘛，這時他突然問我，「你幾歲？」「十八，再半年就十九了。」「嗯，想想看，你出生時候人家就進到山洞裡修行。」他和喇嘛在寺廟裡聊了整夜的佛法，對方還送給他一顆宗喀巴時代流傳下來的綠松石。

「在這裡，」說著從襯衫裡拉出一條銀項鍊，底下嵌一塊不規則的綠色石頭。

「這能量很強的，」見我沒反應，「綠松石很珍貴的，你知道嗎？」

我搖頭。心想松露巧克力倒是有偷吃過，也是很貴的。

「那宗喀巴你知道嗎？」

我又搖頭。

「不知道？」這下他的聲音有些拔高：「歷史老師都沒教嗎？幾百年前的佛教大師耶，說起來算是達賴喇嘛好幾世前的師父哩。」

本來我想回答，聽得出來那是個厲害的人，又怕說了會被他笑在心裡，只好不停點頭來掩飾我的尷尬。

還好他很快就停止這個話題。「你看！你們台中這時候最美了。」我轉頭朝他手指過去的地方用力看著。天色一下子轉暗，骯髒的街景因為點亮的路燈和車燈的流動，加上天邊幾抹晚霞，確實比我們剛坐在這裡的時候好看多了。我繼續點頭「嗯，嗯」出聲。

「你晚上趕時間嗎？」

「啥？」不過很快我回答：「要打工，沒關係還有時間。」本來我還想說，如果你要我今晚請假，我可以打電話過去說的。

懷著忐忑不安的心，真的我必須說，到那個時間點我已經沒必要搞虛榮，我高興的原因是我可能真遇見了師父，而不是這飯店的蛋糕壁紙水晶燈使我高興。不然，不然接下來發生的事我寧可不告訴你們。我和他一起搭電梯往下三層，走到他的房間。「好累啊——」我的師父，果然人前人後很不一樣，想必許多武功高強的能人在個性上都有他獨特之處。關上門後，他像個小孩癱倒在床上糯了糯，兩隻鞋跟往後一踢，一隻滾到地毯上，一隻半掛在他的黑襪上。我站在那裡，看著棉被很快被他揉出一團皺褶，有點替今早辛苦摺棉被的那個阿桑感到惋惜。

「這裡還好吧？」他翻過半個身子睨著我，半邊臉頰有底下手掌撐住的關係，眼梢斜斜飛高，眼神讓人有點不舒服。

「很好。」不知道說什麼。「我很喜歡。」

「喜歡？喜歡什麼？」

他解下半條褲鍊，「整天穿西裝，煩死了。」裝作很自然地鬆開皮帶，好讓褲襠的開口跟隨他左右翻身而自然往下敞開，再敞開。嗯，很好，我看著那條桃紅色的螢光小內褲裡面好像有人在招手，這下我總算明白，他找我進來做什麼。

「喜歡嗎？」他還想問。過來拉我的手過去他那邊。「來嘛，這裡面又沒裝炸藥。」我說我要走了。他跳起來，褲子滑落到膝蓋，露出兩條白皙的毛茸茸的腿，臉上表情有些驚恐：「你不會說出去吧？」

「說什麼？」

這下他真的生氣了，把褲子拉起來嗔怒：「你是真不懂還是假不懂？」

「什麼啦。」他搞得我有點慌，「你不要嚇人好不好？」

「我嚇你？」聲音一下子拔尖，害我的肩膀像被電了一下。「我對你這麼好你還說我嚇你。你們、你們台中人——」然後像個小孩傷心地趴在床上嚶嚶哭了起來。我望著床邊過去窗簾縫裡的玻璃倒影，很怕明天我就上了社會版面，轉頭扭開門快步走出去。

還好上班的地方離那飯店不算遠，我走得很急，差不多二十分鐘就到了。明天一早再搭公車回圖書館那邊牽摩托車。我邊走邊想，剛剛是怎麼了？好好的一個人怎麼突然說變就變？他的聲音、表情，怎麼跟原來的他差那麼多？會不會那飯店的某個地方藏了不乾淨的東西，電梯、走道，還是樓梯間，我們走著走著他就遇到了。起先我這樣認為，不過回想剛才逃出房間衝進電梯，跟鏡子裡疑惑的目光撞見的那一剎那，馬的，我總算明白了，什麼風清揚，這傢伙根本是東方不敗。

11

我在那汽車旅館工作了三個多月。那段時間我過得極順心愜意，除了剛來的那個禮拜，我像患了過敏症，經常被路樹飄飛的棉絮、水溝蓋裡喘喘流動的氣味搞得噴嚏連連，鼻子裡躲著一列駛不出來的火車嗚嗚叫得我腦漿翻騰，眼淚直流。習慣後就好了。說是愜意，倒不是我跑到遙遠的小島度假，每天懶洋洋地躺在椰子樹下的搖床上，對著海那邊的夕陽瞇著眼縫，等人拍寫真集的那副蠢樣。事實上，我只是在市區某條馬路轉進來的汽車旅館裡，整夜穿梭在虛假的度假氣氛的庭園裡當服務生，從晚上七點到隔天清晨六點半，幫每輛外觀晶亮玻璃墨黑的汽車主人遞房卡、收錢，然後彎下腰，祝福他們有個美麗的交配夜晚，有的還會給我小費，我怎能不感謝他們。客人匆匆離去後，我還要幫歐吉桑收拾他們的體味與垃圾，枕頭牆角噴上芳香劑，趕緊把滿屋子發情的氣味趕出窗外，鋪上新的床單毛巾，迎接下一組客人。然後在全世界慢慢醒來的清晨離開，騎車回去睡到中午。

應該說，那幾個月我正經歷不是原先的我所能想像得到的變化。跟之前的我比起來，我變得沒那麼容易憤怒、不爽。例如這個月初某日的凌晨一點，不曉得怎麼回事，某個房間裡的女人才和男人進去不久，似乎還沒交配就匆忙逃出來，要我幫她叫計程車。沒多久房間裡的男人打電話過來，要我幫他叫女人。「先生，不好意思，我們沒有這種服務。」開玩笑，前一個女人才坐上計程車，他又要把下一個女人當計程車叫來。那個奧客，突然像頭會說人話的野獸吼了起來：「幹你娘咧，沒這種服務你也敢講？你頭殼裡面裝啥？我跟你講，我熟識你們副總，我叫伊給你沒頭路，你要信否？」那傢伙指的是艾蜜莉。半小時後艾蜜莉真的出現了，奇怪這麼晚了這女人完全沒有睡容，真不曉得她住在什麼樣的世界裡。她親自過去敲那奧客的門，十分鐘後出來把我訓了一頓。問我腦袋裡裝什麼，這麼簡單的服務都不會，不曉得你還會什麼。同一個晚上跟我說話的兩個人都關心起我的腦袋，有點莫名其妙地讓人想笑。艾蜜莉大概唸了快半小時，我只發覺從我耳朵連到身體裡面的炸藥庫的引信，不知什麼時候被澆熄了，連個滋滋冒煙的氣味都沒有。「是，是。」我不停點頭，然後目送她開車離去。

沒多久，那輛酒氣沖天的奧客車也開了出來。我的天，看來他在房間裡又灌了不少酒，「先生您好，」我按照黑炭叔的指示告訴他：「需不需要幫您叫計程車？」不問還好，奧客車的主人把車堵在入口處，開門出來，一腳把庭園燈踹歪，樹叢後面傳來窗戶拉開的聲音，大概被嚇到了，裡面應該有幾張躲在暗漆漆裡的臉看著我被罵。這是我第一次見到客人的臉，而且是為了被罵而清清楚楚地看著對方。我必須低著頭才有辦法看見那張臉。如果你見過他的樣子，就不會奇怪為什麼人家不想跟他交配。上車後他又搖下車窗送我幾句三字經，車子晃了兩下開走。願上帝保佑他。

我和歐吉桑很快把房間整理乾淨，這下子我才有了比較像樣的夜晚。我面向住房區，祈禱大家交配順利，一夜好眠。然後回到噴泉旁邊的石凳上開始晚餐。餐盒裡有四道菜，鐵板牛柳、炸豬排、酸辣嫩雞、蝦醬空心菜，雖然涼了還是很好吃。

每晚阿海下班都會送一個便當過來，說來這要感謝露西，不知道是對我特別照顧，還是因為阿尻是我朋友的關係，每天都吃得很好，難怪那麼多年輕人喜歡打工，如果遇到餐廳還算會煮的話。連早上回去都有前夜留下來的點心，阿奇拿來的東西反而堆著沒動。我和露西一個星期碰不到幾次面，她上班時我還在睡。只有在休假日陪她去過幾次玉市、還有吃便當會特別想到她。

不要看露西那麼兇，工作上俐落能幹，這女生迷信得厲害。她在玉市裡認識一個神棍，那傢伙不曉得耍了什麼陰招，讓露西乖乖買了一堆手環、玉珮，還有普洱茶。如果是為了感情迷信就算了，露西說她求的是平安。一開始聽她這樣說，還覺得這個女生蠻有智慧的，可是她想求的平安也未免太多了，客廳抽屜裡有個木盒子，裡面厚厚一疊各地求來的籤詩，豐原慈濟宮、鹿港媽祖廟、台北龍山寺、南屯萬和宮……，多到讓你懷疑這世界上有沒有平安這種東西，幹嘛需要到處問拚命求。她還告訴我她做過統計，哪間廟用的詞彙比較嚇人，動不動就凶光、災劫、千難萬難，搞得你心灰意冷；哪個神明比較慈悲，就算最爛的籤詩還有中平的程度，讓你下次還想再求，之類的等等。還有，她發現如果她穿淺黃色或淺藍色衣服出門，就很容易走到有供奉觀世音菩薩的地方；如果穿黑衣服，就會看到跟地藏王菩薩有關的東西，連那天開車不小心A到電線桿，上面都貼有「請常唸地藏王菩薩」。

到後來我覺得那算是她的娛樂，她可以放假專程跑台南一趟，說是去遊覽，回來後唯一的旅行證據是，盒子裡又多了一張鹿耳門天后宮的籤詩。有一次我們兩個都放假，她還問我要不要跟她去新港奉天宮，我趕緊推說堂哥要來找我。跟那個比起來，我還寧可去便利商店，你只要少少的錢就可以得到大大的滿足，買綠茶可以抽看看再來一罐，玉米片裡面可能有現金袋，豌豆酥截角可以用來抽筆記型電腦，跑到那麼遠的廟就算抽到一支上上籤，你還是什麼都沒有。

不管怎樣我還是很感謝她。我第一個月領薪水嚇了一跳，比我想像的多了好幾千塊。我第一次拿到那麼多錢，加上偶而客人懶得找零的小費，這比那些賺兩萬二的大學畢業生好多了。往阿尻店裡的路上，和那些技術學院學生擦肩而過，我很快就穿過那些虛浮的腳步，不去理會他們站在紅茶店外面，咬住吸管呵呵笑，空茫地望著路人的目光。我問露西，她買的那種手環貴不貴？下個月母親節想買一個送給伯母。她載我去文心路玉市，幫我挑了一個比較滿意的，要八千多塊。準備付錢時突然拉我到一邊，小聲地說要送一個給我，這種她有很多。真是個怪人。還好老闆沒有聽到。不過我還是緊繃了一陣，不是把你拉往憤怒方向的那種，而是一種不知如何是好的緊繃，一直到回來公寓，連一聲謝謝都忘了說。

我把手鐲交給阿奇，請他幫我送給伯母。阿奇愣了一下，「你發財啦？」然後說你跟你爸很像，老愛送些有的沒的。聽他這樣講還蠻讓人開心的，至少一想到我在賺錢這件事，心情就很愉快，雖然那種感覺只持續了幾天。而維持得比較久的感覺是，好像前面有路了。我是說在一天之中，我開始清楚知道在哪些時間點必須完成什麼，遇到狀況要如何處理，看是硬著頭皮還是厚著臉皮，就算事情解決不了，總有過去的時候。像之前遇到的那個沒交配成功的奧客，當你在經歷那事情，會發現之前窩藏在身體的某個巢穴正在瓦解搗散，那些動不動就爆炸開來的情緒散成比空氣還細碎的粉末，飄著飄著就沒了蹤跡，原先怎麼看都不順眼、目光穿透的空氣裡擦擦磨出千萬根毛邊的世界，變得沒那麼讓人鼻端喉頭發癢，非得要用力嗆它一聲才精神爽快。

我不曉得那種感覺能持續多久。到後來發生了一件讓我難過的事，還好很快就過去了。事情結束的那晚我哭了一場，幾乎沒受到什麼傷，想來還真幸運。事情是這樣的，我以為我談戀愛了，事實上並沒有。對象是之前學校裡的一個女孩，還沒真正認識她之前，我已經在學校看過她，不過後來就把她忘了。

會再遇見她是在阿尻那邊，有一陣子阿尻的台北朋友下來玩，有的已經考上大學，那幾天幾乎都來阿尻店裡坐。我和他們聊不太起來，他們不是找顆籃球戳在手指上不停轉動，就是把一個向後跌倒的街舞招式在地板上弄出不像是人掰得出來的動作，然後頭在地上轉、膝蓋像打了興奮劑一樣狂搖，搞得像隻發情的猴子。再不然就是講些很難懂又很遙遠的東西，什麼「科學家證明，在久遠的未來，宇宙會開始收縮，那時人們不再只記得過去，而是只會記得未來」、「所謂的心理學，就是把一堆無法證明的心理現象，勉強為它們加上一套說法，這就叫心理學」，不然就是「永劫回歸」、「存在的虛無」、「世紀末日與冷酷異境」之類，沒一樣是你能感受得到的，他們卻當作自己才剛從那邊回來，好像聊這些才能顯示他們很厲害。而不知哪裡冒出來的幾個傻妹，領口露得低低地坐在旁邊聽他們鬼扯。他們連停電幾分鐘的黑暗都坐不住，嘴巴停不下來猛喊：「什麼鬼啊，要悶死人了。」你唯一明白的是他們來台中，只是想把幾個台北沒看過的傻妹，好讓整夜在這邊浪費的唇舌能幫上他們的小弟弟的忙。他們腦袋裡裝了那麼多用來炫耀的廢物還是遮掩不了老二不乖的這個事實。其中一個在店裡走動時，老愛把兩肘撐開晃動著搧風，即使坐在椅凳上也會不停張望腋下兩邊的空氣，好像那裡有什麼寶特別值得多看幾眼。

而阿尻，這個怪人，他只是安靜地整理那幾桿沒什麼動靜的衣服，由著他的朋友炫耀他們愛講的話題，不太怎麼加入他們的談話，也很少過去坐在一起。他還是自己一個人，關心那些衣服怎麼排列，投射燈的明暗，空調的強弱，也許那是他的樂趣。會來店裡買衣服的客人，我沒看過幾個，甚至沒聽過收銀機「匡啷」拉開的聲音。他找來的那個女店員也真稀奇，永遠有修不完的指甲，好像她的指甲像綠豆芽一天可以長五吋，而她來這邊就只為了修指甲給客人看。

那幾天在阿尻那邊遇到他們，我就想早點走。儘管他們身邊的傻妹有幾個還蠻正的。我認識的那個女生，也坐在裡面。不過她就只是個傻妹，跟那些有點正的傻妹比起來，她一點也不搶眼，是那種長相吃虧的女孩。這不是說她醜，而是她可能需要被人看到第幾百眼，臉蛋五官都認得清清楚楚後，才會看到她那跟人家不太一樣的氣質。那種女孩當然比較吃虧，在這個每天幾百個女生從你面前走過的時代，誰還有美國時間把一個不怎麼入眼的女孩看上一百遍，看到那個女生的氣質會從主人身上飄出來蹲在你身邊，輕輕碰你幾下，等你過去跟她說話。

可在學校我恰好有幾次機會，剛巧月考的座位都排在她的斜後方，你知道她是來自那種特別班的女生，奇怪的是她不像她同學那樣腰彎得像根香蕉，頭埋在桌上啃考卷似地一行行猛寫，她在畫圖——我想起來了，那幾次她都這樣，畫完一整排再畫下一排，整張考卷背面畫得滿滿的。從我這邊無法清楚看見那些被她的筆排成一列一列的小東西是什麼，只知道她在做一件很開心的事，每畫完幾列就身體挪後一些，噘著嘴像在對她畫的東西鬧脾氣，然後就笑了。我只能看到她半邊的嘴角。然後她繼續畫，幾乎每張紙的空白都畫滿，一隻又一隻。我很好奇到底什麼東西讓她那麼開心，本來想趁收卷時湊過去瞄一下，不過趴著趴著就睡著了。有一次終於被我看見，原來是兔子的動作分解圖，十幾隻連在一起完成一個或跌倒或跳舞的動作，厲害的是每隻簡單幾條線幾個點點都帶著笑，在考卷上努力取悅它們的主人。

月考完的隔天，我們班臨時換到一間新教室上課，因為天花板莫名其妙漏水，上體育課回來幾個鳥蛋的書包濕了，有一兩個的手機、PSP浸到水，在那邊哇哩哇啦鬼叫。收我們這種學費的學校居然教室會漏水，我們馬上被換到資優班隔壁轉角的那間教室，剛好和他們成九十度對望。「同學們，在這邊乖一點喔，看看人家怎麼讀書。」胖虎這樣哀哀說了幾次。怎麼讀書沒看到，他們怎麼被罵倒是聽得清清楚楚。資優班的國文是鴨母王教的，搬過去的那個下午就見識到二三十個在走廊上鴨子走路的雄姿，唉，真是百聞不如一見。男生被罰也就算了，女生也一樣，我們班全湊到窗邊，像在觀看馬戲團經過那樣目瞪口呆，第一次見到那場面還頗震撼，不然那些鳥蛋怎會放下雞巴上的寶貝全擠過來觀看這校園奇景。那個畫兔子的女生也在裡面。不知道為什麼，看見她低著頭屁股蹶出來外面，上下兩個半邊分屬於不同身體，用不同的速度往前移動，我差點哭了出來。她不像那些男生們為了走起來順暢一點，乾脆抬頭挺胸讓壓在屁股底下的兩隻大腿好挪動一些，不會這招的她縮頭弓背像烏龜那樣後腳快要絆到前腳地走，有一次被後面踩住腳跟差點跌趴下去。唉呀，講到這裡真讓人難過，好好的一個女孩子，我趕緊從嗚嗚叫的那些鳥蛋身邊走開。那段時間她經過走廊，我總會偷看她裙子底下那雙腿，很怕它後來變得跟伯父家後面那個讀台大的女生一樣，一個好好的女孩子家就這樣給毀了。兩個禮拜後教室的漏水修好，我們又被叫回去原來班上。

而這些記憶隨著月考的座位又變換後，我差不多就忘啦。要不是她也來阿尻這邊，坐在那些男生後面的長桌邊，低頭畫著一隻又一隻兔子，我大概不會想起來。從她的眼神看得出來她不認識我，即使有看過也是那種沒感覺的樣子。阿尻跟她說我們是同學時，我反而害怕被她知道我曾經在她隔壁的教室待過，她問我以前讀哪班？「忘記了。」求求妳，不要再問了。我心裡喊著。「我不喜歡提那邊的事。」雖然這樣說，她倒是跟我聊到那個岳不群、他的鳥蛋兒子和太子班、三個女龜蛋拿同款古奇包的鳥事。其中那個肥婆教過他們班歷史，我跟她講了一些在辦公室罰站看到的古奇牌三女的德性。她呵呵笑出聲來，那種笑是從身體裡很幽深的地方拉出來的細細的一線，帶著一點氣音，好像自己的笑聲有多丟臉，不敢放太大聲地笑。而事實上全世界只有我看著她笑，那幾個大放厥詞的男生和傻妹的眼神正打得火熱，沒人注意到坐在角落的我們兩個。她倒是有辦法笑很久，嘴巴咧了半天才說一句：「不要那樣講老師。」你看她多假。

不過她也告訴我，那三女最近又買了同款的愛馬仕皮包。然後繼續畫她的圖，一隻又一隻小兔子連成一條弧線，每隻動作些微不同，像卡通連環畫那樣，畫完一個動作，又繼續畫下一個動作。我就看著那些小兔子在我眼前，由它們的主人帶領，像是在為我表演，安靜地做著分解動作，好像她想跟我說的話都在那些兔子身上。她畫圖時很安靜。她安靜的時候，身體上的氣味特別香，和那些傻妹——噢，講到氣味，我可能要修正一下我對這些傻妹的印象，就氣味來說，她們一點也不傻，她們會故意裝成傻妹全都因為那些男生。他們講的東西那麼無聊，她們的腦袋能聽得進去那才有鬼。

那女生的氣味一直靠我很近，真完蛋，害我的身體起了變化。真該去上班了，我在心裡催了幾百次，還是動彈不了。她終於畫完一整頁的兔子，最後那一隻比其他隻要大上許多，做出朝我撲上來的動作，我把身體從椅凳上拔起來：「我要走了。」

「啊？」她的筆尖停頓在那些兔子上方，像根細長的好吃的胡蘿蔔，兔子們巴不得跳出來咬住她的筆尖。「那我們可以再聊嗎？」好險她講得很小聲，不然我可能羞得滿臉通紅。我接過筆，很快把電話寫在那些兔子的旁邊。我希望所有人都沒有看到我在做什麼。

那夜她傳了三通簡訊給我，第一通寫得有夠長，什麼李老師（那個肥婆）其實人不錯啦，她身體不好還經常來幫我們班補課，我們不要那樣講老師好不好？不過你說話真的很有趣之類的。第一次有人誇讚我講話，我的臉又紅了起來，不用照鏡子自己都知道，害我不曉得要怎麼回她。沒多久又來了，手機在桌上閃了一下螢火蟲的亮光，我拿起來看，「工作會很累？」這太好回答了，「不會。」我馬上回她。她又來了，「在幹什麼？」我一下子開心起來，所以她是對我有意思？我得小心點才好。其實我今天已經想了她一百多遍，腦子裡湧出一大堆問題，誰教妳畫兔子？平常在家裡做什麼？什麼事會讓妳心情不好？妳爸媽會不會管妳交朋友？妳都看什麼書？喜歡金庸嗎？種種的問題等著讓她來回答。我傳簡訊的功力超爛，好不容易打完一整行，就莫名其妙不見了，只好反問她：「妳呢？」

她沒再回電。我開始後悔了，她一定覺得我在玩她，所以就不回了。也有可能是我沒傳成功，可總不好把同樣的話又傳送一次。也許她睡著了，也許還沒睡，繼續畫她的兔子或東摸西摸些我猜不到的事。而她不就是想知道我在做什麼，才會傳簡訊給我？想到這裡我又開心起來，但是沒多久我又迷糊了，到底是我在喜歡她還是她喜歡我？

接下來我做了一件蠢事，我打電話問阿奇，如果有女生跟你要電話，又傳簡訊給妳，那她到底想幹什麼？阿奇的聲音矇矇的：「她寫什麼？」「沒啊，就問我在幹什麼。」「呵，白癡。」阿奇說：「她想跟妳上床你會不知道，她漂不漂亮？」

整夜我把那三通簡訊看了一百多遍，每看一次心裡就冒出一個新的回答，好像她還在跟我說話。天很快就亮了，開始有車子趕著離開，快七點，來接班的黑炭叔摩托車一停好，回頭望著入口那邊問我：「你把人家怎麼啦？」聽不懂他說什麼，我走出來，一個穿制服的女生站在那裡。我的天，應該是阿尻跟她說我在這邊。一個高中女生站在汽車旅館門外，給人家看到還得了，不過我還是很開心，要不是那些房客還在做最後的交尾或睡大頭覺，我真想大喊出聲。在全世界還沒清醒過來的早晨。

我陪她走了一小段路，沒有說話，可那感覺比說什麼都好。空氣中有一種涼涼的味道，那氣味的後面跟著她身上的味道，噢，老天，那種女生乾乾淨淨的氣味真要人命，比在學校遇見的那些好聞的氣味要，怎麼說呢，能讓人安靜下來，好像空氣裡有人遞來一杯香氣馥郁的茶，難怪很少聽說清晨會出現色狼，就算有，也許聞到那氣味後，整夜蠢動的歹念就熄滅了也說不定。以前我在學校收到這種類似的氣味已經是女生們從蛋餅漢堡味充斥的校車裡出來，寫完早自修的第一張考卷，跟同學冷戰兩回後那種混雜過的。真不該讓女孩子去上學的。可我已經陪她走到站牌那邊，她就要去上學了。

往回走的路上，我踩在鋪得不怎麼整齊的紅磚上，巷子裡的車輛歪七扭八停放，我小心穿過它們，一直回味剛剛那一段，不敢相信那是真的，可那氣味一直跟在身邊，也許它已經進到腦子裡被記憶下來，成為我整個人的一部分。那女孩的氣味像清心普善咒，讓你可以比平常的自己更安靜，覺得沒病都想生病，好得到她多一點的安慰與關心。雖然我和她的距離還有一大段，不過這也沒什麼不好，像她那種氣味離遠遠地感覺反而更美。噢，說是這樣說，回到住處的我準備要睡去，又覺得弄丟了什麼東西，翻來想去就是找不到。剛才真該問她，今天不要去學校了，好嗎？也許她在等我這樣問，可她還是要坐上車的，不是嗎？

我又睡進那個霧濛濛的，海浪上下的浮動都化成好聽音樂的夢裡，摻雜隔壁有鐵鎚敲打牆壁的聲音。我有些明白了，那些音樂就藏在我記憶的某些抽屜裡，它們曾經出現過，所以這次來了我就記得，它們是真的。

那兩個禮拜，一開始我們約在中友百貨後面，後來我多準備一頂安全帽，跟她約在學校附近，這樣可以比平常多半個小時的時間，讓她靠我更近。阿奇說過，當一個女孩坐上你的車，很有可能表示她是你的了。他還跟我說過一招蠻賤的測試方法，你可以回頭跟後座的女生說，如果我們的摩托車摔倒，其中一個鼻青臉腫的話，另外一個也會很慘，這樣講她還願意被你載，那就差不多了。我當然沒跟她說，只是讓車子慢慢載著我們，穿過半個城市的髒污空氣，找一家不會有人認識我們的紅茶店，看她一邊讀書一邊畫她的兔子。有趣的是店裡每次都有十幾個學生來打牌、玩電動，鬼吼鬼叫的，可她就有辦法兩隻小腿斜斜擱在一邊，身體糯在椅榻上跟所有的聲音自動隔絕，明明飲料是冰的她還要小口小口地朝吸管裡面吹氣，那動作真好看。好像那一吹，那些惹人煩厭的鬧聲完全被阻隔在外面，跟她沒了關係，她可以安靜在那裡面用原子筆孵著她的兔子。她真的跟我很不一樣，那些鬧聲一進到我耳裡像是失火了一樣，一刻不得安寧，我真想擠到她那邊，同她安靜地看著兔子一隻一隻誕生。

然後她的補習時間到了，我又要看著她的眼神上演「如果你開口，我就跟你一起離開」的戲碼。她在等我開口，明明知道我要上班，而她又怎麼敢蹺課呢？她只是個不停畫著她的兔子的乖女孩，雖然再乖的女孩對那種事也會有期盼，用她的眼神。那種感覺悶透了，如果我還是個學生，也許會帶著她去體驗一下偶像劇裡面的情節，蹺課，然後爬上某幢大樓的觀景台，邊吹風邊看著整個城市發情的夜色，邊驅趕腳邊的蚊子，然後我們也跟著發情。

我差不多要上班了，雖然我的工作只是把房卡遞給來這邊交配的顧客，是我自己選擇要去上班的，我得趕緊逃到那邊去。不過她還是靠過來了。整晚我的手機像螢火蟲一樣亮了幾次，她又開始傳簡訊，下禮拜五晚上有空嗎？我爸媽會去南部，如果可以，希望有人能陪我看夜景，那種只屬於我和另一個人的夜景。

真是的，我總不好回她，夜景哪裡都有，看是要看哪一種。被她這麼一問，我也真的很想奔去看夜景。可夜景不就一秒鐘就看完了？然後呢？剩下來的幾萬個一秒要做什麼？如果真要看夜景，我得把我摩托車的油加滿，輪胎煞車都要正常，雨衣最好也準備，還有山上蚊子那麼多，萬金油也要帶著，手帕衛生紙都要帶一些，到時候用不用得上誰知道。然後彎彎曲曲騎到大肚山或新社山上，終於看到腳底下一片暗漆漆的土地上冒出星星點點的燈光，兩人都覺得屁股坐那麼久就為了看到這個，也許很感動，甚至流淚什麼的，然後呢？搞不好她真的沒想那麼多，是我自己幻想過度愛編故事。那種討厭的感覺又來了，天底下最無法拒絕的，就是明明你自己也很想去做的事。壞就壞在你想拒絕那上面。

我告訴自己，事情就這麼簡單，她只是想看夜景，就這樣。為了滿足小女生的心願，我請黑炭叔幫我代班半天，十二點多，我來到她家巷子口的便利商店，她已經站在雜誌區前面等我。我的天，只是去看夜景，她穿得像是要上台表演一樣，短短的公主裙裡面白色長襪，臉上也塗了些妝，走起路來有些雀躍，簡直是她筆下長得跟她最像的那隻兔子跳了出來。

女孩說，我們去都會公園那邊吧，我帶你到一個可以看夜景的地方。半個小時後，我們來到她說的那個地方，還真的有一堆跟我們一樣白癡的傢伙，兩個兩個靠住一排欄杆，望著腳下浮現的好幾種燈色交織的夜景。也有半夜牽狗出來蹓達的，人和狗各在繩子的一端，或近或遠地感受彼此的拉扯。我們往前走到盡頭的草原那邊，背後的台灣海峽壓過來陣陣灰霧，很快地那些燈色像喝醉了一般，開始迷茫地尋找彼此。在這樣的景色裡聽見的聲音很空，所有聲音的主人像是在另一個世界退得遠遠地。不過我還是可以辨認出我上班的地方在底下微細亮點的哪個位置，它們和那些噁心的霓虹燈招牌一樣，都是這整個美麗夜景的一部分。

我們在草地上坐沒多久就離開了，女孩搖搖晃晃地站起來，說這樣的夜景讓人頭暈。她帶我往前方的樹林裡走去，真懷疑前面怎麼會有路，穿過樹林後，一片半人高的草叢遮住我們的去路。這裡真的太陰森了，讓人懷疑這片草叢的下方大概是什麼公墓，起碼有上千個沒人照顧的鬼魂在附近飄盪，從草叢的身上踏過都可以感覺到他們在看我們，不過不會恐怖，因為我那時的心情他們一定都知道。走沒多遠，女孩喊她的腿痠了，靠，在整片鬼魂環繞的草叢裡喊腿痠，都是他媽的鴨母王害的。

要我揹妳嗎？這個時候這樣問很正常吧？顯然她覺得不是很恰當，自己又拖著腳步走了一段，真是怪女孩。前面很快出現一片只長到腳踝的草原，看來她是要帶我來這裡了，一片四周被黑暗樹林圍繞的與世隔絕的草原。你絕對想不到，在你居住的城市裡有這樣一個地方，而她居然找得到。

我和她並肩躺著，我們的手放在隨時可以感覺得到彼此的地方。這裡讓人有些發冷，鋪墊在底下的草軟得像海浪一樣，真擔心等一下草浪一退走，人就要陷落下去。霧氣不斷從眼前飄過，那種移動的速度不斷在提醒你快離開吧，可女孩只是安靜躺著，好像就為了專程帶你來感受她曾經體會過的。我猜她一定和別的男生來過這裡，那時體會了什麼只有她知道，她沒說我也沒問。完蛋的是，她身上的氣味開始過來了，帶著一點很適合交配的那種氣息，噢，真的很完蛋，我真不該和她來到這種地方，一定會出事的。那種氣味和交配的氣息相互混雜後，再裹上濕涼的草氣冷冷的夜霧，任誰都很難抗拒那股不懷好意的力量，害我一直起雞皮疙瘩。如果換作是你一定會覺得，在那種情況遇到這樣的事簡直美呆了，沒錯，可我就是不想。我還不想被那種團團包圍的感覺將我整個人佔據。

她的手機擺在伸手可以觸及的地方，每幾分鐘就按一下，像具發光盒子。「妳在看什麼？」「時間。」然後告訴我現在是兩點五分。十七分。三十六分。然後說，你看，我們還在這裡。講得沒頭沒腦的，這裡指的是那個時間點，還是我們躺著的地方，我也懶得分辨了，我只知道，現在全世界和我靠得最近的人是她。她和我正在經歷一些蠻白癡卻還不算太差的感覺。也許她有她的想法，誰知道。

回去的路上，女孩的手緊緊環住我，有那麼一刻，你可以感覺她在向你靠近，也許是因為冷，但她真的有比較靠近。「你覺得阿尻怎樣？」她靠在我耳邊問。我說我不清楚。「他不是你朋友？」「我們沒那麼熟。」「喔。」我們沒再說話。女生就是這樣，不是愛比較這個和那個，就是扯其他人進來問東問西，她們就是很難專心。幾分鐘後她又開口：「阿尻倒是很喜歡你。」「喔。」我還是不明白她說這些做什麼，也許她只是覺得無聊。

我送她回到便利商店那邊，天還沒亮，她沒要下車的意思，她說她不敢一個人晚上在家。「所以人家才找你陪我夜遊。」我心裡撲撲跳，很怕她會說出我不知道要怎樣回答的話。果然她就說了。「去我家坐一下，好嗎？」這話問得還真是時候，有人在天要亮不亮的時候到人家家裡拜訪的嗎？她也沒問我的意思就自己往前面走，我趕緊跟上去，那種感覺像在作賊一樣，希望全世界沒有人看到天還沒亮我居然走進一個女生家裡。

她很小心地關上門，連燈都沒有開，黑暗中她說：「隨便坐。」聽得出來那聲音的主人比我還緊張，嗓子像被捏住，卡得緊緊的，連她自己都嚇一跳，不停清著嗓子好像要找回來她原來的聲音。

我坐在靠牆的一張沙發上，她不知找什麼在飯廳和客廳之間來回走動。我的背後掛了好幾幅放大的彩色沙龍照，雖然很暗還是可以看見照片裡的人，大部分是一個嬰兒被打扮成各種造形的沙龍照，頭戴南瓜帽、身穿米老鼠裝或穿蓬蓬裙扮成小公主。有幾張是兩個大人和一個小孩，應該是她父母親，不過那個小孩看得出來不是她。也許這是她不想開燈的原因之一。

「需要果汁還是汽水？」我還沒回答，她已經把飲料放在我面前，然後坐在離我很近的旁邊，幫我拉開瓶蓋，插一根吸管。我像快要渴死那樣「嘓嘓」地發出飲料快速流過吸管的聲音，而她就像是為了聽這聲音才坐我旁邊。真的有夠丟臉，因為除了喝飲料我不知道還能做什麼。有那麼幾秒鐘，我望著被瞬間吸乾的空瓶子，巴不得自己剛才就躲在飲料裡被我整個吞了下去。她似乎覺得這樣坐下去不是辦法，拿起瓶子往廚房走去，回頭問我：「你是不是不喜歡這裡？」

「沒。」天啊，從我喉嚨底部出來的聲音居然劈了岔，聽起來很心虛，真希望剛剛吐出的聲音可以吞回去。她問我可不可以先過去我那邊，等天亮再送她回去。又來了，搞什麼啊，我以為送她到這邊就算過關，想不到後面還有，而且從剛才到現在天色不是漸漸變亮了？

不過我還是點頭。她打開門，跟在我後面出來。快到的時候我把摩托車停在隔壁條巷子，經過巷子口鐵門拉下的神壇後，腳步愈走愈慢。等我們一起進到房間鎖上門，我就後悔了。露西就在隔壁，這下變得有點刺激，除非她睡死了，不然這邊的一舉一動她應該收得到聲音。起先我們像小偷一樣壓著嗓子說話，到後來她跟我要了筆記本，把要說的話都寫在上面，兩個人在本子上聊了起來。然後她開始畫兔子，在我的筆記本上面。她才畫了幾隻，我就睡著了。

我做了一個夢。我在一條從來沒走過的路上騎車，一開始騎得心裡慌慌的，像是偷了人家的車怕被發現，拚命地往前狂飆，一直騎到油錶的指針躺下，整條路仍然在前方不斷延伸，兩邊的電線桿、路樹很識相地讓出一條更寬闊的道路，連凹洞都不再那麼陰險，好讓車子輕鬆從它們身上彈起。接著我把手放開，雙腳蹬離踏板，讓車子帶著我的身體貼著地面飛了起來。這時候，我才發現背後坐一個女孩，雙手環住我的腰，從她緊扣的指尖感覺到她需要我。我回頭說，不要怕，我們是一起的。那雙手抱得更緊了。然後狀況就來了，我還來不及看清楚那雙手的主人是誰，前方竄出一隻灰毛叢生的怪獸，揮舞牠噁心的雙臂等在那裡。我趕緊把車頭轉向，車子斜斜衝進路邊的草叢裡，被拋在半空中的我，像是為了抓住那個美好的感覺，整個人懸在那邊，我知道我要摔下來了，兩手拚命往上抓，千萬別讓那墜落的速度追上來。

醒來她已經離開。矮桌上一整頁滿滿的兔子，還有前一頁兩個人歪歪斜斜的字跡，和

她的氣味。她真的走了，當我還在夢裡跟著車子騎到飛了起來，她安靜地摺疊我的棉被枕頭，推到床角排放，然後開門出去。昨晚發生的事一件一件在腦子裡飄過，我呆呆靠坐在牆邊。有些人的真實感，當你靠近他身邊時，才能聽聞到他的聲音與氣味，像那些身體變酸的女生、不斷在雞巴上狂按遊戲機的鳥蛋，一旦離開了，頂多你只會在無聊時發現他們像灰塵一樣，偶爾飄過那亂亂思緒裡的一角，大部分時間他們對你來說是不存在的。但有些事物，他們不在你身邊，你聽不到他們的聲音、看不到他們的形體，卻會拚命地把對方的聲音、眼神、髮型、衣服顏色，身上的氣味、講過的話，一一從記憶裡呼喚出來，這樣還不夠，你還會跟那些被呼喚出來的片段講話，幻想對方回答的表情，你一句我一句地編造，然後對著空氣傻笑起來。也許每個人都會有幾個這樣的對象，供他跟自己好好玩上半天，像金庸的小說、我父親，還有那個女孩。

她在我睡去的時候離開了。我在她離開的房間裡坐了許久，那些兔子沒有跟她的主人回去，它們在紙上靜止地跳躍，她真的有來過。我在那漸漸消失的氣味裡，讓它佔據我的呼吸、思考，不容許其他東西進來擾亂。好像這樣努力想她的那些時間裡，她就在我身邊繼續陪著我笑陪我講話，我們一刻也沒離開過。

12

從以前我就一直很想知道，到底一件事情的開始要從哪裡算才是對的，它似乎沒有一件事情的結束來得那樣清楚。譬如說從我踏出學校的那一刻開始，我就算是跟那鬼地方說掰掰了。可這筆爛帳到底要從那幾個龜蛋教官，還是那個放鞭炮的孬種、或者胖虎的身上算起，還是要往前推到我來這邊報到的那一天，還是那個老愛嘴砲的退休老師，似乎就沒那麼簡單了。又譬如我父親死去的那個早晨，算是他人生的一個終點，可在這終點以前，要是他沒認識我母親，也許他不會墮落得那麼厲害，要是沒去大陸做生意，也許後來不會那麼消沉，要是沒有生我，或許他的人生可以更瀟灑一些。起碼他出事的那晚也許他人不會在台中，那就不會有硬闖鐵路被火車掃過的事情發生，而那晚他人在台中有可能是他想回來看我。反正對他來說這一切都結束了。而如果事情的開始與結束可以像學校教的那樣簡單，那我就用不著花時間傷這麼多腦筋。在學校，寒假完了就是學期開始，鐘聲響了就是上課開始，考卷發下去就是睡覺的開始，一切簡單明瞭，用不著你煩惱。而如果不是我那麼愛管人家女孩身上的酸味，我就不會認識阿尻，或者他過來找我講話我沒理他，離開學校了沒再遇到他，也許我就不會認識那女孩，接下來發生的事就不見得是這個樣子。

事情是這樣的：那女孩——很抱歉我一直不曉得她的名字，有段時間我差點把她當成是任盈盈，尤其當她說話的聲音像清心普善咒那樣，把我那不斷起皺褶的情緒熨得平靜伏貼時。我沒喊她任盈盈的原因是我還不配當令狐沖。我和她去夜遊的那個晚上一定發生了什麼事，也許她覺得我不夠貼心，或者她想怎麼樣而我竟然就沒怎麼樣，還是被她父母親發現了，她沒再傳簡訊過來，只有在我傳簡訊問她最近好嗎？那邊只是平淡地「還不錯」回答。大概就是這樣了，畢竟我們真的沒怎麼樣，頂多在騎車時她有緊緊抱住我幾下，那幾下的記憶在我每次想到她就會浮上來擾亂一下，想趕它們又不那麼想讓它們走，真夠討厭。也許她坐人家的摩托車都這樣吧，誰知道？我總不好像警察檢察官辦案那樣，連這種事都要打電話求證吧？

而且詭異的是，不知道別人有沒有這種經驗，就是你愈想看到的人，當她不在你身邊，她的臉你怎麼想都想不起來，反而她的聲音、氣味，不用喊它們就自動來你四周繞啊飄的，它們就是有辦法緊跟著揮都揮不掉。這個時候妳在做什麼？還在畫兔子嗎？如果再這樣，我可能就把妳忘了喔。這幾句話我在心裡說了幾千次，那幾天我的手機像得了自閉症，什麼消息都沒收到。

那個禮拜發生一件離譜的事，扯的是事情發生在我當班的時候，而我竟渾然不覺，我只是做我一個服務生該做的，收錢、遞房卡、指引車子的主人前往他們該去交配的方向。其中一輛車子裡坐的不是別人，是那個岳不群，在他旁邊的居然是英文老師琳達。我是到小海送便當給我，順便帶報紙過來才知道這件事，差點沒噎死我。照片非常模糊，是從兩人背後不知道幾百公尺的地方拍的，車裡椅背上的兩顆頭被圈起來，連結到底下兩張個人放大版的照片，沒錯，一個是岳不群，另外一個是琳達。而站在車子旁邊那個穿制服的小小人影，按照日期時間來推斷，就是我了。這兩個蠢蛋，還有我被人家偷拍了竟然不知道。然後文字的部分就是差不多的情節故事啦：根據某人士透露給報社的消息，這所風評不錯的學校校長竟然是一匹惡狼，誘拐同校風騷女老師。報紙說琳達嚇壞了，記者採訪她時哽咽地哭著說，不曉得那個岳不群已經結婚了。還說因為最近被學校叫去當導師，心理壓力很大，整夜失眠，才約校長出來討論如何帶班的事。噢喔，如果真是這樣，那我還真的很對不起她。更扯的是那個岳不群，他說那個坐在車子裡戴帽子的怎麼可能是他，那天他一早就要跟音樂班的學生到機場，帶他們到日本進行文化交流哩。

小海離開沒多久，露西帶了一個瘦高、頭髮的各個部位捲成不同程度的蓬鬆、臉頰像被刀子削掉幾塊肉的女人來找我，一看就知道是整型害的，不過那女人似乎很滿意自己的臉，下巴抬高高地到處巡視。我覺得她很面熟，要說是整型整成大眾臉又不太像，看她的扮勢應該是我的老闆娘，不過我一直在想到底哪裡看過她，害露西跟她說我是阿尻的同學時，她才比較認真地看了我一眼，而我的目光居然停在人家臉上好一會兒了，真是丟臉。

「記者有沒有來找你？」女人問我，我說沒有。她應該是為報紙那件事過來，「如果被問到就說不知道，懂嗎？」我還沒回答她又開口：「因為你什麼都不知道，不是嗎？」然後就跟露西開車走了。其實在我剛來上班的那個禮拜，黑炭叔就已經告訴我這家旅館才剛上報，主角是一個民意代表跟一個中年女牙醫，女牙醫辯說她是來這邊幫民代看牙齒，因為這邊氣氛好，可以幫助病人放鬆，她連一整組的器材都帶過去了，黑炭叔還拿報紙上女牙醫展示看診器材的照片給我看。「這些東西到這邊要怎麼用啊？」我問黑炭叔。他眼神邪邪地對我笑：「你頭殼裡面是裝屎喔？以後若有這種事，記者來你就說不知道，知否？」還敲了我一記頭。

我打電話給小海，把那個趾高氣昂的女人稍稍描述一下，果然沒錯，那女人是茱莉亞，這間汽車旅館的老闆娘，阿尻的另一個表姊。第二天報紙繼續報導，那輛車經過求證，是岳不群的沒錯。他們兩個凌晨兩點離開，學生搭機的時間是早上八點，換句話說，岳不群說了一個很呆的謊。真納悶這人怎麼有那麼好的體力，都要出國了還先找人交配一下再趕到機場，而且讓人好奇的是他們兩個到底誰先看上對方？總得有人先開口吧。在什麼場合？校長室？會議室？第一句話該怎麼說？這位老師，請妳跟我交配，是這樣開始的嗎？

更有趣的還在後頭。報紙在底下畫出一個樹狀圖，說明我們這家汽車旅館和學校之間的關連，呵，簡直是在看連續劇「夜市人生」的故事大綱，先從那個茱莉亞講起好了，報紙上有她小小的一張照片，然後她旁邊畫一條橫線牽到一個肥臉的男人身上，那男人是個理容大亨，名下的事業有戲院、餐廳、汽車旅館、營造廠，在北屯開了一家黃昏市場和大賣場，而且還是一間學校的董事，天，就是我讀的那間學校。除此之外還經營生命禮儀事業，真是包山包海。這下我才明白，到目前為止，不只是我，我們許多人都活在這一家人撐起來的事業底下，吃的喝的、讀的學校、住的大樓、手上提的嘴裡吃的、從上半身到下半身、黃昏到半夜、交配到死亡，很難跟這傢伙沒扯上關係，要不是報紙，我可能一輩子不知道他是誰。而那個茱莉亞是他離婚後再娶的老婆，這幾年幫忙打點各項事業，跟他結婚前茱莉亞已經有個小孩，聽說半年前從台北轉學下來，就在男人投資的那間學校就讀——看來說的就是阿尻啦。不過這種新聞又不是總統全家貪污的等級，報紙把它和雇主逼印尼傭吃豬肉、大學生酒後性侵房東老婆的新聞放在同一個版面，至於阿尻開的那種鳥店就沒寫出來啦。讓我蠻驚訝的倒不是阿尻有一個這樣的媽媽，而是怎會有人把自己的媽媽當成表姊？總不會母子私底下還用姊弟相稱吧？

厲害的是報紙連那個顧人怨的艾蜜莉也寫進去了，當然，她也不是阿尻的表姊，而是茱莉亞的妹妹，所以阿尻要喊她阿姨才對。報紙說這個理容大亨最近幾年有這對姊妹花相助，事業蒸蒸日上，連帶在地方上的勢力也日益壯大，上個月老母八十大壽，總統府、立法院都有派人送賀匾過來。誰管他什麼理容大亨，我好奇的是被人喊一聲媽媽、阿姨真有那麼丟臉？叫表姊就比較好聽？然後重點來啦，為什麼岳不群搞女人的醜聞會被公諸於世？報紙推測有人想讓他校長當不下去，至於是得罪了誰還是誰想搶他的位置，只有當事人知道了。

不過這岳不群也真鮮，第三天他跑出來喊冤，說他頭腦再蠢也不會跑去自家董事開的汽車旅館，是真的有老師在教學上出現瓶頸，基於校長的職責當然要關心，到那邊開會比較能聊得深入一些，這部分有經過董事會同意，前一晚他還在為了學生出國的事忙到十一、二點，跟老師晤談只好利用半夜，他只是借用那邊的空間罷了。還真的有董事跳出來說明，只要在推動校務發展上有幫助的，哪怕是解決一個老師教學上的小問題，董事這邊都會予以支持，其他細節不多過問，請外界不要過度解讀。呵，照這樣說來，以後遇到節慶或犒賞員工，每個老師都可以收到董事會發放的住宿禮券供他們來休息聯誼，這樣記者就沒話說啦。也許下次值班時，開車進來的是胖虎和女龜蛋、矽谷回來的工程師載著古奇牌三女，還是哪個主任和董事長老婆我也不會驚訝，反正你們都是來開會的。教數學的頭等艙理論大師在上統計的時候說過，光是大雅路中港路五權路上百間燈紅酒綠的霓虹店家，如果一家店平均一天有五十個客人、每個客人一個月平均來兩到三次，而一個正常的男人平均有二十到三十年的時間都管不好他的小弟弟，必須溜到這種店裡玩耍，那麼請問：全台中有多少男人曾經背著老婆去那邊偷吃？真是白癡的問題，就算你能統計出來你也無法查證，有多少男人回去會乖乖跟自己的老婆告解，親愛的對不起，今天因為工作壓力大，我被老闆帶去那邊遭狐狸精蜘蛛精灌酒，後來實在太茫了，所以有沒有交配忘記啦。

而那些到了夜晚躲著白天那個西裝領帶的自己，關起門在裡面荒唐淫亂的傢伙，也許他們一倒在沙發上便急急把平日養在褲襠裡的那頭野獸放出來喘一口氣，找幾個女人互相灌酒、拉扯小妹妹的內褲扣環、咬吸大姐姐的水蜜桃……，然後醒來滿地摸找自己那件破洞百出的內褲穿上，套上襯衫繫緊領帶，回到上班的地方，繼續裝模作樣地演講、簽公文，把部屬叫來狠狠教訓一頓。反正他們來這裡開完會的隔天，又自動回復到平常我們看見的那個樣子，跟我們在同一個世界裡吃喝拉撒。

倒是那個琳達，很難想像之前她跟我們說的，交的男朋友是那種眼神像基努李維、笑容像喬治克隆尼、身材像 Rain、帥到根本是外星人等級的，如今墮落到跟岳不群這種的搞在一起。如果她未來的老公知道她跟那種男人開過房間，真不曉得她要怎樣做人。這都要怪那個偷拍的雜種混混，這樣就把一個好人家的女孩給毀了。以前我還蠻期待上她的課，只要她一走進教室，那些昏睡的鳥蛋都被教室裡四處推送的波動給搖醒了。說漂亮是還好，但是跟她辦公桌四周的女老師比起來，這要怎麼形容呢？你就會發現她來當老師有點可惜，胖虎說，她穿衣服能穿出風景，連老是辭窮到上課一直留白的胖虎都能講出這麼有意境的話。可她真是她媽的黃，美女黃起來會讓你笑死，她應該不會不曉得，所有從她嘴裡說出來的黃色笑話的女主角，只會讓人聯想到那就是她本人，可她就是愛講。高二上學期最後一堂課，她突然請我們吃巧克力，底下幾個鳥蛋當場變了臉色，「老師，妳要結婚了？」最後一排一個豬頭失聲喊了出來。「沒啦，想那麼多，是你們表現很乖，老師要謝謝你們，有結婚會通知你們。」「哇，才一顆，要我們把妳含在嘴裡嗎？」一半的人大笑，琳達也跟著笑，露出嫵媚的酒窩看著那張嘴的主人。真是有味道的女人。她是第一個讓我想到，如果有人問我好看的女人該是什麼樣子？腦子裡出現的大概就她那個樣子。那些在她課堂上偷偷把玩過雞雞的鳥蛋一定很傷心，好好的一個女生被一個中年老頭給糟蹋了。搞不好他們會覺得當初的雞雞都白摸了。

不過報紙著墨最多的倒不是在岳不群身上，而是茱莉亞。報紙把她形容成一個雄心萬丈的女強人——這下我終於想起來在哪裡看過她，如果你經過十字路口有東張西望的習慣，你一定看過她。全台中大小街頭懸掛的幾百幅噁心巨幅人像看板中，有幾十幅就是茱莉亞，大大的一顆頭高掛在三四樓高的牆面上俯視眾生微笑，從去年就掛出來嚇人。第一次注意到是坐公車時，坐我前座的一個女生突然喊了一聲：「啊，人妖。」附近幾個順著她手指過去的方向看，對面路邊一家海產店樓上垂掛一幅十條棉被大小的看板，明明是女人的名字卻有一張男人的臉，而且光是那張馬臉就佔去看板的一半，五官被強風吹得歪七扭八，沒一個擺對位置，有一段時間我們都懷疑那是個戴假髮穿女裝的男人，嘴咧得一輛公車都開得進去，與其說長得多難看，不如說人的臉一旦被放大到那種程度，反而會覺得人這種生物長有一張臉真是噁心的事。好笑的是她的看板底下不是提醒你要關瓦斯、就是電器要拔插頭才能拯救北極熊、開車要當心，妻兒在家盼你歸，過馬路也要專心，因為馬路如虎口之類。呵，真是廢話，如果過馬路很專心的話，怎麼可能撞見牆上那張出來嚇人的臉？原來她想選市議員，難怪伯父家的報紙夾頁中，經常收到那種很臭的彩色廣告紙，上面印有那個女人到大坑採橘子、在旱溪邊穿迷你短裙騎自行車，和一群幼稚園小朋友擺出「Ya」的照片，要不是印刷的油墨臭得讓人不敢靠近，那時我真想拿原子筆幫她畫豬鼻子，拿來蓋泡麵都嫌噁心。不過這樣對阿尻很不好意思，我居然嘲笑他母親，再說要不是因為她，我怎麼會有這份工作？

五月的最後一個禮拜，真是混亂的一個禮拜。禮拜一晚上八點，大門彎道進來一輛黑色賓士直接插在櫃台前面，是茱莉亞，臉色很糟地往我這邊走來。「你是丹尼的同學？」我趕緊站到她面前點頭。接下來她問了我兩個不知道要怎樣回答的問題，「他是不是在外面開小孩子在玩的店？」這就奇怪了，自己兒子的事怎麼還要問別人？講得好像阿尻在賣童裝一樣，那個艾蜜莉不是去過那邊，問她不就得了？

「不知道。」還是小心一點的好，看來這裡面有許多事我真的不知道。然後，第二個問題一丟過來，我的頭像被大沙包K到昏了一下。「他是不是在跟你們學校一個女生談戀愛？」我的答案還是：「不知道。」不過這下子我大概明白了，為什麼那個女生沒再跟我連絡。還好，我很快就算出來才八天沒連絡，只要再給我幾天時間，到端午節、或六月底以前，這件事情我很快就忘記的，到那個時候我就會對這件事一點感覺也沒有。奇怪的是我的腦筋變成火鍋店裡的鴛鴦鍋一樣，其中一半還能清楚思考這些，而靠近茱莉亞的另一半已經被胡亂涮了好幾圈，沒怎麼理會她的嘮叨，什麼她並不反對他交女朋友，而是他準備要出國了，這個時間點對人家不好之類。如果他有跟我連絡的話，勸他想清楚一點，感情這種事很麻煩的。

呵，這話從她嘴裡說出來還真好笑，也許就是覺得感情麻煩，她才會想要經營這種交配中心。當然我只是在心裡嘀咕，有趣的是，那個茱莉亞這時才注意到我，把眼珠裡的目光放在我身上，「你白天不用上學？」「我畢業了。」「那怎麼沒打算讀書？」我說就是準備要考大學，才出來打工。她聽了很滿意地點頭，「嗯，要用功啊，現在要出去跟人家賺錢很困難喔。」當媽媽的都這樣，一聽到讀書，好像所有的問題都不是問題，而事實上她們根本沒把一個問題拿來好好想過，只要能矇過去就好。她看我一直乖乖點頭聽她講話，又告訴我不管是她還是她的朋友，開電信做美容業的老闆，哪個底下的員工不是碩士、國立大學畢業？「你看這些學歷高的也沒比人家好，工作態度更不用說了，我看喔台灣再這樣下去很快就完了喔。」廢話一堆，前面還在勸人家用功讀書，後半邊又說讀書沒用，真不曉得她腦袋裡裝什麼。這種傢伙居然要出來選市議員，我真希望她選不上。

好不容易她終於開車走人，我一個人在庭院裡來回踱步，心頭卡卡的，好像有東西堵著需要拿出來解決一下，又不知從何解決起，因為仔細想想根本沒我的事。我有點慶幸後來我們沒再連絡，從她沒再傳簡訊給我的那個晚上，我就隱隱約約感覺到，不應該把一件事情隨便讓它往高興的方向走，這會很慘的。還好我有這樣想過，所以既然這樣了也就沒啥好難過，不是嗎？

不過，當我沒讓自己往這邊想的時候，我真的不知道該怎麼辦才好。也許事實不是這樣吧，誰知道？平常我們走進一件正在發生的事情裡面，圍繞在身邊的不也有許多是我們不知道的？像以前在學校，你不需要知道岳不群和琳達怎麼勾引對方，女龜蛋、胖虎沒課時在做什麼，你照樣過你的日子而他們過他們的。可現在，那些在某些事情的周圍，無法察覺的角落裡，有些事情的真相就躲在那裡。討厭的是，又不是多嚴重的事，可我就是不敢去看。

快十點，小海送便當過來時問我，剛剛茱莉亞有沒有來？她在餐廳裡把露西罵了一頓，說她兒子在外面開店怎麼沒告訴她，露西說那種小孩子扮家家酒的事有什麼好說的。「其實是他拜託露西不要讓他媽知道，你不知道那女人有多恐怖，她比艾蜜莉還討人厭，難怪她兒子寧可讓艾蜜莉知道也不跟她說。她以前還懷疑露西勾引她兒子，當我們的面拿皮包打露西的頭，真的有病。」

「所以，」我問小海：「他兒子沒在跟人家戀愛，是她自己疑神疑鬼？」

「誰知道？」小海問：「你看過那個女生吧？很愛畫兔子的那個？」

完了。我趕緊說沒有，我希望他沒看出什麼。「喔，」小海繼續說：「沒有就算了，那種女生最好都不要認識，明明就很假還喜歡故作天真，每次來餐廳也不會跟人家打招呼，一直坐在那邊畫她的兔子，像個智障一樣。」

很遠的地方有雷聲傳來。起初我以為是馬路上的坑洞被大貨車輾壓過去的聲音，很沉很重的空隆空隆，每響一次空氣裡就傳來巨大的碎裂聲，漸漸地那聲音離我有些近了，小海還沒有要走的意思。我大概暗示他一百次等一下雨會很大，而且外面的馬路很快就冒出好幾條河，到時候想走都走不了。他說這邊不是有頂級套房？下雨天真的有人過來？他活到這麼大還沒睡過那種一夜八千一萬塊的房間，「反正不要弄髒，就不會有人知道。」

我真覺得他該走了，不過又希望他能留下來陪我，誰知道他還會說什麼。「今天過來打砲的多不多？」他問我可不可以讓他參觀房間，「不要跟露西說就好，就當作在獎勵員工，搞不好我看了以後會更認真工作。」

「你不是不想做了？」上個月他考上一家私立學校的研究所，還請我喝一杯百香綠茶。

「怎麼可能？」小海說：「就是考慮到以後，才不敢隨便辭職啊。」

「那你先把八千塊準備好。」我把房卡遞給他：「萬一被抓包，你就當作你自己來開房間。」他的手反而縮了回去，伸出半截舌頭。「算了，不就是高級砲房？」往外面停摩托車的地方走去。

他一走我就後悔了。我沒要趕他的意思，他繼續拗我的話，我會把所有空房間的卡片都攤出來，像玩撲克牌那樣，由他自己抽中哪間就睡哪間。那些用來交配的地方只有鬼才相信一個晚上要八千塊。現在的我最好一個人靜一靜，當然小海他怎會知道我需要安靜。雨一下子就來了，從很高的天空整面整面不客氣地潑在地磚上撲撲亂跳，幾百條細小的水柱從玻璃下方往上攀爬，像在哀求我開窗讓它們進來。這雨真會下到把人溶化。也許小海努力撥開眼鏡前面的雨水往前奔的同時，有想到回頭來找我。這邊還有一半的房間空著，搞不好整晚不會再有人進來，誰知道？那些沒開燈時躲著幾千條鬼魂上下鑽動的陰暗房間，在這個時間不就該借給需要躲雨的人好好休息一下，坐下來喝口熱茶，擦乾身上每一條被雨鞭打的水痕，等雨停了再走？而我竟然跟小海說，那樣的房間一晚八千塊。我才吃完他送來的便當哪。

我趴在櫃檯上伸長脖子瞄著轉角進來的走道那邊，馬路上車輪軋過的水波慢慢要湧進來了。那些開車的到了門口看見那窟泥水，也許覺得進來後就出不去了。一輛熟悉的貨車聲停在外面。全世界只有我認得那貨車的聲音，就在外面那場大雨裡，它同其他車子一樣，稍稍停了一下就開走了。不會錯的，我抓起雨傘衝到入口那邊，雨水淹過我的腳踝，一輛藍色貨車消失在整片大雨的最深處，留下我一個站在那裡。

這次他是要告訴我，不會再回來了？

雨水很快弄溼兩邊的肩膀，我趕緊回到櫃台這邊，鎖上門。玻璃外邊幾十條雨線像瀑布一樣流瀉，窗外一片模糊。我像被困在一座孤島，等更大的雨水上漲把我帶走。現在，就算有車子進來我也看不見了，除非他們用很強的光照我，從他們的角度也許還能清楚看見裡面的我。我就坐在我的工作檯旁邊，眼淚像在跟雨水比賽一樣止不住地狂流。實在很難想像，萬一前來交配的顧客看見現在的我，他們會怎麼想。我一邊哭一邊看著玻璃上的自己，那張被好幾條雨線切割的臉分成幾個區塊各自哭著，蠻可笑的。玻璃上那傢伙哭得比我還傷心，他沒注意到我在看他。我真的在看自己哭，不騙你，就是因為還能看到自己哭，我想我還不算特別難過，因為我還有力氣想到，如果有車子進來要怎麼辦，搞不好頭上的監視器把我那蠢樣子拍了進去，被人家看到這一段，一定以為我怎麼了。

我也不曉得哭了多久，因為我居然趴下來睡著啦。在校長載著老師，病患帶著他的醫生，公主與癩蝦蟆，烏龜精蜘蛛精的車子進來都會經過的櫃檯邊。有夠扯的。更扯的是全世界沒人發現我睡著了。在我睡去的那幾個小時，這世界完全跟我沒有關係，它忙它的我睡我的。這中間只有一個夢進來，他過來敲敲我的肩膀告訴我，起來，你不是要去看海？我知道他又回來了。我已經很累了，只抬起手臂望了窗外一眼，雨早就停了，窗外遠遠望去一片透明的海。那海在我睡著時不客氣就自己進來了。整個窗外像個巨大的水族箱，我和那些供人

交配的房子彼此隔著海水相望，庭園裡的羅漢松、五葉松、石燈籠全部浸在海裡隨著水流安靜擺動。我看到了，這世界還真他媽的乾淨。

醒來的那一秒我整個人從海裡蹦地彈了出來，之後，所有事物仍然在它原來的位置上，交配的人們也許還在棉被裡酣鬥也許睡去了，天上幾朵雲的背後透出薄薄的亮光。真是莫名其妙的一場雨，搞得我哭得那麼用力，好像非要如此不足以把藏匿在身體某處的東西驅趕出來。我只能感覺，似乎有一部分的自己不那麼想待在身體裡，終於讓它逮到這個機會逃竄到空氣間，它不想回來了，也許是它找到它想去的地方。下次我若和它再見面，我們誰也不會認識誰。這樣也好，反正它已經跟我沒關係了。

回去後我又睡了一個長長的覺。下午露西回來，問我知不知道阿尻去了哪裡？「他和那個女生搞失蹤，茱莉亞急死了。」

「哪個女生？」

「就那天陪你回來睡覺——」

「不要亂講。」我打斷她的話：「妳怎麼知道？」

「沒看過那麼笨的女生，一大早門打不開就算了，看到人也不會打聲招呼，整扇門快要被她拆下來。」

我差點沒笑出來。「我真的沒跟她怎樣。」接著說了一句蠢話：「阿尻知道嗎？」

「沒怎樣幹嘛怕人家知道？」露西幫她的植物澆水，轉頭看了我一眼：「茱莉亞快要瘋了，你知道我今天被她罵幾次？」她告訴我，阿尻下個月要到澳洲讀書。又來了，聽她這樣說，我馬上想到又有人用出國這件事來騙人了。當然我已經不像小時候那樣相信父親說的，什麼澳洲日本美國都是政府想出來騙人的。但是聽到身邊有人想出國，還是覺得這裡面一定有什麼騙局，不管是因為發生了不想讓人知道的事才要出國，還是拿出國這種事遮掩更多怕被別人知道的事，反正就是讓你覺得，「出國」這種只有在爛電視劇裡面才會出現的情節，居然就在你身邊發生了。

我說有好幾天沒跟他連絡，不過我會幫忙找找看。事實上和那女生夜遊後我們就沒再連絡，誰也沒打電話給對方，這樣想會不會他在生我的氣？希望這不是事實。也許在他心裡的我並沒那麼重要，但畢竟他是對我最好的朋友。在我還有過去他那邊的幾次，我們仍然沒有太多話可說，兩人碰面就像氣味相投的狗，嗅嗅對方的氣味，覺得對了，彼此相安無事一個下午，他到處走動整理店裡的每個角落，整個下午一直沒什麼客人。我們一起聽他 mp3 裡收的各種音樂，平井堅、森山直太朗、桑田佳祐、夏川里美、中島美嘉、彩虹合唱團。有的安靜有的吵鬧，阿尻算過，他的幾千首音樂從頭播到尾要十四天半，那差不多是九大行星中的土星的半天。而事實上我們只固定聽幾個段落，那幾千首裡還有哪些恐怕阿尻自己也搞不清楚。音樂這東西很奇妙，它有辦法把不太寬敞的空間往四面八方推開一些，讓牆壁自動退縮，好讓在裡面呼吸走動的人更舒坦一些。那樣的下午給人一種懶懶的平靜，聽到後來讓你以為，在你走出去的這幾條髒臭擁擠的巷道後面，陽光閃耀的海面就在那裡，它們跟你都在這片音樂之中。不過這種感覺不是每天都有，像對面那個專門賣棒球帽的痞子，每次朋友騎車過來總愛噗噗催動引擎，鬧得整條巷子快要炸裂開來。

也許阿尻在某部分跟我有很類似的精神體質，雖然我無法明白說出那部分到底是什麼。如果有辦法知道的話，搞不好可以弄清楚為什麼我們會喜歡同一個女孩，或者同一個女孩被我們吸引。也許他認為我是他的同類，才會過來跟我攀談，但不代表他想讓人家多了解他。他連他媽是茱莉亞都不想讓人知道，也有可能是茱莉亞教他不要讓人家知道，總之只有他們母子自己知道。

雖然這樣，我開口要他幫我找工作，他馬上就答應了，不像有的人動不動就拿這種事來炫耀，你看我對你多好。後來跟他道謝也只是冷冷地說「沒什麼」，光憑這點我還是覺得他是我最好的朋友，即使他可能不這麼想。

兩天後的清晨阿尻終於打電話給我。他約我在東海大學郵局前的小廣場碰面。我騎到一半，路上的車子多了起來，已經七點多，校園裡沒什麼人，樹林裡甩手散步的大多是老人，幾乎看不到什麼年輕人。也許等一下這些老人會找個地方變身，白天那些在校園裡走動的年輕人就冒出來了。

到的時候阿尻已經在那裡，搞不好他從昨晚就坐在那裡。他的神情讓我感覺，他剛從一個老頭變回他現在的樣子，整個人有一種說不出的老態。我們沿著活動中心後面的相思樹林往牧場那邊走去，有大片樹林的地方真好，幾百公尺外的馬路車聲已經很熱鬧了，這邊還能保有幽靜的氣息，好像這裡的作息比外面的世界要晚兩個小時，很適合不愛說話的人就這樣走下去。

我走在阿尻後面，跟他有點距離地陪在他後面。走到一半他的肩膀起伏得很厲害，鼻子窸窸窣窣出聲，他竟然哭了，也許他只想一個人把情緒放出來，我故意把腳步放得更慢一些。即使有人看見只會覺得他應該碰到了傷心事，而遠遠走在他後面的我跟他們一樣，只是個路人。

我已經退到離他一百公尺遠的地方。這讓我稍稍放心，原來我們這種年紀愛哭是正常的，管他是為了什麼事情。搞不好他以為我不知道他在哭。我們走到東海湖那邊，突然他轉頭過來站在那裡，嚇了我一跳，他的哭真難看，他應該不常哭，淚水淹得整張臉紅紅黏黏的，眼泡哭到凸了出來，看來他真的傷心了。如果他知道自己的哭那麼醜，大概就不會哭了。

我走上前去，「你有讓人家討厭過嗎？」他終於停住哽咽問我。

我不太明白這什麼問題，怎麼可能沒有？不過也要看那個討厭我的人值不值得我這麼難過。如果是女龜蛋、胖虎那種人，我怎麼可能會哭。

「當然有，而且常常吧。」我很想讓他知道，跟他比起來，我才是那種衰神喜歡上門來找的人。不過他傷心成那樣，我這樣說也許他會以為，他的傷心在別人眼中是個屁。他根本是哭來討人家疼的。

我們坐在一張椅子上，離我們五六步的湖邊幾十條小魚冒出水面，不知道是被嚇到還是怎樣，瞬間沉入水底，過了許久又有下一批魚過來。好不容易他止住抽搐，並沒有看我，目光望著灰綠色的湖面說：「你是不是也覺得，我開的店很爛？」

「不會啊，你的店很有你個人的風格。」

「連你也這樣講話，」他站起來踢了兩下腳邊的碎石子：「很爛就很爛，這樣告訴我有這麼困難嗎？」

我不太想繼續這個話題，「你怎麼了？」

「那個艾蜜莉，」他撿起一塊石頭扔進湖裡，「我請她幫我跟茱莉亞講，讓我在台灣多待兩三年，艾蜜莉說她沒辦法，叫我自己去問茱莉亞。我到底哪裡惹她討厭了，要這樣搞我，說什麼去澳洲趕快把語言學好，接下來看你要學管理還是財金隨便你。那家店對我很重要啊，我花了好多時間整理，你不是也有看到？」講到這裡他又用力皺起臉皮，被鐵鎚敲到腳趾一樣五官糾成一團，好像那種感覺讓他很痛。聽他講那些就像一個幼稚園小孩在跟大人吵架（他還叫他媽茱莉亞哩），可是不管怎樣，她們傷到阿尻了。這樣想，我突然有點想要陪他哭了。

我安慰他，也許從澳洲回來，你就可以開一家更棒的店了。「我才不要那些，我就是要我的店！」語氣恨恨地打斷我的話，往前衝了幾步對著湖面狂吼。幾隻鵝嚇得伸長脖子，拍動翅膀在湖上亂繞。

我這天真可愛，有一家店供他當玩具的同學，這次真的鬧脾氣了，他還沒玩夠他媽媽就要把他的玩具收回去，叫他準備讀書去了。要我是大人我也會把他的店收起來，那樣一家店誰都知道是開好玩的，雖然我在那裡有過一些美好的回憶。全世界大概剩他還不願承認這件事，不知道這樣是幸還是不幸。

我坐在他後面，看著他快瘋了而我仍然像個廢人，一點也幫不上忙，萬一他突然衝進湖裡怎麼辦，如果他游泳技術很爛，要喊到有人聽見恐怕來不及了，那麼臭的湖水我才不要跳下去哩。我有些著急起來，「那你逃家嘛。」憑他的本事怎麼可能讓自己吃虧？十七八歲敢弄出一家店手上起碼有點錢吧，有錢還怕沒搞頭？我就不相信他的腦袋沒想到這招。而且頂多出來混個兩三天，等家裡開始找人，也許事情就會出現轉折，一切都隨他或資助他開更大的店也說不定。依他的個性當起老闆不會比艾蜜莉差，只要不要再雇那種呆貓一樣整夜杵在店門口磨指甲的店員就好。

這個傢伙，他明明有聽見我的話，還在那邊瘋吼瘋叫，「你根本就不明白我的痛苦。」十指插進頭髮裡掏蝨子一般抓不停。也許他早就想過了，他是不敢還是不願意，只有他知道。唯一確定的是，這真是個無聊的早晨，我已經陪他發了兩個小時的瘋，太陽都已經曬到頭頂。他不見得那麼討厭去澳洲，像他這種自己跑出來當老闆的人，怎麼可能忍受別人的支配與指揮。

那天到後來他被我氣走，說來還是我這笨蛋惹的。他先是告訴我這幾天都待在台北朋友那邊，要不是那個笨女生後來跑去跟茱莉亞說，茱莉亞怎麼可能找得到他。他說這些也許是想證明，他不是不敢逃家的人。

「沒看過那麼莫名其妙的女生，」他說：「聽到我要去台北，問我可不可以帶她去找她男朋友，奇怪她什麼時候交男朋友了？還賣關子說到台北再告訴我。到了問她男朋友住哪裡，竟然當我朋友的面說，你就是我男朋友啊。真是被她打敗，害人家以為我跟她怎麼了。叫她回去她說一個人不會坐車，好不容易把她塞進火車裡，特別交代她，人家問什麼都說『不知道』，沒兩天茱莉亞就打電話到我朋友那邊了。」

我笑了出來，這麼白癡的事還蠻像她的風格。「也許她覺得很浪漫吧。」

「你笑什麼？」

「我以為你們是男女朋友，這禮拜都不敢打電話給你。」

他的表情有些困惑，顯然他還不知道我們去夜遊的事。

「有一天她要我陪她去大肚山夜遊，我也搞不懂她想幹什麼。」

聽我一講完，阿尻臉上湧出一股怒氣，眼神一下子兇了起來。「什麼時候？為什麼這種事沒跟我講，啊？你是不是不相信我？」

我被搞得有點糊塗了，不明白他在想什麼，趕緊解釋就是沒跟她怎樣才會跟你說，你不相信我也沒辦法了。

「你現在講誰會相信你？」

靠，這下是怎麼了，一下子懷疑我不相信他，一下子又說他無法相信我？而且，「幹嘛那麼生氣？我跟她怎樣跟你有什麼關係？」但他真的生氣了，抓起一把石頭砸到我的面前，真夠糟糕，就為了那女生和我夜遊的事。沒講實話的人是他吧？不然他何必那麼生氣。

然後，他接下來講的才教人腦袋爆炸。「你有沒有想過我幹嘛帶她上台北？我就是想看她口中說的男朋友長怎樣才帶她上去，誰叫她在我朋友面前跟我來這招，那不能怪我，我就是討厭人家這樣。」

靠，這下把我惹毛了。我低下頭看看四周，他大概知道我在找什麼，算他長眼，我撿到一顆拳頭大的石頭他已經跑遠了。當然我沒要K他的意思，那種痞子不值得我動手，他站在遠遠的樹林那頭罵了幾句，轉身消失在樹林裡。鬼才知道他在罵什麼。最好不要給我遇到，不然我真的把他推到湖裡餵癩蝦蟆，氣死我了。

我在湖邊的椅子上躺了許久。愈想愈不明白這怎麼回事。他一定受了什麼刺激才變成這樣，搞不好是被他母親逼壞了。看他剛才用力踩著石頭離開的背影，一定很氣我，可是誰知道他在氣什麼。我們可能不會再連絡了。真是的，以後他要是跟別人提到我，說我是個忘恩負義的傢伙，他曾經幫過我而我竟然拿石頭丟他、偷偷跟他女朋友約會，如果這樣還真是麻煩。

我真的睏了，平常這時候我已經不知道睡到哪裡去，現在要我移動一下身體就覺得他媽的累。湖的那邊來了十幾個幼稚園的小朋友，手牽手沿著湖邊有的鬼叫有的唱歌，吵死了。蟬聲不斷擴張，鬧得像要把整個世界吃掉一樣，懶懶的陽光讓頭頂的相思樹葉梳成一條一條細細密密的光線，扎得眼前花花的一片，眼睛酸澀得發疼，我像隻貓瞇成半睡不醒的模樣。臉紅燙燙的，脖子胸口烘烘的熱氣圍繞，整個人暈得有些恍惚，今天的太陽真不是普通的大，我還是趕快離開好了。才一眨眼，我居然睡著了。太陽你有種的話，就把我烤熟吧。

13

我在汽車旅館做到六月底就離開了。茱莉亞跑來問我阿尻開店後的半個多月，她突然想到什麼嚴重到讓人抓狂的事，跑到餐廳把露西叫出來，問起我的年紀。一開始露西含糊其辭，說人是阿尻找的，阿尻幾歲他同學就幾歲。茱莉亞一火大，當場又把露西罵了一頓，說妳是要害我死啊妳不知道我年底要選舉嗎？然後要所有在場的服務生掏出身分證來給她檢查，沒帶的馬上滾蛋。這些都是小海跑來跟我說的。

小海問我，到底滿十八了沒有啊？「快了。」我說：「再給我一個月嘛。」「來不及啦。」他說：「要是她發神經又殺過來弄你，你最好唬弄一下，說身分證弄丟還在補辦。」我「喔，喔」兩聲，沒怎麼理他。

過了一個禮拜，艾蜜莉那個婆娘為了一個難搞的奧客，打了露西一個耳光。這對姊妹不曉得是連續劇看多了還是有病，好像怕人家記不得她們是女主角，沒出手打人開口罵人就不爽快。不過小海說露西也沒在好惹，馬上回賞她一個巴掌。這下變成是艾蜜莉嚷著要去驗傷提告，所有的員工都說他們沒看見她被打，氣得艾蜜莉要趕他們走。小海和兩個工讀生躲在休息室商量，再囂張的話就圍毆她，把她擠到門後的死巷壓扁，拿廚房的垃圾桶戴在她頭上，再潑她兩盆泰式辣醬，看她還敢不敢囂張搖擺。後來並沒有人被趕走，所以小海他們只是在嘴砲。「馬的，有錢就那麼看不起人。」小海兩腿跨在椅子上問我，如果哪天她手癢也給你一巴掌，你會怎樣？

「最好不要。」我想到那幾個低能的教官。這個小海，眼色不懷好意地瞧著我，他以為我沒看出來，居然跑來這邊搧風點火。我隨便講了一句很白癡的話：「這種事等我十八歲再說吧。」本來想讓他覺得我很無厘頭，屁股一拍就走人，結果沒有。「聽起來好像你活到十八歲，就為了等那種人來打你。」被他這樣解讀，我覺得自己的人生真是悲慘。「能怎麼辦？不然你在她頭上倒垃圾啊，你要是敢，再來說我。」這下他有些生氣了，兩腿一蹬站起來走人。

第二天中午，阿奇打手機給我，伯父前天晚上被車子撞了，在哪家醫院幾樓幾號病房，急急講完就按掉電話。完了。事情發生兩天才通知我，一定是要怎麼了。我趕到醫院十九樓，出了電梯迎面一長條走廊，隔十幾步就聽見病房裡傳來電視談話節目的聲音，我循著聲音找到病房，只最裡面那床有人躺著，伯母背著我坐在床邊，低頭讀她的佛經。天哪，躺在床上的是我伯父嗎？根本是剛出土的木乃伊。頭上罩一塊紗網，底下貼了兩片紗布，右臉頰敷上一大塊黏黏的貼布，裸露的上半身從右邊肋骨到右腹塗了好幾塊深淺不一的藥膏，手臂也纏好幾圈紗布，像一隻剛下鍋又撈起來的魚，搞不好有半邊煮熟了。

伯父似乎睡得很沉，我站在伯母旁邊，她一抬頭看見是我，我就哭了。真丟臉，我也不曉得自己怎麼了。能夠見到伯母真是太好啦，她抓著我的手，掌心溫溫熱熱的真是舒服，我一不客氣就哭得更厲害啦。愈哭愈覺得眼淚裡面躲著一個小小的我，他被悶了好久這下終於出來見人，抽抽噎噎地想停都停不住。還好伯父睡得很熟，讓他看見了該如何是好。

伯母說前天晚上還輸了幾袋血，已經兩天了怕他愈睡愈昏，才會給他聽叩應節目。「剛剛還在講夢話，叫我拿原子筆給伊抄電話號碼。」前天傍晚伯父在省道那邊被一個騎摩托車的年輕人撞到。說來攏要怪那個幫他做健康檢查的醫生，伯母說，上個月那個醫生建議伯父每天最少走一萬步，伯父問他要走去哪裡？到處都是工廠，不然就是這邊一個窟窿那邊一個坑洞，路上砂石車、卡車又多，像樣一點的公園起碼要走上三四公里，到那邊天都黑了一半。醫生說你自己的健康他管不了，要走不走隨便你。結果伯父回到家，傍晚一吃飽就乖乖戴上堂姊送的計步器，往街口馬路那邊走去。沒一個禮拜，被一個騎車沒在看路的傢伙撞了上去。據路人告訴伯母，他聽到「碰」的一聲同時看到摩托車前輪飛出來，甩到電線桿上，仔細一看，哪裡是輪胎，是個軟趴趴的老人。那個撞人的傢伙像在盜壘一樣，摩托車和人跟在後面，斜斜滑到電線桿上面才停下來，整個車頭全爛。伯母說伯父以為那人有看到他，那人也以為伯父有看到他，因為這樣，那人來醫院的時候帶了兩個人，要伯父賠他們五萬塊。他說伯父既然以為對方有看到而實際上並沒有，所以應該是有看到的伯父要負責任，而且明明有看到對方，幹嘛還故意讓對方撞到，總歸一句話，是伯父的錯。

那現在怎麼辦？伯母聳肩說，我沒遇過這種事能怎麼辦。阿奇正好進來，瞧了一眼他父親的睡容，問我有沒有認識道上的人？他知道那幾個垃圾在哪裡。「你頭家不是什麼理容大亨？你有熟識伊下面的人？」開玩笑，我連他家的狗都沒看過，怎會認識什麼大亨的人馬。「那你要不要跟我一起去？」阿奇說，等這幾個再過來我們的氣勢就輸了。伯母說你莫在那邊裝猴，等你爸醒來你就知道皮癢。阿奇嗆他母親，這款歹事妳懂什麼？說著拉我坐上他的摩托車，催動油門，排氣管哼哼噴出怒聲，像頭找人決鬥的野獸倏地朝馬路盡頭奔去。

我們一路飆到那幾個豎仔的巢穴門口，阿奇的車頭拐進人家騎樓底下，前輪剎不住，一整排擺放整齊的花籃被他磕倒一盆，像骨牌一樣往旁邊推倒七八盆。我一跳下車就想逃走，真是太丟臉啦。裡面三四個人走到騎樓這邊大吼，幹啥鳥？我們兩個站立在原地，呆望著被我們撞倒的花盆。這裡是候選人的選民服務處，一幅告別式一樣的巨大玉照掛在最裡面牆上，對著來來往往的路人假笑，好死不死，是那個茱莉亞。

我們很快被四五個手腕粗肥的年輕人圍住，死阿奇，這下看我們要怎麼回去，他的腳後跟把我的鞋頭踩扁了，還在那邊捲袖子裝模作樣。我的肩膀被人從後面推了一下，「你怎麼在這裡？」轉頭一看，是黑炭叔。我也覺得納悶，這個時間點他不是該在汽車旅館那邊，幫進來打午砲的客人服務？

其他人聽見黑炭叔喊我，後退幾步瞧著我們。黑炭叔像是準備在這裡跟我換班地聊了起來，「從今天開始，我調來這邊當幹事。」說這話時他的下巴抬了一下，「這麼剛好，還沒跟你講就自己跑來啦，呵呵。」拳頭母在我的胸脯重重兩下。「這位是？」他看了阿奇一眼，我趕緊介紹是我堂哥，順便把伯父的事提了一些。「哼，這種事喔。」好像要證明他真的是這邊的幹事，把前晚過去醫院的幾個喊出來，手指頭在他們額頭上用力敲：「是什麼歹事？講清楚。」那幾個腦袋被敲得有些縮了回去，「沒啦，就很普通的歹事，沒必要在這裡拿出來講啦。」黑炭叔喉嚨裡咳上來一口痰，含在嘴裡狠狠兇了他們幾句，你們到底是來幫忙還是來惹事？一輛摩托車能值多少鼻屎的錢？說出去喔會被外面的人笑死。「是，是。」他們幾個點頭，一口痰從面前彈飛過去，落在兩盆花籃中間。其中兩個趕緊蹲過去一盆一盆扶正，阿奇也過去幫忙。

好啦，還有什麼問題？黑炭叔十指交扣搓揉掌心，「這件事就算解決了？」那幾個乖乖點頭，他這才咧出一絲嘴角對著我笑：「看在同事的分上，就不要那麼計較啦！」「是啦是啦，有話好好說。」我和阿奇趕緊向他道謝，又朝那幾個生毛戴角的傢伙點頭，跨上摩托車離開。

一回到醫院，「妳就不知道伊多有辦法。」阿奇不知在興奮什麼跟他母親炫耀，愈講愈大聲，「本來我們要打起來的，一到門口人家的老大就站出來啦——」可能太大聲了，床上傳來虛弱的罵聲：「出去，別在這裡吵。」伯父醒來了。阿奇像被電到一樣，馬上變成啞巴。我知道伯父有看見我，也許是藥物還有傷口害他不舒服，看起來不太想理我。他不理我也好，那表示他真的生我的氣了。我要走的時候跟他說，「阿伯，你自己保重一點。」他還是不想跟我說話。伯母站在走廊那邊招我過去，小聲地問：「你真的認識那種人喔。」「阿奇亂講的啦。」我有點生氣，我該上班了沒多再說什麼。

伯母跟在我後面走到電梯那邊，「你沒回來的那個禮拜，樓下的鐵門留一個縫，」兩手比了一張板凳的高度，「一隻狗溜進來放屎，阿奇要出門踩得地上攏是。」

我沒說話，我當然知道伯母的意思。等電梯的時候，真希望它慢一點上來，最好每層樓都停，這樣就能在她旁邊多站幾分鐘。我不知道要跟伯母聊什麼，目光呆呆停在燈色變亮的數字上。好久沒遇到一個能讓你安靜下來的女人。這三四個月我遇到的大多是讓人感到煩躁、經期過度頻繁或失調的女人。不過要不是她們，我也不會發現伯母跟她們之間的差別。很多事你得先有過這個和那個，你才能明白為什麼這個是你想靠近，而那個你想遠離。

電梯終於打開，阿奇趕過來按住開關，遞給我一個小袋子，說這是學校寄給我的東西，前天才收到。電梯裡有好幾個不同病人的家屬，各自安靜站立，視線全落在我手裡的袋子上，好像那是什麼神奇的解藥，害我很想拆開來給他們看。好不容易來到一樓，我坐在大廳的長椅上拆開袋子，是一尊小小的笑得很可愛的濟公木雕，奇怪祂不是該坐在傳達室的櫃子上，對著全校進出的人車微笑？老頭怎麼想寄給我？

回到住處，露西在餵她的植物喝水，沒去上班。她說她不做了，不過心情似乎不錯，嘴裡哼啊喔地對她的植物唱歌。「你看，」澆完水，她走到桌邊拉開抽屜，抽出上禮拜求來的兩張籤詩，我讀著其中一張：「嗟君本是帝王才，龍困淺灘百事哀，莫為他人忙作嫁，自求多福吉運開。」另外一張內容幾乎完全一樣，只有最後一句改成：「自求吉運福氣來。」她問我那是什麼意思。「叫妳要靠自己啊。」「那就對了，連你都看得懂。」她說她早就想出來創業，上個月剛好頂下一間還蠻高級的店面，在美術館對面的巷子裡，廚師也找好了，下禮拜開始營業。

我又把手上的籤詩讀一遍，哼，不就跟學生寫作業一樣，兩家籤詩抄來抄去，她求籤像在討發票一樣稀鬆平常，抽到兩張差不多的這一點都不奇怪。我原想吐她槽，可突然想到昨晚小海警告我的，萬一換我掃到茱莉亞還是艾蜜莉的颱風尾要怎麼辦？當初是露西帶我過去的，她既然不做，我差不多也該滾了。

露西似乎看出我的心事，問我要不要去她店裡幫忙？「工作單純多了，總比每晚不能睡覺，還要站在門口服務那些豬哥豬妹。」哼，她還好意思說，不過她願意找我到她店裡實在太棒了！看我一點頭，她馬上說她要求的標準很高，像我這種跟客人招呼時皮笑肉不笑的服務生，會被她修理得很慘。我朝她吐個舌頭，穿上鞋出門去。上班快要遲到啦。

一個禮拜後，我已經在露西的店裡招呼客人。呵，哪裡是什麼高級餐廳，就一家透天厝的一樓裝潢的拉麵店，店裡除了廚師就她和我共三個人。有時候忙起來，連我都要到廚房幫忙煮麵，如果下次你看到我整張臉紅通通的，額頭汗珠冒個不停，那不是在發情，那是被湯鍋冒上來的熱氣蒸的。一開始廚師開發了幾道結合泰式口味的拉麵，檸檬雞湯拉麵、酸辣海鮮拉麵，配上月亮蝦餅、泰式沙拉，露西本來擔心賣不出去，「安啦，」廚師跟她掛保證：「只要重鹹重口味的絕對好賣，賣不出去我負責吃完。」一轉頭看了我一眼：「還有你。」沒想到生意好得不得了，網路上一堆人的部落格上面都有我們店裡招牌拉麵的照片。外面七八月的馬路被太陽蒸得比拉麵的熱湯還燒燙，進來吃麵的蠢蛋，不，貴客還真不少，也許是很多人家裡的鍋鏟長了黴菌，沒人在煮飯，看他們邊喝湯邊抹去額角汗汁的樣子真是好笑。當然，我會把我的這種好笑藏在另一種笑底下，露西沒看到就好。

有一次店裡來了一家四口坐在角落，我正在廚房燒開水，那家的小女兒差不多讀幼稚園，像個過動兒到處亂跑。露西幫他們倒完茶後走過來，朝我努了一下嘴，「你看誰來啦？」我探頭出去一看，心臟砰砰搥了幾下，是那個愛畫兔子的女生。頭低低的大概還在畫她的兔子，沒有看到我。妹妹的額頭碰倒一張椅背，嗚嗚滿屋子哭了起來，我走過去扶起那張椅子，正巧跟她母親的目光遇上，我咧開嘴的臉趕緊別到牆上去。她母親站起來，抱住奔到懷裡的女兒，揉她的額頭，小女生哇地吼了幾聲，吵死了。她母親繼續唸，幾歲了也不幫忙顧一下妹妹，頭要是撞破了怎麼辦。她爸爸也說話了，妳就讓她做自己想做的事吧，妳怎麼知道她以後會不會變成畢卡索第二。「這世界能有幾個畢卡索啊？」真厲害，兩夫妻講那麼大聲，那女生還有辦法在他們中間的空氣裡畫她的兔子，完全不理會他們說的。他們快吃完的時候我偷偷過去倒了一次茶，「嗨，」故作輕鬆地跟她點了個頭，坐在中間的她看起來不怎麼開心，也許她唯一能做的就是繼續畫她的兔子。她微微地笑了一下，感覺她是為她自己畫出一個滿意的動作而笑了。誰都沒再開口。我真希望他們家吃完趕快走。不是不想再看到她，不過從那次後就沒再見面。

至於阿尻，我們兩個算是和好了。他在跟我吵架後的隔天打電話給我，再兩個禮拜他就要出國。他出國前我們還有碰面，一見面就問我還在生他的氣嗎？聽他這樣講就知道沒事了。不過我也蠻假的，居然跟他說：「沒關係，都過去了。」其實心裡還是有點氣，只不知道氣什麼罷了。我們都沒再提起那女生的事，好像那件事變得一點都不重要。他的店已經轉給附近一個女生經營，繼續賣那些到處批發來的T恤、襯衫，在袖口縫製幾個亮片、徽章、緞帶後再掛出來賣的衣服。要走的時候他留下部落格的網址和MSN給我，叫我有事上去跟他聊聊。我和他都不是很會找話題的人，到時候可能就嗨、嗯、啊、喔、呵廢話一堆。至少這樣算不錯了，因為我終於跟他清清楚楚地說聲謝謝。他還是「喔」地含糊過去。對我來說，能把心裡很明白的東西表達出來，那種感覺真好。雖然知道他和我很不一樣，他還那麼慷慨地幫我找工作和住的地方，有這樣的朋友真好。

去澳洲的阿尻似乎很快樂，部落格裡一堆洋妞跟他擠在鏡頭前的照片，練舉重、烤肉、化裝舞會、舔冰淇淋。他經常更換照片，幾百個網友加入他而他也加入幾百個網友，彼此都有一堆照片、文字日記和影音檔。阿尻叫我也弄個臉書，這樣想跟我說什麼時，比較方便留言。沒多久我的臉書上面冒出一堆莫名其妙的人，要你把他們加入朋友，我當他們是朋友之後就沒了反應。也許這世界上有一種人對朋友的理解是，我加你然後你用滑鼠點我一下，這樣就算是朋友了。這種東西弄到一個程度，我和那些用滑鼠交到的網友們都住在彼此螢幕上的一個小方格裡，那個小方格點下去，又會冒出一堆照片、一長排的心情日記，照片的首頁是一家滷肉飯的配菜、下一張還是滷肉飯的另一道配菜、下下一張可能還是，不然就是被排氣管燙到的像叉燒肉的傷疤特寫、幫紅貴賓洗完澡穿上半截的粉紅蕾絲內衣，教牠前腳翹高暴露生殖器擺出開心的表情、新買的籃球鞋的樣式，以及昨晚九點寫的兩行日記，九點半、九點五十分各有台北和香港朋友過來回應，然後十點，又寫了兩行日記。

這樣玩了一陣，我開始懷疑，也許阿尻並沒有出國，他仍然躲在台北或台中的某個角落，只是不停用這些照片和日記在騙我們：他人在那個叫澳洲的地方。有一次我把這想法告訴露西，我知道她很想笑，不過她只說了一句：「沒救了。」沒再和我說什麼。她有個經常來吃拉麵的朋友在旅行社上班，問露西秋天要不要去日本九州，順便看看人家怎麼經營拉麵店，她們聊天時我在旁邊整理調味罐，露西轉頭問我：「你要不要去？」

第一次有人問我要不要出國，我馬上就說好。露西反而很驚訝地看著我，「不便宜喔，是你自己想要，不要怪我騙你喔。」馬的。就算被騙我也很甘願，我已經十八歲了，到時候我可以好好檢查到底有沒有出國這件事，如果有那就算了，萬一我和我父親是全世界最先發現，原來世界上除了台灣並沒有其他國家，這一切都是政府想出來騙老百姓的，如果真是這樣事情恐怕會很大條，會用這種事來騙那麼多人的政府，它的屁股哪有那麼容易就讓我戳破，我又不是伽利略或哥白尼。而且，辦一本護照也不便宜，搞不好所有的祕密就藏在護照本上面的晶片裡，讓所有拿這本在手上的人，一走進機艙裡面，管你是頭等艙還是經濟艙，等飛機一升空再降落，就以為自己出國了。

不過準備出國這件事差點被兩個混混給搞砸了。有一天下午兩點多，店裡中場休息，廚師先回家睡午覺，我正在拖地板，門外走來兩個身型矮小的傢伙，其中一隻看起來像掉光毛的老鼠，一隻像被剝了殼的烏龜，一進屋子不停朝四周東瞧西探，好像他們眼角掃到的地方躲了幾個鬼。那隻老鼠手裡拿一罐茶葉，我還沒開口說「抱歉已經打烊」，他倒很主動把椅子拖出來反坐，兩條手臂像爛毛巾掛在椅背上，「這罐茶，」茶葉罐擱在桌上，拉長下巴撮尖嘴：「你懂這是啥？這是我們公司新開發的養命茶。」接著說這裡面用的是阿里山的頂級茶葉，加三十幾種珍貴藥材，喝上一杯比別家的補藥不知值多少倍——他還沒講完，站在門邊的烏龜喊了一聲：「免跟伊說那麼多，叫伊頭家出來。」洗手間的門開了，露西的臉沉了一下，迅速咧開嘴迎上前：「抱歉啦，本店小本經營，買不起這種茶。」

「沒關係，你們小本經營就算妳便宜一點。別人五千，算你們三千就好。」老鼠從口袋裡掏出槍來，老天，除了軍訓課看過教官手上那種打過共匪的長槍之外，這是我第一次見到真槍，看那槍口的意思好像等一下會問候我，不知怎地一股無法形容的痠麻從腳底鑽上來，肚臍裡面躲了隻章魚似地一陣緊一陣鬆，分不清是大號還是小號要先出來，嚇死我了。我好想奔進廁所，可是留下露西在這裡未免太可憐啦。真是丟臉，可如果你沒遇過這種事，你也沒資格笑我。

「是真的沒錢啦。」露西說：「你要吃麵我們可以請你——」

呵，老鼠就是老鼠，哪裡知道什麼叫做禮貌，人家講話他插嘴就算了，要請吃麵竟然還抓起桌上的槍，指著牆上薰衣草花田的海報瞄來瞄去，好像田裡躲了什麼礙了他的眼的孬種，非要把牠嚇出來不可。槍這種東西真是不入流的傢伙在玩的，即使他的槍口對著牆上游來游去，你還是會懷疑，搞不好這是一把玩具槍？如果真是這樣，我剛才想跑去廁所不就太丟臉了？話說回來，也許裡面真的有子彈，即使令狐沖喬峰出現在這裡都沒有用，誰都對付不了老鼠手裡的東西，就怕這遜咖頭殼壞去扣了扳機。這種可能性還蠻高的，因為他已經對那張海報問候了露西的母親一百次啦。

而露西，真有她的，任由老鼠盡情問候她的母親和祖宗八代，像個女工安靜地坐在角落的桌邊摺傳單。在那個時間點誰也做不了什麼，老鼠不會放下他的槍，烏龜不會離開門口，而我一直按住抹布來回擦那塊被我抹得快要破皮的桌面，露西就只能一張接著一張摺完疊高，誰都不知道接下來要怎樣——對了，我得先講一下傳單的事，那些傳單是茱莉亞前一晚拿來的，她來到店裡已經打烊，手裡抱一疊宣傳資料放在桌上，要露西幫她廣告一下，露西說沒問題。好歹也問一下人家店裡的生意怎樣，這女人還真乾脆地點個頭：「我還有一個會要開，先走了。」更扯的是走到門口又回頭喊了聲：「順便幫我每張都摺三折。」「好。」露西送她到騎樓邊。我跟露西說都拿去給巷口包檳榔的麗華好了。她已經坐下來開始摺，「你也過來幫忙。」傳單的紙摸起來溫溫的，上面的油墨真難聞，全世界大概只有學校的考卷能跟它比臭。露西說，好歹我也領了人家七、八年薪水，不過就是一個小忙也不會死，你也不知道哪天還需要她幫忙，做生意就是這樣。我鼻子裡哼哼出聲，心想最好還需要靠她。哪裡知道才不到一天，馬的，這事真的發生了。

門口那隻烏龜，瞥見露西手邊疊高的傳單，終於挪開他的腳步走過來瞧一眼，「妳怎會有這些？」「喔，」露西抬頭看他：「這我老闆娘的。你要一張？」那隻烏龜接過傳單仔細一看，像逍遙派的小嘍囉見到天山童姥一樣，整個人顫了一下，他以為別人看不出來，強作鎮定拉住老鼠，走到門邊喊喊窣窣。老鼠點了點頭，走回來拿他的茶葉罐，「你爸還有事要忙，你爸會再過來。」腿抬起來左右掃了幾下，踢翻一排桌椅，筷子調味粉撒得滿地都是。一直到上車前那槍還握在手裡，真是嚇人。

我們後來決定報警。一個小時後警察終於來了，他們問沒幾句話，目光在現場掃了幾眼，「就這樣？」鼻孔乾笑了兩聲：「你們自己要出來開店還不小心，妳知道我們有多忙？還這樣惹麻煩？以為警察都沒事做嗎？」露西真是好脾氣：「不好意思啦，麻煩你們了，有空請你們吃麵。」趕緊送他們走。再半小時這邊又要做生意了。

「算了，」露西說今早她聽廣播，金牛座的要注意身邊容易冒出莫名其妙的是非，嚴重的話還會破財，「我一直想不通，什麼叫『莫名其妙的是非』？想不到還真的有哩。」不過才摔翻幾張桌椅幾罐調味粉，她已經很滿意了。我們邊收拾邊聊天，牆角傳單上的照片一直對我們微笑，應該把茱莉亞的肖像裱起來掛在門口，搞不好可以避邪。

我伯父出院後，據阿奇說都乖乖待在家裡，變得不愛看電視，也不敢出來走一萬步了。我在電話裡跟伯母說，有空來我店裡，我請你們吃拉麵，講得好像那店是我開的。「免啦，免啦。」伯母說那種東西她吃不習慣，「你沒打算要回來住？」我愣了一下，說這邊的頭家對我很好，妳免煩惱。「喔。」沒多久又是那句：「那你什麼時候要回來？」至於阿奇，自從那次我們誤闖人家的地盤差點被揍，讓他瞧見我工作的那家汽車旅館背後的勢力，一直拗我介紹他去打工，我說我不在那邊了，要的話你自己打電話去問。這樣嚕了三次他有點翻臉，「哼，每晚在那邊分保險套看人家嘿咻還有錢賺，我要是有你那種同學，我還需要靠你？」

後來我打電話給小海，他說餐廳現在由艾蜜莉負責，每天雞飛狗跳，連他都想辭職，如果有人離開的話他會通知我。後來阿奇去那邊不到一個禮拜，就不做了。小海在電話裡抱怨，「你那堂哥真的很誇張，第一天來居然告訴我他叫阿奇，第三天就和一個女工讀生搞上，兩個躲在休息室被艾蜜莉抓包，害我被叫去罵。」好笑的是阿奇說是艾蜜莉對他有意思，不然休息時間他搞別的女人干她屁事。「那種老蜘蛛，明明就想被我搞還裝模作樣。」嚷著說要寄兩隻掛號的死老鼠過去教訓那隻老蜘蛛。

沒多久阿奇考上台南一家科技大學，有間學校幫他轉移注意力，他才沒再提這件事。一放榜後他就跟伯母說要下去找房子、參加迎新，我幾次經過家裡他都不在，只伯母一個坐在店裡邊抄佛經邊打瞌睡，看見我招招手，跟我聊起之前她和堂姊去九州的事，叫我衣服要多帶一點，還有胃腸藥、感冒藥、暈車藥，這些都不要買，她那邊還有，說著拉開抽屜東找西找。後面的門開了，伯父走出來：「喔，九州不錯喔，那邊的榴槤這麼大粒。」手比出一顆西瓜大小，沒多久又說：「東京的櫻花也不錯，下次要買票記得找我。」回頭往屋後走去。

伯母看著他的背影嘆了口氣，伊從醫院回來就變這樣了，不曉得是被撞到腦筋的零件出了問題，還是輸到別人的血的關係，他才六十歲哪。看來我得更努力才行，也許再過幾年，我真的可以開一家拉麵店，賣義大利青醬海鮮拉麵、墨西哥脆餅拉麵、印度咖哩拉麵……，搞不好生意不錯，還可以開幾家連鎖店。不然以後伯父伯母要靠阿奇的話可能會很慘。

有些事要等到你離開一陣子後，從來沒出現在你心裡的某些感覺才會跟著翻出來。我在暑假將要結束的周末早晨，回到離開的那個學校找老頭，想當面謝謝他送我那尊小濟公。摩托車停在大門外的垃圾子母車旁邊，奇怪我已經跟這裡沒有關係了，可一靠近還是覺得尷尬，腳步彆扭地一高一低往門口走去。校門內有一種學生完全放出去後的過度安靜，我走到傳達室門口，沒錯，裡面還是那股老人身上才有的味道，陰暗的室內看不清楚有沒有人。沒多久走出來一個年輕一點的老人，不是老頭，「有什麼事？」我問他之前那個阿伯去了哪裡？「喔，回去了。」手指著天花板說。

起先我不懂那什麼意思，等我明白過來，心裡冒出一個可笑的想法，會不會這是老頭在跟我開玩笑？我告訴過自己，如果還會再過來這邊，我一定把頭放到馬桶裡洗一洗，那時我的樣子一定很欠扁。而那個時候，老頭已經知道了，這個世界正準備跟他說再見？所以，這是他想騙我回來的招數？等我一回到這邊，再由別人告訴我，他已經先一步去找濟公了？

管理員告訴我，佛像是老頭託他寄給我的。他也不明白老頭為什麼要寄給我，這件事大概只有老頭自己知道。「那時他快不行了，好好一個人，送進醫院已經肺腺癌末期，安安靜靜就走了。這邊也沒幾個人知道這件事，上禮拜一個老師的車子在門口拋錨，進來借個電話，還問我怎麼變年輕了。」

我呆呆望著牆上的心經，管理員說老頭放在大肚山那邊的寶塔，從抽屜裡找出一張磁卡，「要去祭拜的話記得帶這個過去，這個知不知道怎麼用？」我怎會不知道，我父親就放在那邊。以前都是和伯父伯母一起去，現在我一個人過去父親應該不會罵我，誰知道他跑哪裡去了。

我到的時候沒幾個家屬，大廳空空的，只一兩個婦人跪在地藏王菩薩面前誦經，嗡嗡的聲音在幾根廊柱間迴繞。我走到後面的祭拜室，擺好水果，把感應卡插進去，螢幕上出現老頭的照片，底下開始倒數計時，幾秒鐘後螢幕兩邊的跑馬燈出現「慎終追遠」、「永懷親恩」的字幕，過了幾秒變出一副七言對聯，沒多久又出現下一副對聯，搞得好像跟死去的人一起上國文課。我懷疑這樣祭拜老頭怎會知道我來了，燒完紙錢，我按照感應卡上面的編號坐電梯到三樓，外面明明很熱，這裡的空氣卻濕濕涼涼的，真給人有兩個世界的感覺。四周整面貼皮的木板牆透出絲絲的黏膠氣味，鑽進鼻腔裡嗆得人鼻酸，好像剛剛有人在這裡嚎啕哭過。是這些往生者的親人？還是裝填在小罐子裡的骨灰的主人？他們明明很吵，卻沒有聲音。我聽不到但我感覺得到。那種只存在於感覺裡的聲音嚶嚶嗡嗡地鬧著，沒一個願意住在這裡卻被人放在這裡，活了那麼長長的幾十年做了那麼多好事或壞事的身體，全被處理成一小塊一小塊格子裡的東西。整層樓像一座養了眾多靈魂的水族箱，他們的眼淚溶化在空氣裡，長成隱形的水草緩緩飄盪。

我的眼前少說有上百面平行的牆，牆與牆之間留下狹長的甬道，每個牆面有上百排格子，巨大的蜂窩似地，每排有十來個比置物櫃還小的塔位層層疊疊，我像在繞迷宮一樣好不容易找到那編號，沒錯，上面一張老頭的照片。巧的是五六步過去，父親就在那裡，他們被安置在同一面牆上的兩個小方格裡。

我抬頭望著老頭嵌在櫃子上的照片，又看看父親那邊，目光掃過附近幾排，每個櫃子底下都刻有屬於那個主人的兩組數字。老頭的數字前後一加減，整整是父親的兩倍，在他底下的那個小姐只有父親的一半，再過去一點的那個小朋友又只有那個小姐的一半，不過大家的空間大小都一樣，不同的是櫃子上的照片、生卒年數字、宗教信仰的符號。站遠一點看，整面牆畫分成一小格一小格，就像部落格或臉書上面整齊排列的朋友欄位一樣。我真想跟老頭說，要是無聊就出來敲門吧，大家約好了去偷拔人家的菜，或者到公園走走也不錯，抱歉那夜以後我不是故意要不理你，我真的被嚇到了。我又走到父親面前仔細聽了一陣，他大概又出去了。去了哪裡只有他自己知道。

我從那幢巨大的靈魂水族箱裡出來，也許是裡面的冷氣太強了，皮膚上黏黏的冷意一路跟著，即使我加速奔去，他們還是幽幽地蹲在我肩頸四周，他們大概不喜歡平常待的地方，這下終於有機會逃了出來。一直到車子騎進兩邊有市場、學校、商店、大樓的馬路上，漸漸地他們就散了。

回到傳達室這邊，管理員問我「要不要進來坐一下？」他一定覺得老頭跟我很熟，不然不會託他把濟公給我。我坐在以前坐過的那張板凳上，屋裡沉澱著熟悉的涼涼的牙膏味，好像老頭今早在這裡刷過牙，人正蹲在水溝邊拔草，等一下門推開就會出現在面前，坐下來旋開杯蓋，喝一口茶色濃得像咖啡的茶。這裡曾經是讓我覺得安心的地方，我望著紗門外花花的陽光下一排榕樹，榕樹後面的教室。很難想像，我曾經在那幢大樓的某間教室待了一年多，在那邊的我和其他人一起上課、睡覺、吃午餐，許多時候莫名其妙地騷動不安、神經緊繃、心情極度不爽快，那些情緒像蝨子在我的腦子裡咬嚙、搔抓，惹得我渾身不自在，現在它們似乎還在那邊，教室裡一個學生也沒而它們仍然佔據整個空間，用我無法理解的方式繼續上它們的課，彼此交頭接耳，也許還商量如何迎接即將到來的開學日。不過這都跟我無關了。除了現在我坐的這個地方，那些記憶已經被陽光漂得很淡很薄，像空氣裡緩緩飄升的氣泡薄膜，再沒多久，陽光下安靜碎裂，消失不見。

管理員問我怎麼後來不唸書了，我只是笑，沒有回答。「到那邊走一走吧，很漂亮的，上禮拜才剛做好。」他指著操場角落的水池那邊，前年那裡才剛完工，奇怪，不是才兩年又重新搞過？我遠遠看了一眼就離開了。弄得跟我打工的那個汽車旅館一模一樣，一看就知道是同一個設計師的把戲。

我比平常晚了快半小時才到店裡，還好露西已經在那裡，她沒有罵我，她正在和茱莉亞聊天。茱莉亞回頭看了我一眼，這是她第一次把眼珠子放在眼球正中間看我，我嚇了一跳。她看我的樣子讓我不安得想逃，那是某種女人在看男人的那種眼神。她好像剛哭過，眼角兩條淚水爬過，把眼影沖出兩道藍色的淚痕擱淺在皺紋上。「唉呦，長那麼大啦。」妖嬌地對我笑。她到底知不知道我是誰，講得我們多久沒見了，兩三個禮拜說得像兩三年似地，害我不知道要說什麼，也許我讓她想到阿尻。露西使個眼色要我別站在這邊，我很識相地到廚房把洋蔥洗淨切絲，不過還是被我偷聽到幾句。奇怪我已經這麼大了，怎麼老還在偷聽別人說話。大概是艾蜜莉怎麼對不起她，選舉都快忙不過來了還在背後中傷她，還有阿尻，他好像交了一個洋妞女朋友，母子倆分隔兩地她也沒辦法管，早知道就不要讓他出國。然後又哭了起來，她哭的樣子醜得一塌糊塗，這倒是跟阿尻很像，鼻子裡腫了一顆番茄似地擠不出來，露西遞給她的面紙很快在桌上疊出一堆小山，害我差點把手掌當成洋蔥切了下去。然後她的手機響了，她很用力地往眉心「哽——」了一聲，像台抽水機一樣，眼淚一下子全抽了回去。嗯嗯喔喔講完，站起來往洗手間走去，一出來臉上又畫得像要登台唱戲，孔雀一樣屁股翹高，踩得地板嗑嗑響，準備出門繼續為市民爭取福利。

看來她們聊蠻久了，中午的營業差點來不及，我和露西趕緊收拾整理，很快地客人開始進門，一直忙到下午兩點多才稍稍喘一口氣。「茱莉亞找妳做什麼？」我心想該不會又過來找人幫她摺傳單、打雜，露西說：「你不要講我才跟你說。」我不明白那什麼意思，還沒開口她就說了。

「茱莉亞懷孕了，她來跟我討論生小孩的事。」

「妳又沒生過小孩，幹嘛找妳討論。」

露西白了我一眼。「她來問小孩哪裡生比較好，我在澳洲只待兩年，詳細的法規還是要問別人。當然一切要等她選舉完再說。」

原來這種事還大有學問，露西說有的孕婦為了讓自己肚子裡的小孩取得外國籍，交配完後會早早跑去那個國家生完小孩才回來，不過茱莉亞現在過去有點晚了，而且生產完還有其他條件規定，她講得有點複雜，我聽到後來就迷糊了。反正茱莉亞想讓她肚子裡的小孩當外國人，當然她也不會放棄選舉。像阿尻以後回來還要當兵，她還得替他鋪路操煩。照這樣看來，這世界還真的有美國、澳洲、加拿大等國家，政府該不會連茱莉亞這種人都想騙，好不容易坐飛機到天上，再降落到地面後生出來的小孩就當成是美國人、澳洲人，這樣未免也太辛苦了。

我在擦抹桌椅時才發現，之前被那混混翻倒在地碰出缺角的桌椅，露西已經找人重新整理過，居然花了三千多，「早知道就買養命茶。下次他們如果再來，命都不用養了，真夭壽。」露西從一只提袋裡拿出一捲布條，一邊罵一邊走到騎樓那邊。

「你過來一下。」她喊我過去，要我幫她把布條掛起來。我搬來板凳站上去，把兩邊的繩子繞著牆柱各綁上一圈，側著臉瞄了一眼，上面有茱莉亞一顆西瓜大的人頭照片，比之前坐公車看到的要正常一些，不過我站的姿勢太歪了，差點從椅凳上摔下來。好好的拉麵店招牌有一半被紅布條遮去，真是醜斃了，底下還印有兩行粗粗的字：「下一站，幸福。」「最懂您的好朋友。」什麼意思啊?到底是最懂我還是最懂我的朋友?而且兩句湊在一起怪怪的，應該掛在汽車旅館的外牆比較合適。「管她的。」露西說：「選得上比較重要。」

茱莉亞當然選得上，有她當門神還有誰敢過來囂張。我們只要把拉麵煮好，把顧客的胃照顧好，收銀台裡的鈔票藏好，我可不希望秋天的九州之行被搞砸了。布條才剛綁好，巷子口一陣鑼鼓喧天，站在騎樓邊的露西喊我出來，領頭的一輛貨車後面站幾個頭綁紅布條的年輕人，敲鑼打鼓好不熱鬧，幾輛吉普車跟著駛進來，緩緩經過整條街巷，擴音器裡一個女人的聲音像失火一樣急躁地呼叫，「拜託拜託，給我們多牽成，拜託拜託。」是茱莉亞的助選車隊，她站在一輛轎車裡，上半身露在汽車天窗外，頭戴花環，披在肩上的薄紗飄啊飄的，搞得像媽祖出巡，手舉得半天高對我們揮手，露西也對她揮手，還拍了我一下，要我也跟她揮揮手。我們互相揮手後都笑了起來，後面幾輛吉普車也朝我們歡呼揮手。其中一輛的那個司機，我差點沒認出他來，是那隻來兜售養命茶的老鼠，我們的手朝對方揮舞，有那麼零點幾秒他的目光掃過我，看樣子他還記得我。我被那子彈一樣的目光掃過去的瞬間，拜託，肚子一下子絞痛起來，這次我再也忍不住，丟下像機器人一樣不停揮手的露西，夾緊屁股捧著肚子往廁所奔去。拜託拜託，真希望外面車隊的鬧聲趕緊暫停，我差點就來不及解開褲鍊啦。

總有一天，那些被高高晾在大樓外牆上的鬼魂一樣的巨大人像，將會有幾個假借他們是被我們選出來的名義，吸足了每張人像的鼻孔前端那一帶的髒污空氣，然後，從那一塊特別混濁的天空裡走下來，和地上行走的軀殼合為一體，假裝是我們的朋友，由眾人簇擁著，推開門，走進大部分的人從來不會進去的那些地方，關起門，在攝影機面前表演、推擠，然後他們合力演出的鬧劇被傳送到每台電視機裡的新聞頻道供我們觀看，他們繼續躲起來，開始啃食、分配我們的財產，吮吸我們的養分，隨便弄幾條彎曲歪爛的馬路給倒楣鬼摔成記者們興奮到足以跳起來的程度，這裡那裡拍攝一家大小哭到五官溶化的嘴臉，轉身跳回車上，透過車頂那朵噁心的巨大香菇傳回電視台，加上新聞標題給我們拿來三餐配飯用。

同樣地在他們裡面，出來選沒出來選、有選上沒選上的，仍然載著心愛的狐狸與孔雀找個隱密的地方交配，也丟給那些想跟他們交配的狐狸與孔雀一點點機會，有的小心有的不小心，生下一個用了他們姓氏的小孩，繼續假裝和我們一起生活。不過這些都跟我沒太大關係，我已經慢慢看出來，在我以外的那個世界，以及我的身體靈魂裡，仍然存在的許多微小的坑坑洞洞裡，也許躲著比我更膽小更齷齪的東西，我見過它們幾次，它們沒有形體，因此平常很難被看見，我得小心走過，別嚇到它們才好，就像船隻航行到陌生的腥臭海域，最好識相點，閉一下氣，悄悄轉舵離開，千萬別惹毛在那邊早沉睡了千年的老怪和牠們的黨羽，這樣我才能順利地過渡到下一個該去的地方。直到有一天，我終於強大起來，那些毛毛刺刺的惱人雜碎再也無法騷擾我、激怒我，牠們仍然存在，可我不那麼容易神經過敏了，要嘛當成是空氣那樣忽略牠們，要嘛一隻一隻揪出來丟進湯頭裡燒滾，如果牠們太囂張的話。那時也許我已練就一身功法，還研發出加了杏仁芋頭、紅豆或芒果，令所有饕客驚豔不已、全台為之瘋狂的冰鎮拉麵，從此門庭若市，顧客大排長龍，口耳相傳到從不吃拉麵的客人也莫名其妙地被吸引過來，請不要客氣，我會獻上最親切的微笑，開門為您倒一杯茶，仔細跟您介紹本店新研發的招牌食品，請好好享用您的人生中從來沒體驗過的驚人美食。

當然得再給我一些時間，等我腦袋裡不斷攪動的漿糊慢慢沉澱安靜，更有能力眼光能看得更遠，令人忌妒的好運願意向我靠近，也許有天我會買下一間有庭園造景的汽車旅館，打算把它改建成氣質出眾的聊天學校，找來十幾個年輕貌美兼具輔導熱誠、願意聽顧客發牢騷吐苦水的女孩，每間房安排一個，請露西把她們訓練成笑容可掬人見人愛的服務生，終日坐在那裡等您光臨，如果您在別處交配完仍覺得空虛，盡可以大大方方開車進來，我不會讓您

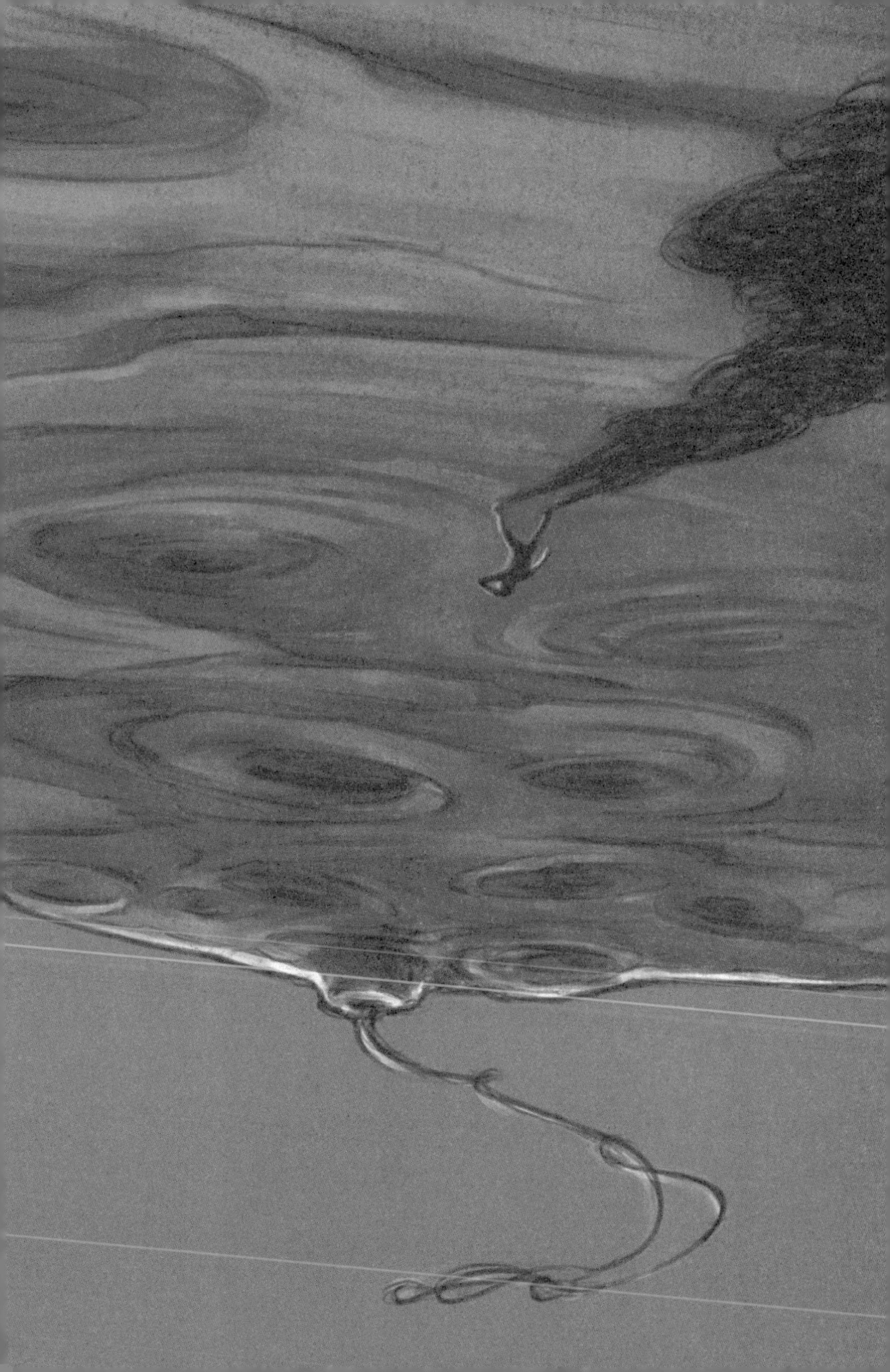

知道，房間裡等著您的是哪個女孩。然後，你們可以一起討論人生、業績壓力、討人厭的主管等等，就是不能做那些跟交配有關的事，因為每間房都有攝影機監視，你要是不想那就別來，要是不遵守校規就把你退學，除非你願意悔改、參加勞動服務。而那個體味變酸、惹得我鼻子過敏的女孩我會請她走路，因為這裡真的只做純聊天的服務。而且，我打算結交一個像茱莉亞那樣的朋友，不是在人家告別式只會送來臭酸的花圈花籃那種，而是他的徒眾出來兜售養命茶，經過店門口就知道這裡不是他們能踏進來的這種，不然等他們進來離開又等到警察過來，我這生意也未免做得太悲情了。你看，我愛胡思亂想的毛病又來了，也許哪天我就這樣搞起來，到時候真被我搞出個名堂，就請您多多指教別見笑，沒您的支持與照顧，哪裡有今天的小弟我呢？感恩，拜託。

靜靜凝視那美麗之城（後記）

請主宰幸福與美麗的神明啊，請莫再行色匆匆，請您安住，請降臨台中之城。請跟我們一起俯仰，一同呼吸，請靜靜凝視——

台中，她並不醜，但她同左右遠近的任何一個城市一樣，全身浮凸出許多不可理解的醜怪現象，小說裡寫的到處污染視覺的競選看板即是此中之一端。有個每幾年靠這些文宣小賺一筆的老伯算給我聽，這些歪斜插在路邊的旗幟上咧嘴燦笑的臉孔，平均要兩到三支旗才換得一張選票（對啊，用膝蓋想也知道，有誰會因為這些囂囂搧動，把整座城插得像普渡供桌的旗幟，而投給這人一票呢？）這還不包括紙面、車陣……，以及日後的反覆攪擾催動。於是我們的眼所見、耳所聽，遂一再暴露於這樣粗糙的環境裡被逼迫吞忍。這些自稱是公僕的人們還沒服務到你，便已弄出一堆粗陋的方式凌遲了你。這類的思維與文化，一直充斥在我們周遭的公眾事務裡。

這樣的目光或許嚴厲了些，總覺得台中少了許多更美的可能。這裡所說的「美」不是拚命編列預算、弄這塗那搞出更多視聽災難的那種。這個部分，我透過小說主角略帶靜電的目光，把周遭世界狠狠刮了一次，文字上也故意留了許多毛邊，小說開頭：「我一直想打噴嚏」說出了些許這種感覺。誰在噴嚏竄出的瞬間還能安閒地思考？如果一個噴嚏出不來？這種感覺就隨人體會了。

如果，我們一切的作為，並不能讓某些得以安閒呼吸、生活的標準被關注到，且成為一種共識，而一逕讓粗糙的磨礪與碰撞在周遭蔓延，又如何滋養出懂得疼惜環境、尊重他人的下一代？

有一回月考前夕，我把眼睛捨不得離開講義的學生們趕出學校，一個小時後讓他們回來報告所見所聞。令人詫異的是，幾個原先額角晦暗的上台後，眉目神色漸明，有的欲罷不能，回去竟自動寫了好幾頁心得。這些目光仍然晶亮的孩子，如今已成為法律、外交、財經等系的高材生，如果他們對於周遭的草木可以比我們更有感覺，且滋養出感情，有一天當他們依循自己的夢想與命運，成為一個城市的領導者或位居要津的幕僚時，我們的世界會是甚麼樣？為此我仍懷抱希望。

我也相信，一個城市的居民能呼吸悠長些，覺得天地開闊了些，甚至從這些那些微細的改變裡，孵出若干優秀的創意人才，跟城市本身出現像樣的森林與開闊的綠地（要像樣的!!）脫不了關係。這不用等待哪國的專家又提出驚悚的研究報告，其他人陸續加入摭拾餘唾的行列，再收編為教學進度裡的一個章節，讓孩子們形式化地吼喊一陣，集體完成了一件例行公事後，等有朝一日，環境他自己又跳翻出來，重重地搧了我們幾巴掌，然後大家再來繼續比賽誰最會找理由……

我也企盼，這本書可以找回一些還能深刻思考、對文字閱讀能有所品味的讀者。在這層意義上，我還有許多努力空間，也有請各路方家不吝以教我。

這本書能順利寫出，要感謝先父在天之靈、母親張蕭珠女士、我的家人，還有陳偉垣老師。幾年前在電話裡，我向老師報告一個得獎消息，老師淡淡地說：「條條道路通羅馬。」哪裡是我的羅馬？那個羅馬長什麼樣子？這話我仍在參想。我的高中老師楊德英、王文河兩位老師，後來成為同事的趙南華、張崑輝老師，謝謝你們的啟迪與鼓勵。經常義務來當司機的湘好學弟，幫忙蓋房子的凱新，總是為我答疑解惑的一實、對我生活照顧有加的衣谷老師，在此一併致謝。

張經宏 於二〇一一年三月

不爽症——看見台中，也看見台灣

——「九歌二〇〇萬小說獎」總評

季季

一部怎樣的小說，值得獎金二〇〇萬台幣的獎勵？

所有的文學愛好者或研究者，可能都難以回答這個問題。

最可貴的文學本質是創作，從來沒有統一的標準。即使文學獎設有反覆討論與多次投票的機制，最後得出的也只是最大公約數的結果；未必能讓所有人滿意，也未必所有人都不滿意。每位評審委員的文學素養不同，品味、見解各異，自然會出現偏愛與偏見的落差；任何國家，任何地區，任何世代，這個現象同樣存在。至於獲獎者及其作品，能否在文學史上佔有一席之地，那是文學獎結束之後的另一個問題。

創下同類文學獎最高獎金的世界紀錄

如果純以獎金而論，歷史悠久的諾貝爾文學獎獎金最高（一百四十六萬美元），惟其性質較偏重累積性成就。名家如托爾斯泰、易卜生、波赫士等人卻都沒得過該獎，可見院士級評審也一樣有所偏見與偏愛。

至於獎勵單部小說的文學獎，目前以都柏林市政府一九九六年創辦的「都柏林 IMPAC 文學獎」獎金最高（十萬歐元，約四百一十萬台幣）。英國曼布克獎也備受矚目（五萬六千英鎊，約二百六十八萬台幣）。一九〇三年設立的法國龔固爾獎，獎金僅五十法朗（目前為十歐元）；與龔固爾獎聲望相當的費米娜獎甚至沒有獎金，但二獎均地位崇高。美國的福克納文學獎，獎金一萬五千美元；國家書卷獎一萬美元；普立茲獎七千五百美元。日本的芥川獎與直木獎，獎金均為一百萬日幣（約三十五萬台幣）。中國大陸的魯迅文學獎、茅盾文學獎、老舍文學獎，近年獎金均提升至五萬人民幣。二〇〇六年開始頒發的香港「紅樓夢獎」，獎金三十萬港幣。二〇〇七年開始頒發的台灣文學獎「長篇小說金典獎」，獎金一百萬台幣……。以上這些獎，都是為了獎勵已出版或已發表的作品，獲獎的最大效益是作家聲望與作品銷售量的提升；

其延伸效益往往比獎金效益更為可觀。

在全球著名的文學獎中，僅有一九七五年設立的「海明威獎」是獎勵尚未發表的作品，獎金七千五百美元。「九歌二〇〇萬小說獎」性質與「海明威獎」相同，但獎金高出八倍以上，創下同類文學獎獎金最高的世界紀錄。可惜，它只頒發一屆。

獎金的光芒，迷失了部分寫作者的初衷

「九歌二〇〇萬小說獎」，是九歌出版社創辦人蔡文甫先生為了慶祝該社成立三十年而創辦。因為獎金高且只頒發一屆，二〇〇七年一月宣布徵文辦法就備受全球華文寫作者矚目，二〇〇八年三月截稿共收到二百一十二部參賽作品。但公布徵文至截稿時間僅一年多，參賽作品水準參差，那一次的決審委員決定「首獎從缺」。蔡先生對此結果深感遺憾，立即宣布再次徵文，於二〇一〇年六月截稿，收到一百五十六部參賽作品，十三部進入決審。我們五個決審委員（小野、施淑、陳雨航、彭小妍與我）因而備覺責任重大，去年十一月中旬收到作品至今年一月二十八日決審會議，兩個多月裡埋首「苦讀」了十三部作品近兩百萬字。

閱讀的樂趣之一是自由。已出版的長篇大多經過編輯把關，我們讀不下去可跳過幾頁或束

諸高閣；對於未發表的長篇，我們卻無法享有這樣的自由。評審的先期責任是被作品裡的每一個字綁架；必須耐心且細心的貼身於字裡行間，才能讀出其中的優缺點，同時作些筆記註解重點。

那兩個多月的「苦讀」，我時常陷入「這是哪一國文學？」的困惑。「全球化」大浪不斷推擠，年輕的作者們跟著虛擬浩瀚的網路流行，寫了不少以外國人名為主角，看起來像西方小說，但人物與背景又曖昧不明。也許他們想跟隨「文學全球化」的腳步，卻首先失去了中文小說創作的「文學主體性」。

同時，我也感受到「二〇〇萬」獎金的光芒，似乎使得部分參賽者迷失了寫作的初心。為了角逐這項高獎金的榮耀，他們確實絞盡腦汁，無所不用其極的汲取西方暢銷小說的模式，或是大量編造離奇荒誕的故事情節，以為添加麻辣就能出奇制勝。有兩位作者把故事場景設在倫敦的精神病院；有一位則拉到北愛戰爭，從倖存的反抗軍後代寫到性侵、逃亡、亂倫與精神錯亂；有一位甚至把國共內戰期間周恩來的諜報員如何在重慶滲透到蔣介石身邊，寫到一九四九年以後又如何滲透到台灣的蔣介石身邊……。大時代、大主題、大事件、大場景，著墨如此之重，格局似乎不小，然而，它們都落選了；因為這些作者不止迷失寫作的初心，也和其他落選的作者一樣，都有寫作基本功不足的問題。除了最普遍的多不勝數的錯別字，還包括敍述情節與時代背景不符合邏輯，而且無法觀照全面，常出現小說人物的名字或身分前後不一等缺失。他們確實很會編故事，但故事在小說裡只像人身的骨架，如果沒有細密的血肉鋪陳，小說的生命就顯得薄弱且乾澀，突兀而索然。另外，敍述文字與人物對白沒有區隔，有些敍述文字甚至平鋪直敍猶如說明文，缺乏小說語言的節奏與層次；這也是網路世代寫手普遍的問題。

字數與內容的高難度考驗

一部長篇應該多少字並無準則，從十萬至五六十萬不等，隨各人才情與題材而異。九歌這項徵文，字數雖只限十～十五萬字，對部分寫作者仍是高難度的考驗。他們原先構想的故事骨架也許只是五六萬字的規模，為了達到徵文規定的字數，只好以ＡＢ對照組或上下兩部曲的方式編造更多荒誕的情節，並且賣弄許多從網路移植來的偽知識、偽理論；好像作者本人無所不知，而其筆下人物都是理論大師，使得這些併貼或混搭的小說好像灌了水；虛胖，鬆垮，蛇足，四處都有閱讀障礙。最後入圍前四名的徐嘉澤《詐騙家族》、周立書《口袋人生》、陳栢青《小城市》，也和其他未入圍作品一樣，多少都有類似問題。我們五個委員在決審會議時已分別就此提出意見，請主辦單位建議作者刪改補強。日後出版時，相信將更精練可讀。

首獎作者張經宏，謙卑一如勤勞的「拾穗者」

說了這麼多的「烏鴉心得」，重點來到獲得首獎的《摩鐵路之城》。作者張經宏今年四十二歲，是台中一中國文老師，近年連得時報小說首獎，高雄鳳邑文學獎小說首獎「葉石濤紀念獎」，倪匡科幻小說首獎；寫作經歷不算短，作品不多但成績可觀。最難得的是他不為流行所迷，至今保有樸實的寫作初心，始終默默的沉穩寫作，才能把《摩鐵路之城》經營得結構明晰，文字、層次疏密有致，敍述邏輯與敍述觀點也緊密交織，情節前後契合而形式完整；沒有前述幾部那些缺點。更可貴的是他不好高鶩遠，謙卑一如勤勞的「拾穗者」，低頭俯拾腳下行過的生活素材，使得全書的小說語言能夠精準反映當下年輕人的詞彙，也能貼近一般庶民的用語。

《摩鐵路之城》的故事背景在二〇一〇年的台中市。這個早年被稱為「文化城」的都會，原本以綠川垂柳、中央書局及楊逵的東海花園知名，近數年竟演變為以黑道拚鬥、夜店大火與汽車旅館名震全台。小說的主角吳季倫，從沒見過母親，九歲時父親又因車禍去世，從小由經營雜貨店的伯父母照顧成長。高二下學期不想再上學後，他搬離疼愛他的伯父家自謀生活，先後在餐廳與汽車旅館打工。全書以單一觀點敍述，從吳季倫的十七歲眼光掃瞄他周遭的一切動靜；小說起首之句即以象徵性語言切入汽車旅館的場景：

我一直很想打噴嚏，只是很想。從傍晚開始，在我頭頂上方的每一朵雲擠在另一朵身上，一起窺看它們底下的這個地方，幾萬椿同時在進行的不可告人的鳥事。……

這家汽車旅館佈置精緻，有假山、瀑布，「二十幾幢房間就藏在彎彎曲曲的庭園造景後面」，噴泉四周還有桂花小徑，草坪上映照著石燈籠光影。「我」每晚安排好那些「好像打算來這裡辦一場雙修法會」的男女後，最喜歡的事情是得空在庭園裡散步：

這大概是我一天心情最平靜的時候，那種安靜讓我有辦法想點比較深刻的什麼，關於大人們常掛在嘴邊的未來、夢想，以及作為一個人是怎麼回事的問題。這些在白天的學校裡從來沒出現過的，居然在這個每扇房門後面充滿交配氣味的鬼地方，讓我跟這些問題碰到面，說來還真有點不可思議。……

至於那個讓他讀不下去的學校，吳季倫是這樣自我調侃的：

那個鬼地方的一切讓我覺得虛透了⋯⋯。也許過不了多久，會有專業醫生給這種症狀下一個清楚的病名：「不爽症」，而這個病症被記載下來的第一個案例，就是我。⋯⋯

張經宏採取穩健的寫實手法，讓現實與回憶這兩條主線穿插無數支線，藉著學校（教育），餐廳（食慾），汽車旅館（情慾）等場景，描摩了吳季倫及其同齡層的少年浮動，以及台中這個城市被黑道、色情蔓延的複雜身世。由於在學校任教，他對校園氣氛、學生行為、老師與家長言行的觀察格外細膩，敍述的語氣也特別活潑生猛且富幽默感。在吳季倫的眼中，同學是「鳥蛋」，老師是「龜蛋」；以下這段對「龜蛋」的描述尤為傳神：

最常找我麻煩的是個比我矮了一個頭，滿臉痘痘，三十幾歲的女龜蛋。她教國文，我們班導。如果你上過她的課，你就知道為什麼我會討厭上學，聽說她還是學校的紅牌。高一課本剛好選到一篇小說，就是那個憨孫買了一條魚要回家孝順阿公，結果半路上魚掉了，祖孫兩個吵到快要打起來的故事。女龜蛋先是自言自語，這對祖孫在幹嘛，一條魚有什麼好吵的，如果是一頭牛不就要拿刀互砍。更天真的是她說這故事在提醒我們，東西寄送回家要找一家好一點的宅配公司，又花不了多少錢，不然搞砸了就會吵個沒完沒了。……

這位女老師還拿出一疊寫了五十種魚名的講義要學生注音，修辭，連成語等等；為省篇幅不多贅述，只希望寫〈魚〉的黃春明看了以上這段不要生氣，會心一笑就好。——原來我們的文學作品，是這樣被國文老師導讀的；但願全國只有一個這樣的老師。

新世紀第一個十年的島嶼浮世繪

小說的尾聲是旅館老闆要出來選市議員，突然發現吳季倫未滿十八歲，惟恐這個違法事實成為競選對手攻擊的目標，立刻請他轉移陣地去餐廳做服務生。在汽車旅館只工作三個月的吳季倫，在餐廳的油膩吵雜裡仍然懷抱著一個遙遠的夢想：

也許有天我會買下一間有庭園造景的汽車旅館，打算把它改建成氣質出眾的聊天學校……。

他希望這個聊天學校，能讓苦悶或者迷惘的人在那裡得到紓解。這個自我救贖的主題，和《麥田捕手》裡的中輟生霍頓的夢想遙相呼應：

有一群小孩在麥田裡遊戲……，除了我以外沒有其他大人。我就站在懸崖邊，守望這群孩子，如果有哪個頑皮的孩子跑到懸崖邊來，我就把他捉住。孩子們都喜歡狂奔，常常不知道自己正往哪裡跑，我必須適時捉住他們，我只想當麥田裡的捕手。

教育，黑道，色情，並非新鮮課題，任何城市都有，只是問題輕重有別。《摩鐵路之城》是張經宏向二〇一〇年一月二十七日去世的《麥田捕手》作者沙林傑致敬的作品，所描摹的背景雖是台中市，卻也突顯了新世紀第一個十年的島嶼浮世繪，讓我們看見台中也看見台灣。而心裡存著「不爽症」的少年吳季倫，其實也是當下許多徬徨少年的縮影；他們的內心在不爽之中一定也懷抱著一個自我救贖的夢想。

二〇一一年四月十四日

九歌文學大獎5

摩鐵路之城

著者　張經宏
插圖　蔡佳琳
責任編輯　鍾欣純
發行人　蔡文甫
出版發行　九歌出版社有限公司
臺北市八德路3段12巷57弄40號
電話／25776564・25707716
郵政劃撥／0112295-1
九歌文學網　www.chiuko.com.tw
印刷　晨捷印製股份有限公司
法律顧問　龍躍天律師・蕭雄淋律師・董安丹律師
初版　2011年5月
初版 3 印　2016年8月
定價　300元

書號　0108303
ISBN　978-957-444-763-3
（缺頁、破損或裝訂錯誤，請寄回本公司更換）

國家圖書館出版品預行編目(CIP)資料

摩鐵路之城 / 張經宏著. -- 初版. --
臺北市 : 九歌, 民100.05

面 ;　公分. -- (九歌文學大獎 ; 5)

ISBN 978-957-444-763-3(平裝)

857.7　　100004830